地球上的陌生人

王恺 著

人民文学出版社

"我是地球上的陌生人,(这儿)隐藏了对我的很多要求。"

"实际上我们穿越大地,我们只是经历生活。"

"我们从遥远的地方来,到遥远的地方去,我们是地球上的朝拜者和陌生人。"

——凡·高给提奥的信

目 录

寻僧记
001

寻找宫保鸡丁的路程
029

方舟的主人
057

进入死亡的缓慢过程
077

难中寻吃
123

让我去那花花世界
151

更多的人死于意外
183

过客
203

受灾记
227

望野眼
243

我们只能仰仗陌生人的慈悲
265

避暑
293

神的孩子会跳舞
323

大小谎言
367

跋
地球上的陌生人
396

寻僧记

长智兒

一

我们的古诗词真是"一滴入魂",比如听到"松下问童子",就会联想到师父肯定不会在现场,永远只在缥缈的山中。我们无法接受杵在山中等待来客的隐者,一般这样的人,都会被骂成"假隐士",属于真名利之徒,这是传统。

但中国的传统又是极为驳杂的,本来按照道理,佛教道教里的高人都应该是真正的隐者,藏于深山,不露真容,但真实的高僧也未必符合我们的诗词想象,大德也和高官打得火热,受到皇上敕封的僧侣不在少数。这个传统一直也有,到今天也不例外,另一个层面的佳话。

一方面我们有着近乎泛滥的文人之心,对着假隐士嗤之以鼻;另一方面,还是趋慕名利,对名流们总是渴望的,名利场有巨大的吸引力。外界说得再怎么纷纭复杂，目击的时候，我们往往就产生了动摇。记得自己在某个近些年声名鹊起的寺院方丈室里，看着大和尚那些满堂"名物"时内心波动的心情：硕大的翡翠山子，隐隐透露出青绿色的"华光"，其规模之大直追故宫，当然雕琢要粗糙很多，现代工匠未必有那么绵密的心思；随手递给我的檀香扇，释放着来自印度植物的真实幽香；巨大的书法条幅，署着某某名家的名字，这我倒看不出好坏，我是物质主义者，只对纯物质有鉴别能力，翡翠和檀香木，都是传世的好东西，今天在此地，明天又流传到了另一处，此刻，它们在这座深山古寺里待得很安逸。

一边听大和尚叹苦经。大和尚面相就是当地农人，但出家久了，见过世面，多了些气派，憨直地瞪大双眼，说到寺院多年被当地的各种商人欺负的故事。上世纪八十年代寺院刚出名的时候，各种人都来抢注商标，最早以寺名注册的商标，是一家火腿肠企业。我扑哧一笑，实在是可恶，依稀记得小时候电视里铿锵的广告音，明明知道寺院里不可能出品这种东西。也是那次聊天才知道，寺院周围的各种武术学校，也和寺院没啥关系，都是周围农民自己弄出来的，足足几百家，包括上《春晚》表演的那几家。真要去寺院习武，可能连这些学校的关都闯不过，基本被外圈就截留了——武侠小说里缺乏的一章。

"我们其实连门票都不卖，高价票啥的，是外面的旅游公司弄的，前一段还弄什么上市。"这些话，应该属实，寺里清规戒律并不少，这里属于禅宗祖庭，达摩老祖的出家所在地，禅堂规矩很多，比如晚上七点就要入睡，凌晨三点就要起来坐禅，行禅过程中如睡觉，会被板子打醒，所谓的"当头棒喝"。越是外界说得纷纷扰扰，内部反而要争口气，专门请来负责禅堂的师父，像根清瘦的树干，是水杉被打去了枝叶，十分眼高于顶，见面过程中，眼睛不会看我们这些俗人，几乎永远翻白眼向天，据说打下来的板子，能打得贪睡和尚头破血流。

大和尚算是有见识的人，网络上关于他的传闻太多，辩无可辩，索性走高层路线，不少领导人来过，也算是护身符，寺院里的高僧结交世俗高层，有时候也不完全是纯粹的贪图世俗虚荣。

中国的寺院是生活化气息浓郁的场地，走到哪里都逃不出"名利"二字。越是繁华，越是烦恼，出家人本来就是要逃离这一切，可是哪里逃得掉，说起来也是更深切的悲哀了。

民国的时候，中国的佛教界进行世俗化改革，要入世而不是出世，典型的就是太虚大师，这可能也奠定了中国僧人们的某种进取意识。我所见过的国内僧侣们，基本上是积极向上，和一般人的想象迥异。

某段时间我总是去景德镇，和大家混熟了，就能去各种场子。景德镇算是国内少见好玩的地方，不仅瓷器山头林立，每个空间里，接待的主人们也各自不同。不仅仅是各路制瓷者，还有各种玩票的人：设计师、画家、当代艺术家，都转身而成灵活的小商人，看多了就觉得厌。走进朋友介绍的云师父的小空间，眼前就一亮，怎么还有个小沙弥在景德镇坐镇？墙上挂着大红描金的瓷板唐卡，是他的合作伙伴的作品，桌子前面，清秀的云师父在泡茶，双手合十打招呼，正经的僧服，大夏天都要扣好领口的盘扣。景德镇的酷暑，小师父也不流汗，非常舒服。

屋子里没有任何多余的东西，一桌几凳，一套茶具而已，端起杯子方知道，喝的是几千一泡的名家岩茶。

名利藏在素朴之后，强大的章法。

混熟了，才知道十多岁出家的云师父是北京人，出家后落脚在江西的云居山，也是古中国著名的禅林，之所以可长期在景德镇居住，得益于现在僧侣生活的变化——瓷器在当代的名刹生活占了越来越重要的比例。

古老的禅院，并不缺钱，要点缀装扮，最好的莫过于瓷器和书画。云师父等于成了他们寺院里的采买负责人，不仅自己的寺院要添置瓷器，送礼也需要，一些高僧做寿，常常需要几百只寿碗，绝对不能是市面上常见之物，最好带点宗教色彩的图案点缀，更要是名家手工，说法越多越好，这就需要有能力的僧侣在此地监工斡旋了。云师父年纪小，交际却是一把好手，顿时发现，素色僧袍下面的小和尚，有颗七窍玲珑心。

角落里有专门的柜子，放着各种奇技淫巧的瓷器，我算是有点瓷器常识，也觉得很多器物非常奇异，表面松石绿但加上扒花手法，做成细致花纹的小宝瓶；仿照乾隆的三清茶碗做的仿品，白底上朱红色的"三清茶诗"非常清丽；薄得透光的蛋壳瓷，拿着手机电筒一照，里面还有隐约的兰草纹，哪里是平常能见到的？因为少年出家，云师父的某些心性表达恰似少年，非常活泼，出家也没有收束，有时候觉得是和一个初中生在这里喝茶，北京口音，是再熟悉不过的嘎愣的声腔，但有时候，听他谈一两句佛教奥义，又觉得，到底是修行人。

贪图他的茶室在半山腰，难得的清静，每天晚上一起喝茶，喝着喝着，就熟悉了。云师父开着奥迪车，带我满大街逛瓷器店，有了这么一位司机，大家都觉得我也是迥异常人，也不知道我的来历，和陌生人见面，慢慢也是双手合十，不接触，倒是保持了良好的卫生习惯。

景德镇因为始终以瓷器行走于世，所以这里各路人等都有，除了云师父，经常还能见到苏州来的一位尼师父，穿着也是十分讲究，大夏天也穿着长袖的夏布长袍，手拿泥金折扇，挂着长长的沉香木串，有时候在路上见到，我们合掌行礼，几乎感觉自己不在今世，只如生活在明清的古中国里——不是说建筑和场景，而是这些人物，分明是在《醒世姻缘传》里的山东绣江县明水镇，大家终日在街道闲逛，看到陌生人就上去攀谈，从何处而来，到何处而去。

周围的风物也古老，没有高楼大厦，多的是旧时风光：田野里的宋代古塔，水面上缓缓飞过的一群白鹭，还有狭窄小巷里的古老吃食——麻花铺子，卤水瓜子，外加景德镇的名吃，糯米团包着油条，成为"油条包麻籽"，推着小车缓步叫卖，几百年延续的光风霁月，不让人厌倦。

二

景德镇凭陶瓷一脉传世，很多习俗就与外界不同。

这里有陶瓷世家，子孙几代都以画某类图案行世；也有烧窑大师，靠瓷器进窑的位置摆放，硬生生成为点火圈的扛把子，成为非物质文化里的一项"把桩师傅"；有仿古高手，造的假瓷器能够上拍卖会，蒙过专家的眼。云师父就是穿线人物，几乎没有他不认识的人。越发觉得，当初第一眼看到这个年轻的小僧人，实在是走了眼——这完全是个可以进入小说的人物，机灵得落地生风。我们晚上喝着昂贵的岩茶，八卦景德镇，也八卦僧侣界，谁是谁的徒弟，谁传了谁的法，不少僧侣皈依了名师，日后作为就大，有更大的庙宇去住持。

云师父没有大的野心，也是年轻，他只希望自己有自己的精舍，在山里，设计参考日本禅院，进门一处枯山水庭院，也有好处，往来人阶层比较单一，不会三教九流，什么人都有——还是个中产审美系统的禅院。

他真正佩服的，是附近曹洞宗祖庭的一位当家师父，说是中年出家，没几年就把本已落败的祖庭给修复了，整个庙宇颇为壮观。当家师父在那里当方丈，据说风生水起，这才是大手笔。当家师父名字让我狐疑，听起来总有几分熟悉，一看微信头像，更是似曾相识，再想想，这不是我朋友圈也有的出家了的名医？

当年在北京做记者，认识的名中医不止一位。这位医生印象深刻,是位爽利的妇女,出身针灸世家,据说小时候有特异功能。这种话都是姑妄言之姑妄听之,但看到她之后,还是觉得生有异相,眼睛圆而硕大,住在SKP商场对面的豪宅,也没有专门的诊所,就在此地行医,可见客人的阶层。谈起医道,却颇为讲究。

顺手拿出一尺多长的针灸,就要给我扎针,我哪敢依从,赶紧逃开。结果徒弟拿去给另外的客人行针,从肚脐眼进去,我感觉都要把人扎穿,后来才知道,这针虽长但软,顺着经络走,并不会一针穿过身体,扎个透心凉。

可不就是她?这位医生几年前出家,没有几年就当了曹洞宗祖庭的方丈,修复了庙宇,和云师父同时接了佛教高僧一诚老和尚的法,俩人算是"法兄弟"。现在此地已经算是江西省的著名丛林,那里出家的全是女众师父,奉行的是古老的寺院规矩,不劳动不得食,全部自己种田,自己做饭,我馋,看了看当家师父朋友圈,正是盛夏,寺院正在吃莲子饼,诱人。

想什么来什么,还是有心电感应这回事,晚上就收到当家师父的微信邀请,说是知道我在江西,这么近怎么不去一次?其实宝积寺距离景德镇也不是很近,开车也要四个小时,加上天气暑热,七月的江西,整个地气蒸腾,人走在路上,都是暗黑的一道影子,我实在是犹豫。到底好奇心还是战胜了懒惰，云师父开车和我一起过去，一路上热得奄奄一息，就连在服务站上厕所，也是快速跑进去，瞬间汗流浃背。

寺院远在抚州城的远郊，这里有两座名山，曹山和洞山，成了曹洞宗名字的由来。最早的寺院遗迹都已荡然无存，改革开放之后要复建，可是一直没有建设起来，佛教的不少高僧大德希望能恢复此处，还是时机未到。直到前两年，新出家的当家师父有能力，各处化缘，没两年，烂尾工程成了新的深山名刹，这方丈也就自然是由她担任了。这种故事在佛教圈并不少见，外人听起来，完全云里雾里，但是他们自己圈子里，却有着种种考辨，比如经费从哪里来，当家师父能力何在，各路护法怎么捐功德，包括当家法师在欧洲得了"著名佛教人士"的称号，一堆的琐碎细节，热闹极，懂行的人，可以写成论文，至不济，也是能记载成某高僧复建祖庭记之类的碑文，只是我不懂其中关窍而已。

看到新修宝积寺的一刹那，还是吃惊了。寺院并非端正的南北朝向，而是顺着曹、洞两山之间的河流走势而建。两山并不高大，但山谷之间夹一溪流，溪流涌出山谷，成一大池，被稍加改建，自然堆砌成了硕大湖泊，映衬着天上的白云。我们去时正是暴雨之后，山谷隐隐有彩虹，地上白气上扬，简直是可以传说的神话胜景——到了门口，层层关卡，登记车辆，清点人数，井井有条。看门的老太太说着北方乡下口音，也是志愿者，倒让人疑惑怎么千山万水过来此地，只做了看门这件事——不过也可见这里的信众来源颇为广泛。

一个小尼师在门口等我们，每人递上一顶斗笠，正好避雨。我后来明白，也是某种风格。当家师父是要求风格化的典型，给我们看的寺院宣传片里，近百名尼众前几年重走三藏法师的西行路线，人人都戴着同样的斗笠，在新疆的沙漠中行脚，宽袍大袖，几十人一队，非常美观，浅薄的我，顿觉是从《笑傲江湖》里来的意象。

旁边有跟拍的摄像机，头顶还有无人机拍摄，现代佛教的宣传已经到了高超的地步。我们戴上斗笠往寺院里行走，也是照例。

小尼师倒是江西本地人，一本正经的脸，一板一眼如同照本宣科介绍本院历史。其实不用她费劲介绍，已经能看出寺院的不凡，唐代建筑风格，进门处有两个高大台阁，往里走也是处处唐风，大殿里的佛像也是翡翠雕刻，说是泰国信徒奉献的，可是搬到这里来了之后，翡翠的纯质地开始变化，不少佛像有了深棕色的痕迹。"这是显圣。"我面无表情地听着，并没有配合她。

这个姑娘塌鼻子，胖脸，非常严肃，有种县城文化馆讲解员的气息，挺符合这里的。

白天带我们参观的时候，小尼师还是端着的，因端着，简直觉得她有点气鼓鼓，想聊几句，她一律板着脸，给予标准回答，也许是因为我对她的"显圣"说法不够热忱的缘故。晚上喝茶的时候，她已经放下了拘束，跃跃欲试地想和我聊什么的时候，就变了样子，一副小城姑娘的可爱。可惜，还没聊开，当家师父就进来了，小姑娘立刻恢复到讲解员模样，话题也没有打开，我倒是对她印象更深刻了。

终于见到了当家师父。她的私人茶室需要穿过一片小山，又到一片小湖，湖上远远飘来两只黑天鹅，一见人就迎来觅食。远处草地上，是树木枯枝搭建的卧佛，也是涅槃之像，并非一般寺院的繁华装饰。到了这一步，才明白云师父的这位法兄，我的这位故人，确是当今佛教界的翘楚，绝非一般僧侣可比。

当家师父穿了灰色僧袍，旁边有几位侍者，用水煮陈皮老白茶，这仅是迎客之茶。我们找座坐下，却又没多少可寒暄的，这时候我才知觉，事实上，我和当家师父也真说不上多熟悉。问她为什么出家固然不妥，生活细节也聊不出来，真的就成了套话，但套话也还有趣，毕竟是僧家生活。

比如书房里一把价值不菲的古董椅子，所有的客人都要坐在上面拍照，是她这里的网红景点，窗外是一棵传闻中唐代就有的古银杏；她自己每天换一副眼镜戴，因为出家后，没有别的装饰物，今天戴的是白色板材的GUCCI眼镜；这里的饮食都是自己按照中医方子规定厨房制作的，食材都是自己耕种得来，我们可以试试盐姜之类的，本地小黄姜，据说吃了可以精神饱满。"大清早一人要吃五片，放在舌头下面，整个人都会支棱起来。"

闲聊中看不出当家师父的厉害，不过人家也不打算显示。窗外的唐代银杏树和游来游去的黑天鹅就是最好的布景说明，资深道具师的设计，反正我是想象不出来当代寺院会是这样。聊完了继续参观，才看到前面说的尼众的"大漠行走纪录片"，还有景德镇政府送的瓷烧匾额，原来她带领医疗队去景德镇支援疫情防控，这是政府的感谢匾。

一切都做得那般完美俏丽，如模范生。

晚饭被师父安排和她一桌。僧侣们有专门的大厨房，我们这是小灶，一会儿工夫上了一大桌，显然是熟练极了的。当家师父是西北人，这桌除了各种本地蔬菜，还上了极大盘的面条，撑得不得了，但寺院的规矩是不能剩菜。我一面勉力吃着,一面和周围人交流着,师父轻描淡写地介绍着:这位是东北某地首富,来这里帮我在县城义务建医院的;这几位是省里来的,某领导的孩子走路不行,来求我扎几针;这几位,是县城领导,我们寺院周围的村子,规划到了"新农村建设"系统里,我要去省里帮他们跑一跑。虽在山中寺院里,可是满桌子花花世界的众生,法师还真没有拿我当外人,我不由反思,大约还是我没有明显的文人气息。

突然想起来,《红楼梦》里的一章,王熙凤进了尼庵,可不也是拜佛烧香加上密谋要紧事?几百年中国的寺院其实没有什么变化。

三

当家师父有她可爱的地方。尤其是和身边众多尼众一起,像个大家族,她就是大族长,坐在饭厅旁边的另一间茶室。她一会儿不要开空调,要她们把门打开通风;一会儿又嫌风热,觉得不舒服,慌忙着急地让人关门,一刻也不停缓。周围的女孩子们被支使得团团转,嫌她烦,轻微地发脾气,被她看在眼里,也像贾母骂小丫鬟们,把你们惯的。有种特别亲昵的家庭风格。

如果是个朴素的小寺院,大概我会喜欢这里。

这里的排场,让见识颇广的我还是觉得有点太大。晚饭后和法师坐着电瓶车去村里游览,周围的乡村建设,一大半是她的功劳,无论资金、规划还是专业支持,随手一划,就是某片的房子要重建,再一划,就是哪几间酒店要重新装修,颇有指点江山的气势。我突然想起来,类似当家师父的尼师父,还不止一个。某年去台湾,是和越剧名家茅威涛的小百花剧团一起去巡回演出,逛了二十多天,到了中台禅寺,出面招待的当家法师是茅老师戏迷,据说看了茅威涛的《梁祝》当场流泪,从此成了知己。

她从前是台湾一个大糖厂的老板,和我们见面说话,绝不客气,意思是只有她和茅是主人,我们都是随从,眼神一瞪,随员们就该退下。有位茅老师的助理,不识好歹,在她们说话时,上前多说了几句,当下就被她呵斥而退,森严到了一定地步,从小接受平等教育的我们不由侧目而视。

非常有趣,和心目中的出家人完全两样。

茅老师可能觉得我是请来的客人,不便那么斥退,老是把我往前面推,我也就和这位当家法师多见了几次。她是何等精明人,看到茅威涛总带着我,也就假以辞色，有时和我聊几句，包括一起吃饭，我们是餐馆点菜，法师面前是若干盘精致的素菜，也不让我们。席间也是挥斥方遒，非常有力量，谈世界经济和政局，谈中台禅寺在台湾的地位——寺院位置在台湾最中间，当然是顶天立地——颇为男性化的陈述，基本上还是当大老板的谈吐。据说她的糖厂是家族产业，台湾三大糖厂之一，也不知道是什么机缘出了家。

当家法师和这位中台禅寺的法师很有相似之处，是我们想象之外的出家人，但又是当代出家人的某种典型样貌。

中台禅寺的大殿，有两根漆成红色的沉香木柱，顶天立地，说是东南亚深山运来的，印象中非常高大，现在想想简直匪夷所思，怎么可能有那么粗大的原始梁柱？大约还是拼接？寺院的主楼，是一幢二十多层的高楼，是台北101大楼设计师的作品，今日回忆都是前尘往事，完全是"梦幻泡影"般的记忆——在回忆中完成了佛教的教理。

当然百年千年之后，这些辉煌大殿，精致空间，还是归于空寂的可能性多。

世人对僧侣的想象，多半还是限制在自己的见识里，其实越是名刹，气度和排场越是不一般，这也是另一种法度，在佛家世界也能讲通，因需要大家见识到佛法奥义，不仅仅是深刻的知识，还有表面的繁华，所以需要大殿的庄严法相，万千繁华。

只要是建庙宇，就是功德一件，再怎么奢华，也不为过。

有一年朋友介绍，让我去深圳采访一位老和尚，前提也没说清楚，只是说老和尚年纪很大，功德很高，我完全是佛教的门外汉，去了才知道，这座寺院，是深圳当地最著名的一座，位于植物园的山顶之上。我们夜间到访，坐着车上山，沿途的上山盘道上，都是磕长头的年轻人，一路磕上山去，完全不觉得这里是深圳，和拉萨也没两样了，旋即明白，越是经济发达的地区，人们对寺院之类的宗教系统需求越大。

到了山上被安置在寺院的别院里，基本上等于一个宾馆，早上在阳台上站着呼吸新鲜空气，一个让我目瞪口呆的场景出现了：对面的楼里，一排排的灰衣尼众列队而出，十人一队，跟着又是十人，足足有三四十队，几百人之众。我和朋友感叹，一辈子也没有见过这么多的尼姑啊，这可是盛况，成队列的灰衣尼众，走动规矩，如同水中穿行的某种影子。

陪着我们的志愿者告诉我们，这是专门来给老和尚贺寿的尼众，过两天要在贺寿大会上表演合唱的。这时候才知道，我要见的老和尚，是佛教界的高僧，已经一〇四岁了。虽是高僧，但是世俗礼仪上的供养，还是人间模样。这个尼姑歌咏队的盛况我没有看到，想来也是不凡的。

见老和尚不难。老和尚虽然一〇四岁，终日还是见人，在寺院传法。我们和一堆人排队进入，老和尚摸头、给几个护身符，说什么都是眯眯笑，几乎无话。前面一队人据说是某地领导，进门就跪地俯身，老和尚也不例外地眯眯笑，摸头、念经，对他们并不例外，倒真是某种程度的众生平等。笑得也看不出多少喜悦，几乎疑心是某种固定的表情了，脸上全是皱纹，堆叠起来的年月日。在他自己的时间河流里，一拨拨的人，像我们，都是短暂逗留；最亲近的，可能也真是周围的人。

靠着这位老和尚，寺院的捐赠收入很高，这些收入又不断地用于建庙，在佛教界，这就是巨大功德。

晚上和寺院方丈聊天。方丈也是奇人，他告诉我，本来他在湖北老家当公务员，不知怎么在一次当地活动中，就被老和尚看中，不间断地要他来出家，每天一个电话，不停歇，换了电话号码，还是被老和尚挖掘出来，最后终于被度了出家。这个故事，也是我们普通人爱听的一类，显然他极聪明，知道对什么人说什么话。

方丈四十多岁，处于盛年，表达好，身体也好，有时候见他要深更半夜，不是怠慢我们，是真忙，从早上六点开始就接待客人。深圳最红火的寺院，热闹程度非凡，能奔来方丈室里的已是经过筛选了，可还是川流不息。各路贵人，有穿着香奈儿当季愁眉不展的贵妇人；有带着一车水果的水果老板，堆在佛前的供果都是我们所不常见的品种和尺寸；还有大公司的老总，把一群中层干部带来，让方丈一一观望，看谁有善根，堪重用。陪着我们的志愿者是研究生毕业，小姑娘慢声细语，说是在这里当志愿者两年，之后也会被安排在这家大企业。"好多员工是我们这里推荐过去的，我们是相通的。"听得我一惊。

这才知道，佛教在中国人的世界里，还真是盘根错节的深入。

这两年，这家大企业已经濒临倒闭，不过按照佛教道理，肯定有另外一番讲究。

方丈不见疲倦，他是大高个子，红面孔，寺院喇叭里终日播放着他的讲经语录，我是外行，但也听得进去。到了极深的夜里，见了十几拨人，终于休息下来的他泡茶请我喝，给我佛前供果，是青色的皇帝柑。就没有吃过那么清甜的皇帝柑,大约商人们在外面再怎么滑头,到了这也变得虔诚起来。

他对我,也是一等一的待客规矩,我还是不满,想听更多老和尚的故事。可是听来听去,都是普通的事迹,也怪我年纪轻,听不懂,多年以后才明白一句。"老和尚最大的修行,是断念头。"

"断念头?"

"对。外界不管怎样的浪潮汹涌,他不受影响。"

后来才想明白,这大概也是某种思想上的超人。老和尚还真是高人,"断念头"说易行难,最通俗的诠释:你越不要想一件事,你就越要想那件事。

要切断的念头,在我们俗人的心里,会重如泰山。

红头涨脑的方丈一天接客十五六个小时,天天如此,估计也有他的能力。这种接待,说不定对他也是一种修行,在深圳这个繁华世界里,这种修行是加了倍速的,凭空增加了。简直有点像赛博世界里的宗教——我无法抑制自己这么想。

大约中国的僧侣,时间长河里摸爬滚打,都被修炼了出来。中断过几年,可是并没有大影响,行走的还是人情世故的江湖规矩,上至达官贵人,下至三教九流,都能被他们仅靠言语就笼罩住。还是那句话,既然面对世间人，就要行世间法。一个繁华的寺院，也是分工严密，门口的接客僧不用说了，禅堂、厨房、后勤都各司其职，必须井井有条，越是大寺院，越是如此。行使实际事务的方丈基本等于世俗企业的 CEO，庙宇的大小不得靠他们的能力？

四

想象中藏于深山的高僧，只恬淡地诵经说法，大概还是我们的天真。幻想出家能摆脱俗务，更是幻想。一〇四岁的老和尚还要每天见客，完成某种佛教界的功德，也是"大成就"，在寂灭之前，添砖加瓦做贡献，倒是比世间人还要劳累。

前些年和朋友去见的另一位高僧，瘫倒在床上，也要替庙宇做贡献。

前年中伏的头一天，和朋友在北京西站坐上开往山东的火车，去山东看一位寺院里的老师父。火车票难买，因是去往青岛的方向，无数的人，熙熙攘攘，裹挟着我们进站，裹挟着上车，前座的两家浙江人热烈地讨论着他们过去几天的经历，故宫不好玩，住宿不舒服，烤鸭不好吃，都是拒绝的态度，可还是兴高采烈地说着，近乎嚷，微妙地比较着两家人谁更会花钱——似乎都不是有钱人，还是努力高傲地表示自己花得起。高铁上的服务员显然看出他们的生命态度，热情推销列车模型，盒装的死亡的水果，还有油污的盒饭，一切需要不需要的东西。

有这些个鲜活的生命大肆发声，觉得周围的一切都是模糊状态，想到那俳句：露水的世啊，虽然是露水的世。

朋友是画家，说起她和老师父的因缘。她十四五岁的时候，老和尚经常去她家。家就住在寺院旁边北京南城的胡同里，老和尚每天在她家写毛笔字，一写一堆，忙忙碌碌要送人。她家是书画世家，笔墨纸砚都齐全，外加自己的母亲经常和老和尚谈论书法，一待就是一整天。老和尚要不就是写字，要不就是忙着帮周围邻居皈依，后来连她家的狗都被老和尚皈依了——一点不计这条狗咬过他的前嫌。

十五岁生日，老和尚说要帮她皈依。大清早，家里人就开始准备净素斋饭。她说我去买酱油啊。逃跑了，一整天不回家。老和尚带着两个徒弟，阵仗不小地来了，结果硬是家里找不到她，只剩下母亲道歉，这孩子，太不懂事。

老和尚说没事没事，机缘没到。

老和尚在北京的道场是著名寺院，大约前二十年的样子，有个外地的工程师出家，拜老和尚为师父。也是缘法，这徒弟出家后动员老和尚去山东中部一个县城的荒山野岭重新恢复历史名刹，虽然辛苦，也是大功德。老和尚真去了，也就是我们今天到访的寺院。后来到寺院里，我们看到十六年前老和尚刚到这荒山野岭的照片，才知道他当年面对的世界。此地实是荒凉，不仅片瓦全无，而且植物稀少。北方大山特有的苍莽感是靠山石生成的，这山只是土堆，反正什么也不是。

就是随随便便的土堆，山脚下数间破房，甚至连山都算不上，从没有在古画里看过这么寒酸的山丘。但此地又真的是山，北方的、平实的、残疾般的山。

照片里老和尚表情严肃，眉间有隐忧，显得心事重重。荒山背景里也没什么植物，越发显得童山秃岭。

梁朝的古老寺院选址在这里，想来当年的地貌要好许多。不过在这里重新建寺院倒是有故事：老和尚的徒弟用《大悲咒》给当地村民治病，村民病好了，强拉着和尚不愿他离去，徒弟于是发愿留下。后来老和尚查了古籍才知道，此地并非无来历。

徒弟也是能干，十多年下来，已经是当地著名的寺院，上网一查照片，金碧辉煌，巍然一座北方大丛林，当然老和尚的住持应该是能增加不少分量。现在这寺院已经成为当地一景，招待各方来客，难得的是，住宿、吃饭都是免费，一看就是那种发宏大愿度众生的地方。不过说实在话，我还是害怕人来人往的庙宇。

去之前给寺院打电话，问还能见到老和尚吗。

能，最近身体还好，能见上。

朋友所以订了大伏天的票去，也是因为害怕老和尚身体不好。去之前，我俩一路聊天。

要是这次让你皈依，你皈依吗？

皈。

他还能认出你吗？

应该行，我把手机里他写给我的字给他看。

他怎么就留在山东不回北京了？

我也不知道，去年听说他去世了，后来知道是谣传，这次才急着想看看他。

朋友的神态是有点焦虑的，一点没有平日洒脱的样貌。老和尚今年九十多了，谣传去世的消息不止一次听说，还是赶紧去的好。去寺院的头天，住在附近的城市，倒也没有焚香净身。我们愉快地吃了顿鲁菜，吃到有生以来最好的九转大肠，不太规整，一小截一小截地端上来，乌黑的团子，像是没完成的作业，偷工减料的。可入口就很狂喜，焦的、嫩的，膨胀似的在嘴里变成一体，不愧是本地佳肴。

内脏菜，不能细想，只能如狼似虎地去吃。

晨起大热，寺院距离城市也有一小时路程，沿途都是特定的乏味的北方城市，也懒得往窗外看。爬上山，汗透了，天气把人用金钟罩罩住了，一点不松快。

荷花倒是开得好，一盆盆种在龙盆里，摆在房前屋后，像农家院落，又是想象出来的超豪华的北方农村院落，一体的金色琉璃瓦屋顶，一路迤逦上山。要是有个大水池就更好看，规划时可能没想到，全部是骄阳下面的大广场，毫无遮阴，热得通透，估计是参照某些恢宏的传统建筑。我们急着见师父，跑到客堂，像个大公司的办公室，井井有条，也是新派寺院的一景。

排队办事的，在我们前面有个年轻人，黄脸，枯瘦身材，不知怎么显得不上品。一口当地话，显然是熟客，经常来寺院里住，点名要住山上的房子，不住在门前招待所般的大楼里，完全不符合我心目中清修的居士模样。

看来这里的免费住宿倒是真的，流传甚广。我小小地为自己的分别心检讨了下。

眉清目秀的知客僧倒是有礼貌，约时间，说是老和尚需要午休，可下午见面，我俩心里都徐徐出了口气。

这时候也想去吃免费饭，说赶紧去，晚了就没有。去了还真晚了，只剩下粗糙的馒头，还有西红柿豆腐杂菜汤，切成小块的西瓜，入口就知道难吃。有次去韩国寺院里吃饭，也是一堆素菜拌饭，也有辣酱，类似石锅拌饭，蔬菜也不可谓不新鲜，可不知道怎么就特别难入口。当然佛家要弃绝口腹之欲望，这样饭菜应该是对的？

也难说。有次去福建山里的寺院，完全是路过，饿了，进去吃斋饭，大白菜炒年糕，鲜美到吃了两大盘，厨房的师父还一再抱歉，说东西太少。也许是南北不同？吃完饭，胡思乱想着，在太阳下面逛了一圈，越往山上走，越觉得热得难当。

只能逃回客堂。知客僧说帮我们问问能不能提前，还真能。开了路条，我俩一路往半山爬去，老和尚住在最高处。以他的年纪，行动都难，看来已经不常下山。山上建筑也是金碧辉煌，我们气喘吁吁，爬到老和尚那幢楼前，空寥无人，只能自己推门进去，再上到二楼，出来一个广东僧人，不仅是口音，长相也像。

他就是照顾老和尚的侍者，双方客气鞠躬，把我们引到窗前，说，看吧。

大吃一惊。此时方知，老和尚已经卧床多年，所谓身体还行，是躺在床上隔窗探望他的还行。细看，老和尚已经不能说话，食管已经做了手术，吃东西都靠打成糊糊，做鼻饲，嘴巴一张一合。侍者说，这是在念佛，看起来，也就是平常的喘息。

生命的绝望，倒是不分僧俗。到了这个阶段，我不太能接受侍者的说辞。这广东籍贯的僧侣倒是能言善道，说老和尚受到的照顾无微不至，吃的什么，排的什么，都要记录在案，上交中国佛协，应该也是老和尚德高望重。

这种看望，大约在一般的寺院里，都属于探视者的福分，粤僧开始滔滔不绝说见了老和尚就属于有福气。想起深圳寺院的那位老和尚，反正见了，见的人履历上多了一些什么，至于那些老僧人究竟能给见的人增加什么福报，我是存疑的。

朋友已经眼中有泪，都没想到是这种场面。也不知道老和尚神志如何，不过即使清明，也不可能有什么交谈了。默默在窗外拜了拜，仓促逃出，一路无话。

过了半天，想了一句，老和尚现在这个状态还在人间驻留，想来是今生的业要彻底了结？也许是我太着相？佛教讲佛本尊的七十二相，临死的时候，不也有垂死之相？甚至有骷髅相示人，老和尚一息尚存，总有他的道理。

寻找
宫保鸡丁

的路程

一

　　一直惦记着要写篇宫保鸡丁，对这道菜有好感，因为在各地都吃过，还吃过操作非常美妙的，"念念不忘"。中国菜里少有这样放之各地都还有卓越表现的菜肴，这是菜里的角儿，就像全盛时期的梅兰芳，在长沙舞台上表演，完全不习惯京剧唱腔的地方，一样有人扔金灿灿的戒指上台。

　　大概还是这道菜骨子里的平民精神，不像近年声名鹊起的汕头狮头鹅，还有装腔作势的鱼子酱烤鸭，宫保鸡丁是大中华美食的民间英雄。

　　我也意识到，到了四川，我品尝宫保鸡丁的记录才有了完成的可能性，一丝微妙的胜利感洋溢出现。几乎每餐都点宫保鸡丁，愉快地吃着那些微辣微甜微麻的鸡肉，但都不够满足，并不完美。在屋顶上的樱园喝着茶的下午，又聊起了宫保鸡丁这道菜。

樱园的主人，熊英和熊燕都是有趣的食客，姐妹俩四十多岁的年纪，也是最近几年在四川新认识的朋友，两人先后从机关里辞职出来，熊英先开了"屋顶上的樱园"，以自己手腌的腊肉香肠而闻名，半新不旧的大楼屋顶上，突然悬挂出一道香肠之路。川、渝两地的人们都喜欢熏晒香肠，屋顶也常有熏制之屋，但这么壮观的场景，还是不多见，有种特别"肉"的喜悦感，旁边都是吃喝的人们，看着那么多香肠，不自觉地会露出笑容，也是一种落实到胃的喜悦。

江南的香肠就挂得低矮，基本在老屋前、阳台上，没有蜀地这么"大张艳帜"。

前两年熊英已经移居到附近的蒲江县明月村，在乡下自己建造的房子里，依旧在屋顶种花、种香草，新的爱好是用嫩松枝和松果酿造自己喜欢的酒，我们在夜晚的大露台上坐着，楼顶，还有楼下，都是盛开的暗蓝色绣球，日本人所谓的紫阳花，在暗夜沉沉中浮现出影子，有种芳姿之感，酒香在口腔里爆炸，暗雅的、悠然的酒，有松节油的味道。

间或吃两口好不容易保留下的去年的香肠，蜀地的乡村生活真是美好，聊起了在成都吃什么，熊英推荐还在城里打拼的妹妹熊燕，说熊燕知道所有好吃的地方，如果吃得不好，恨不得一个中饭要吃两个地方，完全不给请客的人面子。这句话听得很过瘾，一个对食物有脾气的人，不就是一般人想做而不敢做的事情吗？

回到城里的屋顶餐厅上，下午艳阳下，台湾的乌龙茶香袅袅婷婷，隐隐不去，我突然想起了宫保鸡丁这回事，就开口问熊燕，她是个快活的人，正和大家一起享受茶汤，听到我说吃的，小眼睛一眯，严肃起来，说这个是她的专长，不是一件轻易可以对付过去的事情。

过了一会儿，圆脸盘上眼神发亮地说，要好好打听一下。

正在泡茶的石老师也是老成都，中年消瘦的男性，光看外表，实在看不出他也是对食物有热情的人。我和他，以及也在樱园活动的成都小说家何大草合影，三个人里，我胖得呆若木鸡，发给我照片的熊燕说，你不幸地和成都最瘦的两个中年男人合影了。这时候石老师说，他倒是知道一个地方，是成都老字号的后人开的，值得一去，就看约的时间。

接下来的是在四川游荡的日子，临到快离开的这天，石老师消息来了，约好了老字号聚丰园创办者李九如的后人做宫保鸡丁给我们吃，对于我这种永远对食物有热情的人来说，这是件难得的好事，哪怕下午要去往飞机场,还是打算带着行李前往,幸亏行李不多。临去之前看了看大众点评网,这家小店干脆就打了川菜大师李九如的招牌,窄小的街边店,放大了创始者的名字,评价很不好,照片也很糟糕,但是我是一向不相信这些网络民间智慧的,大家说好的未必好,说不好的,说不定还有妙处。

只是店面确实狭窄,几乎就是沿街拱出来了,我感觉我购买自意大利的墨绿色的箱子肯定会沾染油渍,内心犹豫了一下。这时候熊燕的微信来了,说她已到了,老板说地道的四川话,想必菜还可以。于是,雄赳赳地拎着箱子去了这家小店,幸亏街面上一字摆开若干张桌子,并不用走进屋子里,里面狭窄到只能放四张小桌,当然知道"英雄不问出处"的道理,有时候越是这种地方,越有好菜肴,我、她,还有石老师兴致勃勃等菜上桌,消瘦的石先生说,这家菜他吃过,确实是有绝活。

街边的桌子倒也是满了,北方口音的保险销售,穿着破旧服装的办公室女文员,周围乡下拥进成都的体力工人,一桌桌倒是满满当当,一看就是四川人民喜欢的伙食系统,至少是"安老暖贫"的。

第一道菜就是宫保鸡丁,期待的主角这么毫不忸怩就出场了,哗啦一声地直接上了舞台,但是一看就扮相不佳，就像满脸油渍麻花的群众演员，而且是演油了的那种。之前至少也吃了七八种宫保鸡丁，看了些资料书籍，耳畔出现了幻想中的老厨师的成都口音：放莴笋丁的宫保鸡丁，肯定不正宗，因为莴笋出水嘛。

这道菜是不能见水迹的，要突出浓稠感，鸡丁要颤颤巍巍的，挑大梁的角色。

油汪汪地呈现在面前的这道菜，上面堆放着鸡丁，莴笋丁，剥了皮的花生米，还有大量的红色的干海椒，这时候老板娘走过来打招呼，才知道，这道菜，即使在成都的这家街边店，也是久不做了，好鸡肉难买，平时最多做的，是宫保肉丁，用猪肉代替鸡肉，今日是我们来，赶紧买了好鸡肉来代替。

老板娘神态大方，像个退休的工会干部，口才辨给的样子，有着某种昔日荣光说不完的那种样态，也是自豪地说着自家的历史。确实老聚丰园是成都数一数二的老餐馆，我看了看民国餐饮的资料，当年聚丰园的酒席是难以预订的。

成都不愧是历史悠久的美食城市，老城区就有若干家榜上有名的民国老餐厅迄今存在，有的搞过地下活动——成了革命圣地，比如"努力餐"，红色的招牌，现在还是晶光锃亮，但大堂极为简陋，按照现在的餐饮定位系统，完全不知道谁会去吃，但当年是地下党员的街头接头点，是真实的革命遗迹，闭门做陈列馆似乎也不合适，于是就依旧开着；比如以卤味著称的"盘飧市"，现在的卤猪头肉、卤兔子腿，都还是需要排队的美味——在盘飧市也吃了顿宫保鸡丁，容后再说；比如河边的"带江草堂"，进入过李劼人描写四川晚清民国市井的小说《死水微澜》，这些餐厅都还活着。

只是聚丰园早已经不见了，老板娘有着小生意人基本的尊严感，说，我们是第四代了，创办人的曾孙，你们也是见证历史，我们家最落魄的时候的历史。她是解释当下自家店面破败——也是事先辩解，把话说出来了，客人也就不好再说什么，严丝合缝的聪明。

又说自己的儿子开了网红面馆，在某处，有着某种强撑面子的状态，但真是有尊严。

一边微笑着应酬，一边忍不住吃了两口宫保鸡丁，让我惊奇，几乎一下子想表现在脸上，非常难吃，令人费解。照道理来说，这道菜并不难，可是这里几乎所有的角色都荒腔走板，花生米已经疲软，鸡肉倒是直不棱登地硬着，花椒的麻一点不见，宫保鸡丁著名的味型，所需要的糊辣荔枝味，只剩下了咸和辣，荔枝的酸和甜口，也是迟迟不见登场，严重滞留。

有点尴尬地面对着请客的主人，熊燕倒是比我豪爽，直接和石先生说，我要说实话了，石老师面色凝重，知道不会有好话，干脆说，我知道，我知道，平时绝对不是这个味道。我的社交盲点神速出来，干脆闭口不言。

第二道菜是爆双脆，也是难见的川菜，用了鸡胗，和一种白色的脆嫩内脏，后来才知道是兔肚，大厨并不是没有用心，但这道菜也是同样的油和咸，有种令人难堪的味觉系统。突然领悟，大厨凝固在自己的时间里了。他的菜，有一种明显的上世纪八十年代风格，刚刚从物资供应不足的年代出来，到了有油有盐的日子，要不顾一切地添加，强烈的时代感。改革开放之初的那些餐厅，我是没有机会见过，但是想象得出来，鲜花着锦未能形容，还是穷人暴富，有种不知深浅的豪迈。

再上来的爆炒笋片倒是比较清爽，我大口吃这个，熊燕索性不再吃饭，筷子一放，说，要不要去吃另外一家，午餐分成两顿。

实在不敢同意这个决定，再厚脸皮，也要顾及主人和厨师的面子，但是私心又觉得这个建议着实有趣，只能默默看着他们俩，石老师埋头吃饭，最终来了一句：都可以，你们去，我实在是来不及了。他是真有事，下午要去外地，我倒也觉得，要是连石老师也和我们一起走，那简直不能再做人了,残存的社交礼貌还在努力支撑着。

赶紧冲进后厨感谢今天的大师傅,要赶飞机诸如此类的借口,这位第四代厨师相貌堂堂,白发满头,非常干净,想到他在外面跑堂的妻子,才感觉两人真是一对,大厨说宫保鸡丁是北京菜云云我也就含笑不语,不加询问,心里倒也是有几分内疚,何苦为了一个宫保鸡丁这么麻烦人,但转念又一想,大厨也未必在意我们,只会觉得不是知音。

打车离开,有种坏孩子逃学的快乐——明知道不对,可又忍不住。

熊燕和我上了去往岷山饭店的车,那的宫保菜肴据说别具一格,两个人逃学,果然更快乐,至少心虚减少,岷山是那种老派的酒店,整个中餐厅被压缩在了角落里,可能包房多,两人又不至于去包间,快乐地坐下,大杯喝水,还是刚才被油盐闷住了,人的肠胃也像菜,被放进了一个罐子里。

好消息坏消息接踵而至,好消息是,这里的宫保味道非常正宗;坏消息是,已经很久不做鸡丁,只做宫保味道的鳕鱼、鹅肝,还有虾仁,让顾客自己选择,想来想去,还是虾仁吧,另两者估计会油腻,而且说实在的,也没什么道理,都是自己瞎想。

酒店的长廊里弥漫着酒香，似是而非之间，非常让人迷惑，原来是著名的太白酱肉，好，也来一盘。午餐下半场开张，大盘的宫保虾仁上来果然有气势，岷山饭店的虾仁选的海虾仁，明确无疑地从冰箱取出来，绝非现场剥虾制作，这点倒真是遗憾。但这家的宫保味道果然好，先是隐约的糊辣味道，来自四川地区的干海椒和大葱爆炒产生的味觉，然后是暧昧的甜，接下来是酸，醋的层次出来了，然后是模糊的麻，仿佛能看到大厨在后厨挥洒如意的样子，登台亮相，帅。

低头一想，自己是不是还是有点仓促决定了，也许鹅肝会好？

酱肉也好，酒香满口，但是又不抢肉味，肥美的，红白相间，是一个个明艳动人的小花旦，簇拥着上来，被盘在大竹篮里；熊燕神秘地笑着，还等着第三道菜，大花瓶上来的时候我也恍惚了一下，花瓶里竹叶和黄果子相间。原来，这是她最喜欢的糖油果子，刚炸好的果子，串在竹签上，和竹叶一起构成了瓶花，这么繁复，大概也是某种四川人雕琢的聪明，连我都看晃眼了。这时候女领班上来，同样是善言的成都中年妇人，有种麻利劲头，说是自己设计的这道菜，当年学过台湾的花艺。"只是竹子从宾馆花园摘的，不太新鲜"。啊，有来历的摆盘故事，也让我想到了八十年代的精雕细琢的摆盘菜，一时间又恍惚了起来，岷山饭店和街头小餐馆叠加的午餐，实在是不太像日常生活。

两个人的刁钻古怪，为了馋，无所不为。

和熊燕步行去喝咖啡，两个中年人，步履轻快，她戴了一顶古怪的黑色软帽，我穿着黑色的褶皱外套，两个人如此不将就，如此不给人面子，如此在街头浪荡。啊，原谅我们吧，为了吃到一道好的宫保鸡丁，如此不冠冕的理由。

不过也真实。

有谁去岷山饭店替我吃一吃宫保鹅肝，还是好奇。

二

上世纪九十年代初去北京玩，那时候首都的餐馆少，我也还是穷学生，多吃街头小餐馆，吃多了，有了经验：觉得宫保鸡丁是必点菜，京城宫保鸡丁的特点是放大葱粒，大葱本来就甜，适合入菜肴；王世襄用葱心来炸软，做"京葱海米"，是个传说；小饭馆的京葱没那么精挑细拣，只是粗糙切粒儿，被鸡丁、辣椒粒儿，包括酥脆的花生米一陪伴，恍如大秧歌般的热闹——京菜多从鲁菜变化而来，这道菜想来也不例外，应该也是早年鲁菜的遗产，而并非源自川菜。

后来看了些资料，确定了我的想法，传说中宫保鸡丁的创造者，丁宝桢丁宫保大人，也曾去山东为官，甚至有说法，此菜成型于山东，正是山东人民把山东盛产的花生、大葱加进去，让这道菜从传说中的始发地四川风味改良，增色不少，山东人民因此说——困在川贵，就是一道辣子鸡丁。

不能详细讨论，否则就是地域大战，其实这种讨论没什么意义，一道菜的流变，在物流不方便的年代，一定和当地土产有密切关系。北京的这道菜，除了大葱之外，还有加黄瓜丁的，一看就是从酱爆鸡丁变来，但是加了黄瓜丁的基本不好吃，和添加莴笋丁一样，都属于出水配料。但这道菜拒绝水汪汪，加上黄瓜在这道菜里并不清脆，大体作用就是充当减少主料的配菜，简而言之，就是省成本。

可一九九〇年代哪里有这些讲究？最喜欢的个人晚餐，就是点一盘宫保鸡丁，叫一份素炒饼，外加粗糙的绿色大瓶的燕京啤酒，往往从鸡丁吃到花生米，最后盘子里只剩下一点辣椒，才开始吃素炒饼，辣椒是一定剩下的，京派的宫保鸡丁多用干辣椒，其实没多少辣味，大概是选材不好，也没法吃。

好在不是像辣子鸡丁里的干辣椒那么多，剩下也没有啥内疚感和怀疑心。辣子鸡丁里的辣椒多到 —— 老觉得这些辣椒还要剩下，会给另外一桌再做一遍。

是一种体力劳动者的晚餐，杯干盘净的，想起来在寺庙里吃饭的往事，那种更有空盘综合征。有年在深圳的寺院里采访百岁老和尚，顿顿都吃山上的素斋，盘子里也剩了些辣椒、花椒，侍者说，要吃掉的，老和尚在一定会骂剩佐料的人。幸亏我们不会在山上的寺院里吃辣子鸡丁。

最近回北京，和朋友约各种吃饭，新开的南法菜小餐厅，藏在三里屯大楼里的日式居酒屋，使馆区的薄底比萨店，都非常中产阶级化。结果有天开会晚了，和朋友累得半死去觅食，突然发现一家老北京肉饼铺子，进门就是混着烟酒味儿的荤腥气息，角落里，几个白发老头在喝酒大嚼，不关门是不会走的，一进去，我就觉得，哦，熟悉的人，躲在这里呢。

京城的餐馆越来越多，我也到了不再顿顿必吃宫保鸡丁的年纪，可是最近两年倒也爱点，尤其是一些普通的餐厅，大概还是这道菜朴实无华，近乎经济连锁酒店，没有选择的时候总不会太糟糕，可以一睡。

这些餐馆，吃客都是最典型的北京市民，没有外地游客，没有吃货自诩的烦人的打卡者，更少见吃播之类，有天突然想吃清真菜了，中午晃去西来顺，没想到大中午人居然满坑满谷，其实天气严寒，外面是北方冬天特有的蓝天，匀净的、干脆的，让人以为可以懒洋洋地散步，其实寒冷入骨，手都不能拿出来。

屋内热气腾腾，拥挤到需要拼桌的地步。我正好是一个人，随意被塞到二楼进门处的大圆桌上。已经坐了两拨人了，一对中年夫妇模样的人，絮絮叨叨谁做饭，谁洗衣服，这才明白不是夫妻，在密集交流各自家庭里各种生活问题，各种闲言碎语，显然是已退休进入到了瓶颈的生活，在此诉苦。女的披散着卷发，描浓眉，有种中年的迟钝感，男性则是高鼻深目，让人想到他的民族，到最后我也没看出是老同事见面叙旧还是中年男女约会。

另一对是母女，母亲有当过领导的派头，呼叱左右，但现在也就是一桌的空间，只有女儿听她呵斥，她们点的菜甚多，虾球、鸡丝、炒鱼丝、糟熘鱼片、牛肉饺子，还有糖卷果，一大桌，看着都撑，北京的老清真餐馆，都有卷果这道菜，用山药碾碎蒸熟，点缀着红枣，卷成长条切片，应该是非常养生的菜肴，离开了北京，再也吃不到。

圆桌上三足鼎立，我点了宫保鸡丁，它似蜜，外加羊肉汤面片，实在是太多——但旁人点得多就不由自主地跟上了，大约也是食物之间有气场，互相激励；每个人都吃得眉飞色舞，我也不能落后，它家的宫保鸡丁上来就颇为出乎意料，没有花生米不说，也没有多余的黄瓜丁之类，只有辣椒粉，大量地撒在鸡丁之上，很像一场猝不及防的山间的雪，间或夹杂着蒜片，则是落满雪的石头，荒凉的北方山景再现，想不到一道清真的宫保鸡丁都如此地荒山秃顶，追问匆匆走过的服务大姐，大姐非常忙碌，还是耐心地说，我们教门馆子的宫保鸡丁是不一样的。

就算不一样，也没想到这么不一样，吃进去倒还好，酸甜辣适口，可无论如何不是一道宫保鸡丁该有的模样。

这家清真老店的马连良鸭子是蒸熟再炸，有点香酥鸭的意思，当年也是创新菜，那么这个鸡丁也是创新？百年前的创新？与众不同，干吗还要叫这个名字？莫非真的是当年丁宫保诛杀安德海名气太大，以至家家效仿丁家菜？包括不正经的效仿？自己上演内心戏。但味觉体系上，就是这道菜，让人难以忘怀。

北京很多的餐馆自行其是，并没有与时俱进的状态，最荒诞的完全停留在一九九〇年代的对付旅行团的模式里。朋友推荐了前门附近的一家老川菜，说是当年很多名人的食堂，郭沫若题匾，"力力餐厅"，进门就吓一跳，完全是给旅行团吃饭的餐厅。有人在明厨操作，可都需要自己拿着盘子端菜，塑料的橘黄色盘子，有积攒的污垢，看着就觉得不洁净，几乎与高速公路旁的休息站同等水准，还是在前门的缘故。

来了又不便转身就走，我和朋友镇定自若地点了四道菜，跑到楼上找座位，房间里暗沉无人，黑漆漆的，也都是那种廉价的塑料桌椅，只有一个中年男跑堂在靠墙抽烟，勉为其难地说了句随便坐，就再也不搭理。

窗外是破旧的大院落，有金属梯子上下，一个女跑堂大约要提前下班，在房间里看她静默梳妆，对挂着的小圆镜子精细梳头，也无过多的点缀，也是一个三十年前的场景。突然，听她锐叫一声，你们，下去拿菜。又无旁人，显然是她习惯的嗓音，安静的气氛瞬间就碎了，如水珠入银盘。

小心翼翼从楼下端着菜再上来，这家的宫保鸡丁，居然出乎意料，一本正经。首先是大葱的甜香，接着是鸡丁的柔滑，再是花生米的酥脆，这种地方是不会选用好原料的，但并不妨碍鸡腿肉的入味，不惊喜，但好吃，像肯德基的炸鸡腿，味道是笃定的，约定俗成的，随手可得的满足，是普通人的美味，就像在雨天的泥泞路上，偶遇家干燥暖和的小店，怎么都有的满足感。

当下高档的餐厅，拒做宫保鸡丁的理由就是，没好的原材料。是鸡的品种不够好了？不过也许是推辞，白斩鸡不还是家家户户在做，未必比宫保鸡丁的材料好找。

再写下去，快成了"北京是不是美食荒漠"之类的网文了。其实北京的老餐馆倒是好，这些家常菜一直有供应，峨嵋酒家拿宫保鸡丁做主打，四川饭店的点餐单，前两页就会出现这道菜，朋友喜欢四川饭店，说他家的宫保鸡丁是老式炒法，加了两种酱料，甜面酱和豆瓣酱。其实宫保鸡丁要好吃，到不完全是佐料的缘故，确实是主料得好：鸡要挑选，腿部和胸部各有说法，看厨师的能耐；辅料也要选得好，最基础就是花生米，讲究的厨师，一定是花生米现炸放在一边，皮了，返潮了，是大忌；调料选择也要好，比如醋要带点甜的陈醋，说来说去，简直是老派的私塾先生讲究写文章，一篇文章要好，首先要豹子头，凤凰一样的华丽尾羽，当然中间也要好——是废话，什么菜不都如此。

峨嵋酒家有阵子四处开店，靠宫保鸡丁主打，传说中最古老的总店在西边，是梅兰芳喜欢的餐厅，他家的宫保鸡丁有精品和普通两种，放腰果还是花生米的区别，并不值得推荐这种区隔，但峨嵋餐厅的这道菜能在一片宫保鸡丁的红海中杀出一条路,是选择的鸡腿肉上连皮,更有口腔质感的表现,别看只是一层小小的鸡皮。

疫情严重的时候,门口的服务员连护目镜都戴上,严谨而费力地辨认健康码,一楼倒是没有往常人多,可是基本还是满座。窗外是稀少的行人。一向喜欢的是平安大街的这家,倒像没有变的古老北京,左邻右舍的房子都不高不低。它家的鸡丁是大粒,显然取自鸡腿,在生鸡普遍养殖的时代,腿肉比较紧致,大块的京葱,大粒的花椒,外加大片的干瘪二荆条。这是一道和川菜的宫保鸡丁遥相呼应的菜肴,感觉是进京后的懒散的京官,遥遥地在一个午后,想念了家乡的热烈的菜,于是让家里人准备好了材料下厨,散淡的一杯酒,浓烈的一道菜。

请教了专业人士才知道,京派的宫保鸡丁,和川菜的这道菜的最大区别,还是在炒菜顺序。北京菜从鲁菜来,自带官场气息,这道菜炒的时候,并不是"一锅出",一个古老的烹饪术语,意思是不是依次放入材料,一锅炒完。不像在四川老家那样烈火烹油,大炒大闹。而是细致菜,鸡丁过油,取出,然后炸花椒粒,炸辣椒油,炸葱段,再放入鸡丁和炸好的花生米,一丝不苟,基本上属于京剧里名角的套路,又联想到梅兰芳,上台唱戏,一板一眼，台风一点不能错。

这道菜能够主流化，在京城普遍开花，毫无疑问是因为原料随手可得，滋味变化多样，能够让普通人上手，昔日的达官菜肴早已经丧失了定力和章法，追求王谢堂前的感觉可能已属多余，加黄瓜丁，加莴笋丁，放不放花椒，用不用新鲜青椒，黄酱是否参股，甜面酱要不要进入，冰冻鸡胸肉是不是能对付一下，都不成问题，正宗的"宫保沙司"拯救一切，或者不那么正经的"宫保沙司"也可以，就像昔日的大户人家的婢女嫁了杂货店小贩，索性打开门做生意，谁都能看看老板娘的满面春色，招牌挂的都是，昔日官家菜。

胡同里的意大利比萨店，也推出"宫保鸡丁"比萨。倒想起有一年去希腊的岛上，在悬崖之上的餐厅，看着外面蓝色的海洋，要了盘炒鸡丁，就用古老的面饼垫在手上，把鸡丁放上去，看那些汁水浸润面皮，非常入味。显然是从中亚传过去的菜肴，完全不像一般西餐店的鸡排单调乏味。

归根结底，京派的宫保鸡丁，还是沾染了一丝老派生活的风流韵致，变得缓慢，变得世俗，变得暧昧不清和过分随意，我，还是要去四川吃我的宫保鸡丁。

三

味道这个东西，说起来很是奇妙，你让它香的时候，有时候反而臭；像是冬天封闭在杂气熏染的屋里的一缸子茉莉香片，浓郁是浓郁，但不清晰，更不准确，这种味觉，在传统菜的香味系统上是致命伤。

成都的宫保鸡丁，纵使有千般毛病，味觉是清晰而锐利的，像把小匕首。

近两年频频去成都，有大量机会吃到宫保鸡丁，实在有点"寻味之旅"的感觉，有点沦陷到公号文章的陷阱："我为你们尝试了五十道宫保鸡丁"之类的拙劣标题，一向讨厌这种愚蠢的卖力，太把自己当机器人了。

然而又忍不住不点。

像《盗梦空间》里经典说法：能够植入一个想法，直接告诉他，你不要想这件事，反而就禁不住想象。想避开点宫保鸡丁，倒每次都点了，尤其是和朋友一起，他们微笑着看我，鼓动着，煽动着，半带着轻微的嘲笑，外界谣传我是美食家，尽量避开这一称呼，可是熟人们还是要开我的玩笑，点菜的任务都要交给我。

被推荐的"芙蓉凰"的宫保鸡丁，也应约去吃了。地处偏远，在某个陈旧普通的街边大楼的楼上，一般还真找不到。一直排队到下午两点,人潮汹涌,非常努力的新派装修,是赶时髦市民喜欢的餐厅。每一桌都满满的,倒是没有被吓走。负责照应的前厅老板娘有点上海人的劲头,精明利落,戴着眼镜,烫着卷发,越发像上海市民,一直想让我和朋友与陌生人拼桌,甚至说如果不拼你们可能吃不到,到时候厨子下班了,我们这几个地道的上海人太明白这种手法,大城市的小市民,谁没有一招两式,我们微笑着看着她,不拼,我们不拼。

熬了会儿,就有了自己的桌子,欣喜地点菜,鸡豆花、宫保鸡丁、家常豆腐、丸子汤,都是最朴素的四川家常菜,考校水平来的。宫保鸡丁上来,二〇〇〇年代的装盘,白瓷碟的角落上,一朵使用了无数次的兰花,外观没问题,鸡丁用的腿肉,饱满,形状不规则,这个也喜欢,味道酸甜,不多的炸辣椒也支撑起了"糊辣"感,"糊辣荔枝味"基本合格,但两口下去,嗯,花生米破坏了兴致,已经不酥脆了,是不是四川太潮湿的缘故?花生入锅不是现炸,太容易返潮——四月,整个成都都绿意森森的,到处都是树,小河道,阴雨连绵的小区,绿是一种风情,北方来成都和我会合的朋友说,这是他待过的最潮湿的城市。

要求厨师做宫保鸡丁都现炸花生米也不现实,这家店这么红，忙不过来。后来有好事的朋友去问这家店的老板娘，应该就是我见的厉害角色，说确实是头天炸好的花生米，还说再邀请我去，但不太想去。

接下来的两天，还是各种吃喝，混迹于各种神奇的小餐厅，"盘飧市"的鸡丁刀功非常蹩脚，鸡丁有大有小，随意，好在入味，然而不鲜美，是流水线产品；"峨眉电影制片厂"的食堂，也是传说中的老牌川菜输出所在，院子里有人在烙着锅边馍，一种薄而脆的面饼，约是本地人理解中的美好面食，这里的"峨影狮子头""菌香滑肉"和新蒸出来的"酱肉包子"，都是其自来有的经典，某种小圈子的传说。

宫保鸡丁一上来，我就觉得失败，大量的莴笋颗粒混合了鸡丁。脑子里突然自动翻开了自己家小时候订阅的"四川烹饪"，里面有篇文章写什么是失败的川菜。大厨批评得明明白白，炒宫保鸡丁放莴笋丁，肯定是失败的。原因很简单，蔬菜出水，这道菜，讲究的是糊辣干香，味觉体系和食物的干湿程度当然有关系，太专业的学问，一般人没研究。

都能被自己逗笑，在一道菜上这么学究气起来。

认真研究过四川学者写的宫保鸡丁的文章，但是来历都不甚清晰。有一篇数千字的文章说丁宝桢去了自贡，被当地重点招待。自贡盐商富庶，吃喝讲究，会有比较精致的菜肴上桌，为了适应走南闯北的丁大人的口味，特意用了刚宰杀的小公鸡肉和酥脆的花生米搭配，一端上桌，宾主尽欢，其实这篇文章完全没解释清楚宫保鸡丁何以畅销全国。

私以为，这道菜之所以流行的关键，大约它是特别适合搭配酒席的"小荤"，冷菜吃腻了，一道滋味厚重、鲜美独特的火热菜肴上桌，大家精神为之一振，接着吃喝，肉质细嫩的鸡丁之外，还有酥脆的花生米，同被笼罩在酸甜糊辣的大幕之下，一人一筷子，愉快的酒桌佳肴。能流行开来，当然是因为大葱、花生米和鸡肉几种主料都简单易寻，不过分依赖地方食材，逐渐全国化，也逐渐丧失了最早时期的本地惊艳的滋味，酸甜可人，让人难忘——太过时髦的东西总会传变样，这个是代价。

主料简单好找，其实各自分量的掌控，还是难题，比如葱多少，辣椒几段，均需要功底。重庆版的鱼香肉丝，只有葱丝肉丝，突出主料，结果却实在曼妙；粗糙的宫保鸡丁会是半盘子的辣椒和葱段，但是讲究的就会有鲜明的比例，寥寥可数的葱，几段被烈火油锅暴力对待的红中带黑的辣椒段，均匀的花生米和鸡丁，平价餐馆里，照样有好的，我和朋友在成都的肖家河吃到的宫保鸡丁，堪称成都第一。

餐厅在满是小吃店的社区之中，挂着红底金字招牌，著名的是丸子汤。猪肉新鲜，配菜多，豆芽汤打底，自有一份清鲜，显然厨师从灶台生活里得到的智慧，潮州某个著名的鱼翅大菜，也是豆芽打底熬汤。卤菜也好吃，甚至比"盘飧市"的卤味好吃，尤其是鲜卤的猪耳朵；当然最惊喜的，还是宫保鸡丁，二十八元一份，甜嫩可口，先是酸甜的口感，辣椒微小的煳味辣味隐约传来，是小提琴协奏曲里微妙的钢琴声，一点点。

说不出好在哪里，也就是道家常菜，可是家常菜做得好，也真是本事。我们去得晚，正好是厨师的饭点时间，旁边坐着几个炒菜的厨师，普通的四川乡镇的青年，粗眉大眼，穿着旅游鞋。也说不上有什么特殊，大约就是从小习惯了这些家常口味，原样做了出来，就颇为成功了。远比玩噱头的大餐馆要朴实大方，吃得出来这家餐馆是尊重食材的，该鲜的鲜，该腊的陈，理想的家常菜餐厅就是这样。整条街热闹极了，这家餐厅人多，但也没有比周围的餐馆多到哪里去，还是羡慕繁华似锦的锦官城里，拥有如此日常的丰腴。

蜀地之外的宫保鸡丁，贵州版的非常值得去吃。我在贵阳的一家公园茶座里吃到惊艳的贵州版,没有花生米,放了三种辣椒:干的,糍粑的,外加糊辣子,靠辣椒组合的复杂阵法做成了糊辣体系,让人耳目一新。老板是社会人士,大粗金链子,戴在硕大 Logo 的长袖 T 恤外面,越发显得金光灿烂,放在现在要被格外注目的,甚至被打击的。

不过他人倒有种淡定的风格,一挥手,我这里都是小菜,随便吃吃。言简意赅,不像有些戏剧化的名厨,各种吹牛,倒烦人。吃起来是真好,没有花生米的宫保鸡丁,据说才是最正宗,丁宝桢是贵州织金人,传说这道菜源头在这里——其实也没有什么道理。

但好吃足够了,滋味喷香,与现在流行的辣子鸡丁相比,更文雅,更细嫩,吃得出这道菜里的昔日古老的官府气息,不愧"宫保"鸡丁之名。贵阳的宫保菜,其实是撑得起场面的,很多家本地餐馆,会系列推出宫保菜肴,放两到三种辣椒炒主料,就是宫保的全部了,并不用多余配菜,有种茁实感。宫保鸡丁、肉丁,还有贵阳人爱吃的"板筋",是猪的横膈膜,把一头猪这么细节化的分解,也是有意思的,最简陋的店面,有最繁盛的手艺。

宫保板筋颇为惊艳,脆嫩之外,还有嚼劲。

在回忆里赞美过贵阳派的宫保鸡丁，说不知道什么时候才能吃到。也是蓄意的诗化，想吃，就飞去贵阳，找到那家公园，在茶座里坐一下午，喝茶喝饿了，就着喷香的贵州酒，兴致勃勃吃了这盘下酒菜——这等事情，也有一种日常的诗意。

上海昂贵川菜馆也吃到了好的宫保鸡丁。南兴园的邓师傅，炒得一手好鸡丁，滑嫩，趁热吃，一大勺下去，里面最好有花生米混合鸡丁，外加鲜甜的葱粒，五味杂陈，各自表演，食材都好，就像被推倒在你眼前的一幅绚丽图画，眼睛不够用。不过这鸡丁甚是尊贵，一盘鸡丁，需要两只放养小公鸡的鸡腿肉，所以价格是四川永乐饭店的十倍，也是稀罕物了。餐厅员工的日常菜肴就是鸡肉，因为剩下的肉要消化，只能做员工餐吃。

这么多饱满的宫保鸡丁的记录，但还是清晰地明白，一道菜的流行，可能也就是几十年上百年。这道菜诞生于前朝，流行也将近一百年，寿命已经够长久的了，很多菜三五年就消失了，也是常态。

和人一样，方生方死乃是事实。不恋恋于传说中正宗的"糊辣荔枝味"，才真洒脱。万物流变之中，有什么正宗，何况一个滋味，只不过是个体的口腔所好罢了。去都江堰，从半山腰的二王庙往下走，突然看到历代治水名臣里,还有丁宝桢大人的泥塑肖像,这个倒是有趣,大人的治水事迹无人知晓,倒是鸡丁滋味流传了百年。

塑像下面,再走上几百级台阶,就是寒气逼人的江水,是雪山的积雪化成。隔着遥远的距离,都能感觉到那水的寒冷,这才是不灭的山河。相比之下,人,以及因人而留下来的菜肴滋味,都活得太短。

方舟的主人

一

从北京搬到上海已有大半年，迅速忘记了北京的样子，其实只是几千里地，几小时车程的距离，在现代交通网络中完全不是问题，可是那种包围身体的干燥的气息不一样了，环境造成了肉身的记忆退去了，就开始淡忘那里的一切，画面都稀薄起来，变得像古画中渐渐淡去的云。

也许是有意淡忘，也许是狂草里的那笔，飞去天际的大字的随意一带。

普通人的搬迁，可不就是这样。

寒冷的冬天末梢，要回京做些新书的推广活动，住在北京远郊区的朋友邀请我去住他村里的院子，犹犹豫豫的，主要还是乡下冷，他新近从城里搬到远郊区，说是远郊区，也不太公平，离开首都机场三十分钟车程，并不像很多我熟悉的媒体人搬家去的北京山区，出门就是野山，也是流行的生活方式。可是他搬到这里，并不是为赶时髦，而是别的原因。这几乎还是城区边缘，和机场也就这么点车程，顺着机场路一直行走，看到大片冬天里冲天的杨树，叶子不在，听不到哗啦啦的声响，但看白色树干，还是萧瑟，正是冬天和春天交接的时候，明知道就要暖和了，可此刻，寒气逼人。

朋友小松为他收养的流浪狗搬家到了这里，他从前是时尚杂志的负责人，在杂志陷入普遍的衰落困境之前，就已经辞职离开，说是要拍照片，做艺术摄影，这不就意味着陷于贫困？现在就是商业摄影师都快没饭吃了，何况是纯粹的艺术摄影，有一种空茫茫的感觉。

我们这些俗人就开始担心他未来的生活，与其说担心他，不如说是担心自己。在媒体如潮水般退去的时候，只剩下一片荒凉沙滩，我们这些人都在挣扎，当然有厉害的人，在干涸的沙滩上继续卖弄，但我们都不是。

他是真的拍起了作品，很多是周边事物，干枯的花，在玻璃瓶子里静静地死了一次又一次；半夜里的鹦鹉，散落了一笼子的羽毛，闪烁的眼神；当然还有他收养的流浪狗，他从楼房搬家到农家院，很大原因就是为了这四只土狗，倒是没有特别名字，因外表命名，大黄、二黄、小黑、长毛，朴素得不能再朴素。去年夏天第一次参观他的村里的大院，四只狗扑到门口的栅栏上迎接，显然是太寂寞，平时偌大的院子里只有小松一个人。

过去可是在野地里自由浪荡的狗啊。

第一次见到这四只狗，还是在他从前住的居民楼附近的菜地里。北方的菜地，不像南方一样郁郁葱葱，往往是荒凉的存在，也有树，都是杂木，没人看重的树才无人砍伐，倒是符合庄子之说。一群群的流浪狗在这里三五成群，苟且偷生，当然也是有原因的——既有看菜地的保安看管，也有附近居民的喂养。小松和一位大姐不知道怎么就找了以大黄为首的这群狗团队，经常去喂养它们，一来二去就熟悉了。大黄是头目，爱社交，喜欢冲出来打招呼，亲近人，带着他走进了以自己为首的四只狗的小王国。小松既看见它们摇尾乞怜吃狗粮的样子，也见过四只狗在冬天的野地里追逐兔子的骁勇之气；惨状也有，刚生产幼小狗崽的小黑躲藏在一个涨水的管道里，几只刚生下没多久的小狗已经死亡，它还不自知，最先死亡的那只小狗，身上已爬满了蛆。

就是这件事让小松产生了收养它们的欲望，不过决定性的一刻还在后面。有天大雪，小松去荒无一人的菜地拍照，整个世界静极了，只有他和跟着他跑来跑去的四只狗。天地苍茫，四只狗什么都不知道，只知道喂它们的人来了，跟着跑跑跳跳，那是它们的欢乐时光。雪地上只有他和狗的足印，大概那一刻，他下决心和四只野狗相依为命，"拯救它们是我的责任"。

这张照片我没有看到，因为小松不肯拿他觉得不成熟的照片给人看，想象中是黑白的，无边的雪地上，人和狗都是小黑影。

为了收养他们，就不能继续住在楼房，只能找有小院的乡村宅子，他说自己运气好，一下子找到了这个有三排房子的后院，前面住过的人是个能工巧匠，刷了院墙和窗棂，本白的墙，配上黄色油漆的窗棂，显得不那么陈旧。院子里有大枣树一株，柿子树两棵，去年秋天我去玩的时候，正好是枣子丰收的季节，扑棱棱的一大堆，太多了；柿子也是满树，近看才知道，很多柿子还没成熟，就爬满了虫子，只能等它们静静落下，啪的一声，一地稀烂的黄，远不如那些摄影里北方乡村景色的柿子诱人，灰黑色的石头房子，一树金灿灿的柿子，是俗气的北方风景画。

满院丰盛的果实,却让人没有吃的愿望,四只狗懒洋洋地在它们专属的院子里游荡,过去虽然饥一顿饱一顿,但有大片的荒地可以游荡,现在就局促多了。

饱腹的代价。

虽然被养久了,但是二黄、小黑还是躲着人,应该是被人虐待过,尤其是小黑,怎么都够不到它,我来了几次,几乎没有触摸过它,身为主人的小松也是没有。小松说那片菜田除了喂狗人,还有一个专门屠狗的狗贩子,看着也就是普通人的模样,经常骑着自行车巡视,眼神阴冷,狗自然是懂得的,每逢那人来到,都溜得远远的,或者聚成群愤怒嚎叫。他带领这群小狗安家,不仅仅是喂饱了它们,也是让它们保全生命。

不过小松说,不仅仅是他救了它们,它们在某种程度上也安慰了他,让他有了责任感,一群生命依靠着他,让他觉得自己要努力活下去——典型的文艺青年的论调,倒很让人心头一热。

我是没有这样的热情,现代人都自私,宠物养在家,还有巨大的羁绊,何况是四只硕大的土狗。

最大的问题,还是人与狗形成某种固定关系后,就很难脱离。尤其是我这么爱四处旅行的人,小松说,他可以几年不出门,就为这些狗养老送终,反正人生还长,一晃就晃过去了,他努力描绘出一种美好的图景,也果然在现实中奉行着这样的图景。秋天去的时候,狗还在好好吃食,这次再去,已经变成了一群挑食的家伙,和饱受宠爱的孩子一样。四只狗,每只的食品都不一样,如果是简单的狗粮就拒绝食用,需要有专用的狗饭,添加物众多,或者鸭腿,或者牛肉,也有猪肝,如果不经心,就真的不吃,大黄依然带着头,懒洋洋晃荡过去,看一眼,瞬间走开,等待着小松再添好料,否则不吃,聪明的狗群已经明白了小松的弱点,爱做饭的他,现在成了专门给狗做饭的厨子。

想起了多年前去他家吃的第一顿饭,用鸡汤做的汤底,里面放了新鲜茉莉花,还有炖得酥软的藕块,现在人吃的可简单了,比狗简单。

二

除了养狗,小松还喜欢了喝茶,还是看了我新书的结果。我新出版了一本关于茶的著作,算是新年礼物分赠给朋友,结果就他入迷了,多数人不过是敷衍的阅读,只有他,把家里的茶具和茶叶翻箱倒柜地拿出来,还买了电子秤和计时器,非常标准化地泡茶,还说要和我一起喝茶。

我的到来,让他如临大敌,一方面要学习,一方面又害怕我批评,成年人的学习,是会有被冒犯到尊严的可能性的。我讲了我听到关于学茶的故事安慰他。厦门的一位高僧,实在是品茶高手,藏的珍贵茶也多,很多人找他去学茶,最后有一个朋友如愿以偿,和高僧迁移到山林的木屋里,里面藏有历年收藏的好茶,但没有电炉、煤气等现代设施,于是天天砍柴烧水,柴好捡取,水,则是山间的溪流,一连喝了半个月。

小松也不禁神往,我说我都没享受过呢,我也神往,此刻只能在北方的农家院里喝茶了。小松搬出方桌,用电热水壶烧农夫山泉的桶装水。这个村子特别小,小到连超市都没有,买水买菜,要去二十分钟之外的一个集市,所以这桶装水来之不易——倒是有个卖豆腐的,每天早上九点定时推车,远远地喊叫——豆腐、豆腐丝。他买了不少次,卖豆腐的是个湖北人,不知道怎么就在这里驻扎了,说是已经在这里留了二十年,当代移民的考察样本,一直留在村里,给附近几个村提供豆腐制品,可见收入也还行。小松做他的豆腐丝给我吃,简单用水焯熟,然后放上上好的陶瓶装的广州出品的头道酱油,说不上多么美味,有着北方乡村食物的朴拙感。

卖豆腐的人叫喊声却是匆促的、锐利的，急匆匆从门前掠过，伴随着村子里几声狗叫，虽仓促，却悠长，几乎有一种时间凝固感。住下来的几天，几乎都是他的叫卖声伴随着狗叫声吵醒我，说不出的奇异，想不到离开北京，这么近的地方，就有这种近乎凝固的生活。

有一年陪着朋友去河北乡镇看古迹，那时候旅行不发达，各种装腔作势的民宿付之阙如，只能住在乡下土炕，兴致勃勃地四处找吃的，结果过了饭点，镇上的唯一餐馆勉强接纳我们，要求煮个北方农村常见的饺子都被拒绝，说是没有热水，也不想烧，唯一可以提供的，是蛋炒饭，还有炖杂鱼贴卷子，《红楼梦》里王熙凤说过的，"烧糊的卷子"，当然放弃蛋炒饭，选择这个没吃过的玩意儿，结果就是一堆白色的馒头状的东西贴在锅边，实在说不出好吃来，和这个豆腐丝有得一比。

我们烧水，先泡小松最近买来的茶，香气浓郁的台湾乌龙，大概是某种寂寞，小松在乡下热爱给普通人泡茶，说是村里某个串门的邻居大妈，还有和朋友一起来的朋友的母亲，包括从前一起喂养过流浪狗的大姐都来过，都是从来不喝工夫茶的人，喝了这款茶之后，都说是"一生喝过最好的茶"。小松未免得意，特意拿出来冲泡，几秒钟出汤？多大分量？我反而一时语塞，我的泡茶方法就是中国式厨房里的方法，多少量，多少时间都是凭借经验，有种得意洋洋的随意。

乍看小松泡茶，觉得拘泥，好喝还是好喝，是那种中规中矩的好喝。其实茶要好喝，还是要复杂，需要有奇峰突起的意外，他还是太有学生气息，还是某种拘泥于教条的好学生，他回忆他的少年时代，果然是学校里温顺的那个，一起玩的也都是漂亮的女孩子。规规矩矩若干年，学校毕了业，在老家的一个乡镇的储蓄所办公，附近有着著名的景点，是苏东坡父子三人去过的一个山洞，因在长江的悬崖边，因此很早得名，那是悠闲的年代，旅游还没有成为生活必需品，但也有远远近近的人来这里观光，他们储蓄所，就是为这个旅游景点服务的。

每天固定的业务，是下午的四五点，售票处的财务定时来存一天的收入，静得发慌的生活，也有种地老天荒之感。他是个听话的人，至少在他自己的形容里是的。终于有一天，他加入了某个网络论坛，找到了一群不一样的人，直接成了他离开家乡的原因，就此离开老家的平稳，来北京做时尚杂志的编辑，即使在混乱的二十年前，也是件需要勇气的事情。现在阶层固化，专业分工越来越细,国外的时尚专业的留学生都未必能进入这一行业,大概更是无法想象那时候时尚杂志的蛮荒之态。

其实他未必适合时尚行业,但命运总是开各种玩笑,就放他进了门,一直做到最好的时尚男刊的副主编。小松却说,并不适应,有过一次豪华之旅,在欧洲几个顶级的酒庄参加新品发布,因为正规,需要所有嘉宾穿燕尾服,他个子不高,动作不帅,穿着租来的燕尾服,笨拙地举起酒杯,学着品鉴,别人眼中的豪华瞬间,在他眼中成了尴尬。我和他不约而同想起了李安的《比利·林恩的中场战事》里的盛大场面,在超级碗的球场里,比利无所不在的局促。他人眼中的盛典,却是主人公自己绝望的尴尬,我能想象出穿着租来的过大的礼服,小松的沮丧和失落。

现在回到宁静的乡村生活里,等于打个滚,又回到静态中,不过这一滚一定要打,时尚杂志的生活就是滚钉板,滚过了方能有金刚不坏之身,或者说,经得起捶打的身体,没有这个劲儿,现在小松也不能重新回到乡村的院子里,静静拍他的狗,说是他下个主要作品,这些照片他不肯拿出来给我看,说不成熟。

前两年的夏天,我们一起回宜昌,他是去摄影,我是许久没有回到这个曾经寄居过的小城,都不想和同学联系，于是我俩结伴瞎逛，宜昌有异常狭长的江岸，沿着江岸走，长江是他的母题，雾蒙蒙的江心里，一道漆成鲜红的桥梁；漂浮在江中无根的轮渡；眺望着江对岸的中年人；还有脸朝下，在江中游泳，却有着某种淹死假象的男人身体。说到淹死，这是我们从小在江边听到熟悉的故事，在长江里随波逐流的尸体，很容易分出男女，女性脸朝上，男人淹死的时候，永远是脸朝下。

后来我把小松拍摄的这组照片给摄影评论家的朋友，她说一组照片中，这张近乎溺水的男人最好，因为作者某种情绪，让人有沮丧之感。哪种情绪？几乎抑郁的情绪？她说对。摄影者与拍摄对象在某刻相通，岸上水中，都窒息。

他到底还是适合摄影的，小松和我说他的一组摄影作品被一个策展人看中，在宁波展览，那次名为"港口"的展览中，就有宜昌的种种，最动人的，是港口的孤独，不知道怎么的，港口自带一种孤独感，也许是远方的不可靠？也许是出巡不知何日归来的遥遥无期？像梅艳芳的一首老歌《何日》："何日在何日，问何日君再来，可知呀可知何日，你轻轻再吻干从前泪。"

小松终于获得了日常的安稳，养狗、喝茶、摄影，除此而外，他自己的屋子里还有流浪猫三只，书房里有鹦鹉若干，分别都有属于它们的一排平房，狗则在院子里，我半夜起来上院子里的厕所，它们默默围上来，也不叫唤，但自有一种威慑力。狗就喜欢半夜里围住院子里的人，有年去安徽乡村采访，住在农家院子里，房间没厕所，半夜爬起来，一群狗默默围上来，一声不吭，这个场景让我瞬间回到那时刻。

住在乡下，动物的气息热闹一点，也没什么不对。在他的院子里，每种动物都有自己的空间，井井有条，小松是自己方舟的主人。小院也并没有收集更多的动物，避免了我们的担心，否则太难以应付了。即使是与现在的一群动物生活，也需要更大的能量，而他并不是多么有能量的人，在他的平静生活下面，有着一种脆弱的平衡。

平衡得像爵士乐里气若游丝的小号，一根丝地在那里游走。我这种内心不安感甚强的人，总觉得这种宁静太美好，但也太容易打破，果不其然，没有多久，他在家乡的母亲生病住院，小松不得不离开自己的猫狗，回家照看家人，我安慰他，至少这些狗会没有那么挑食，说不定他回来更健康了。

"无常"两个字，是我们日常生活之上的达摩克利斯之剑。

在小松院子里喝的最好的茶，是我自己带去的武夷水仙，并不香，却有山林草木之味，他是明白人，顿时知道了，好茶真不能一味地香。

三

我被迫出现在一桌酒席上，大概是因为在小松那里过得分外轻松，觉得回到城里的一切都让人紧张，何况这次的局，也让人紧张。

出版商想让我的书上抖音某名人直播间里宣传，据说名人带货能力超级强。名人素无交集，不是那种传说中的著名人物，却众人不识，这位是真的名人，过去同一单位的女同事做过他的经纪人，几年前，为朋友的事找过她帮忙，想让名人站台出席一场活动，还记得我们在北京一家寺院改造成的餐厅里，也是那时候最顶级的餐厅，请她吃饭，也是希望她能走关系，报个比较低的价格。丁香正开，小院里有那么几棵丁香树，若隐若现的浓香，整个寺院改造得非常成功，去掉了北方寺院常见的大红大绿，整体是灰黑色的基调，桌子是北欧定制，衬托着眼前的水晶杯分外闪亮。

"三十万。"女同事一边快活地吃着饭，一边简单利落地报了价，报价系统和她手切牛排一样的迅捷，显然是一分钱回转的余地都不少。我第一次和她坐得这么近，惊异于她的丰满的腿，几乎能撑破裤子。平时在单位，我们隔得很远，不是一路人，她是买名牌包，逛奢侈品店的那一路。有一次我们几个人聊天，说到了世界末日那天，每个人有什么打算，她说要带着自己的名牌包一起去死，颇有点意思。我想象出一张床，漂流在世界末日的洪水上，我的肤白貌美的女同事和她的若干爱马仕一起漂浮，颇有时装杂志的封面感。

我们都在找人找物和自己一起面对世界末日，爱人、狗居多，爱马仕也是可以出现的。

现在长久无联系，也不知道她去干吗了。

但我的出版人执意想让书卖得多，辗转联系了几位中间人，终于找到了最靠谱的中间人，是名人的合伙人，需要和这人吃顿饭，然后就可以介绍我上直播间了。本来我以为自己可以不出场，不过就是一般的饭局，可是到底还是我疏忽了，京城的饭局，哪有那么简单，怎么能以为不出席就能搞定。

进去了我就糊涂，首先没弄清楚谁是最有用的中间人。大家介绍也不会这么详细，我朋友的关系人，并不是名人直接的合伙人，而是名人合伙人的另一家公司的合伙人，听起来简直像绕口令了。所以一桌人不经认真介绍，压根弄不清谁是谁，几位中间人都是有钱有闲的年轻女性，穿的精致时髦，像是韩剧里刚刚出来的贵妇团，其实如果是一桌男性我更尴尬，权威男性的逼视，会让人有被拷问的嫌疑，但面对这么一群鲜亮的女性，我也是不知道如何对话。

还是忠诚地扮演了自己的角色，一个话不多，喜欢喝茶，并且有所钻研，写出了一本足够专业茶著作的人。她们的日常生活大概都是大生意，碰到我这样的小事，反而很轻松，大家嘻嘻哈哈，很随意，只有我是绷紧的，一句一句地字斟句酌地说自己想表达的话，有时候说完还要思考，到底合适不合适。好在朋友比较自如，还能畅快表现，其实真正的主角，最靠谱的中间人，最后才登场，我才明白，前面那些，只是饭局上的搭子。她穿着倒是比贵妇团要朴素，不过也能看出来，是某种昂贵的朴素，一坐下，就谈论自己家近百平方米的茶室和喜欢喝的茶，并不是无来历的。

好不容易，我们说到了一种小众的茶，知道的人不多，我和她，两个人终于找到了暗号，对上之后轻松了不少，她也放松了下来，谈自己家的茶室的装修，以至于我们在饭局之后，还必须要找个地方接着喝茶。朋友说附近胡同里有个茶室，是他经常去的，于是一拨人往那里寻觅而去，北京的胡同狭窄难以走车，大家说说笑笑，也就到了，没想到这个茶室的老板是我微信上没见过面的朋友，让进了他们唯一的一个大包间，一间榻榻米的茶室，大家席地喝茶，也逐渐放松了。

狭窄的四合院里的独间，倒是收拾得很漂亮，尤其是这间榻榻米的客厅，面对着一处小院，几丛植物，抬头是天井，可以看到外面蓝天下的枯枝，我们说说笑笑，勉强维持着局面不冷下来。很快我发现，她们的生活，是我非常陌生的：生意，组合，也少不了名牌包，一个妆容异常精致的姑娘，背的也是限量款的爱马仕，她在部委工作，说她的办公室里，也附带着茶室，有煮水的陶炉和若干名家茶壶，其中有我最喜欢的紫砂名家的作品。几乎无法想象，路过她们那幢高楼，远远地矗立着武警。原来这般森严的地方，也有这样隐蔽而精致的角落？我当然好奇她的身份，但一直到结束，也一句没有问出口。

屋子里还有一个小展厅，正在展览砖石雕刻的砚台，整间茶室不大，却也井井有条，是个小系统，这个精致的女孩四处逛着拍照，我突然明白她们眼中我的意义，大概也是某种新奇的小景观，可以打卡一分钟。

最没有想到的是，没几天之后，又去了这间茶室，完全是另一群人，说要请我喝茶聊天，还让我定地方，实在不想和他们吃饭，就随口说了喝茶。说了就后悔，因为指定需要我来定场地，想了想，至少我自己要舒服，就已然定了这间榻榻米的客厅。

是一群电视的节目制作人，大概习惯于找别的媒体人帮他们做策划，按照今天流行的话来说，属于"白嫖"——既不愿意被白嫖，但是又很难干脆拒绝，我自己都觉得自己别扭。

走去茶馆的路上，我都设计好了，怎么说话，怎么喝茶，怎么快速了结这个局面，可是真到了，还是寒暄如仪，各种客气。这才发现，这几年，电视行业大概也真的是没落了，大家都没有进过近年流行的榻榻米茶室，都有点局促，平时一个个趾高气扬的，进来后声音也小了下来，我敏锐地发现，其中一个姑娘的袜子，破了个大洞，大约实在没想到今天还有脱鞋这一局面。

只能理解为媒体人的桀骜，可惜谈的话题，实在是滥俗，问我怎么搞定他们要采访的名人，有哪些资源可以合并进他们的节目，最好是能让对方多出点钱，我有点悲哀冷漠地泡着她们带来的一泡所谓的老白茶，粗糙极了，叶片和茶梗都是不入流的，也不知道她被谁忽悠的,觉得自己这个茶特别好,居然进了茶室,都不肯消费茶室的茶,但我也不好意思说,只能温顺地、柔和地、尽量礼貌地应付着。

突然怀念起那些妆容精致的贵妇了,至少在短暂的瞬间,我和她们制造了一个"温柔乡"的错落场景,我和这些末路的媒体人们,真不配在这个安静的角落喝茶。当然也想念小松,和他在小院落喝茶的场景,外面是北方明亮的、苍蓝色的、一望无际的天空,我们俩尽心尽意,用小小的秤,称好了足量的岩茶,然后用沸腾的水浸润了茶,也浸润了身体。

进入
死亡的

缓慢过程

一

看普里莫·莱维写罗马圣马蒂诺大街上行走的蚂蚁队伍，其实是写"二战"期间的犹太人。"一条长长的蚂蚁的棕色队列，在铁轨上展开，他们相遇时脸部相触，似乎在试探他们的前程和命运。"

然后是成群结队的死亡。"我不愿描述这些，我不愿描述这条队列，我不愿意描述任何棕色队列。"

有时候，人和动物的死亡都是一样：目击他们离去，让人感伤，无计可施，万物自有他们的归处，任何干涉无用，我花了一个月的时间，目击了我们家收养了十多年的流浪猫的死亡。

这只流浪猫，一养就是十四年，最终离世时有多大年纪，我们也不清楚，来之时，已不知道流浪了多久。不像现在宠物店里购买的名种猫，各个都有出生名牌，随时随地可以给它过个生日——看主人高兴。

我家在一楼，有一天从外面回家，走廊里有只丑陋的小白猫，留恋不去，跟着进家门也很顺溜，就此收留于家中，活着的生物，每天在脚下盘桓，充斥着房间的热闹、杂乱和臭气，从来不觉得烦恼，尤其是到了它濒临死亡的瞬间，想起它活蹦乱跳的过往，都是惨淡。

今春的时候，和家人去洛阳看牡丹，近年全家人出门，就会自动陷入焦虑，我们家是古旧小区的一楼，之所以住久了不想换，还是喜欢一楼有一个偌大的院落，植物动物都在院落里放肆生存。全家人一离开，满院子的花木就无人浇水，除此而外，流浪猫——如今有了名字，跟着主人姓，叫王大咪，就没有人喂食。

它有个性，虽被收养，可完全拒绝在家，需要时不时外出游荡，于是家里和院子里，都给它安置了猫窝。

日间它在家中嬉戏，夜间的时候，它会爬出院落，巡视整个小区，甚至更远，这是它的神秘行程，完全不知道它的路线。看美国的动物研究学者给家猫带上追踪器，有的家猫，夜间游荡三十公里，并且有电脑根据它们的行进路线绘制的线路图，夜间奔跑的猫几乎是半个城市的主人，可动物学家还是不知道它们那么狂野的奔跑是为了什么。当然也好奇王大咪的行踪，完全不得而知。

它吊梢眼,眼角有长毛,遮掩一半的眼睛,有狐狸之姿。被收养后,日常洗澡,干净了不少,还是阴沉,有时候在窗台上晒太阳,猝不及防被我抱在手里,满眼的不甘,一缕凶光从眼角射出来,我只能和日常喂养它的我妈说,换你来抱。

全家人出门,满院子需要照料的生命,只能让粗手粗脚的钟点工阿姨来喂它。阿姨来我们家多年,王大咪还是不喜欢她,不会彻底躲,像避开别的生人一样:见有外客光临,瞬间就上院墙出门再见,见她进屋不会消失,但也就是冷漠,疏离地看着她。

以至于她每次喂猫都要拍视频给我们,表示自己尽到了责任。最近几年,喂的干猫粮基本已经不太喜欢吃,年高有德,牙齿松烂,吃干猫粮会摇头晃脑,貌似在表演杂技,看着可笑,着实可怜,只能是各种食物都上,钟点工喂的基本是最顺口的猫条,因为馋,它接受了她的饲育。

泰国进口的猫条,听说里面添加有诱猫剂,分为五色包装,花花绿绿,非常廉价的喜庆感,恍惚是过年给孩子的红包。这些年大家养猫如同养后代,各种零食层出不穷,我妈这种老人家也会在网上搜罗各种猫零食满足它，最终它最喜欢的，是此款猫条。疫情期间，快递不能进门，猫条的断档也是家中的焦虑来源。钟点工阿姨喂它吃猫条的时候，王大咪基本上不离开它在院落高处的猫窝，冷淡的、骄矜的、傲慢的，仿佛吃是它给予对方的赏赐，而不是它在接受喂食。这到底是什么猫，会有这样的神态？大概源自于多年的脾性，这只猫，实在地说，脾气一点不好呢。

只有在吃东西的时候，它才勉强接受陌生人的接近。这个陌生人，还得是空间位置属于这个家范围里，否则外面的食物，一概不吃。

众人皆知，猫越老越馋，我们家的王大咪，进入老年之后，越发贪馋，本也不太喜欢我的它，自从开始被我投喂猫条，也和我亲热起来，至少比和钟点工亲近。每天早上我开窗，拿着猫条召唤躺于窗台上的它，不一会儿它作势要逃走，站起来伸个懒腰，表演要离开的姿态，瞬间又扭身回来，接受猫条的布施。

一定是吃完两根猫条之后，再心满意足地睡觉。疫情这两年，我和父母住的多，喂它猫条，成了我的清晨日课，也是我妈蓄意添加给我的，为了和我亲近一些。

疫情在家极度空虚无事，吃饭成了所有家庭的大事，无论人，还是猫。

对付老去的猫，更是花样百出。早餐是猫干粮和牛奶，有时候它也吃静安面包房的杂粮小面包，饭后点心是猫条，晚餐则是软烂猫罐头。《红楼梦》里薛宝钗说的，"老年只爱软烂之物"，猫也不例外。变着花样，适应它的衰龄。还能自如外出，基本在外面不会贪吃，也是年轻时候即拥有的习惯。不少流浪猫是吃了外面的毒老鼠而中毒身亡的，也有厌恶猫的人，投喂各种毒饵。这个我们倒真的不用担心，似乎它拥有一定的智力，也许是幼年流浪的经历让它清醒，知道墙里的世界，意味着舒适和安全，它每天回家定有饱餐安眠，对外面世界的食物，做到了不屑一顾。

以至于小区喂流浪猫的阿姨都要跑到家里称赞它的操守，不吃外食，像某些机灵的狗。

我直觉猫很少接受这样的赞美——其实我和母亲都有点心虚，现在流行家养宠物猫，是严格禁止外出的，可我家猫一直处于这样的半放养状态。一只并不甘于被圈养的猫，它的进屋乞食和越墙而去，是一气呵成的连贯动作。有机会和一个动物观察学者聊过，意外得知，半放养的猫，实际上比起多数宠物猫幸福许多，既能自由，又有稳定无虞的生活，是好不容易修来的猫生福报，最终我们还是放弃了彻底圈养它。

想想看，在一百年前的平房时代，确实也没有被圈养在高楼里的猫，这种彻底不离开家门的猫，是楼宇时代的产物。

年纪的增长，王大咪越来越不愿意外出，如同老人，我们也逐渐不放心它的随意游荡，本来不高的院墙，它都要跳跃数次，顺着窗台、空调外机、高高的院墙，依次跳上，方能出去。这两年我妈在外旅游，每天都能收到阿姨发的王大咪奋力咀嚼猫条的视频，但还是边看边担忧，觉得它吃得少，吃得不好，会不会猝然离开？简直用老人状况代入了猫生，担心它会不会哪天吃不下，就消失了。

按照我妈从小接收的信息，没有猫会老死在家里，到了不行的时刻，家中老猫就会悄然远行，找个旷野里无人的地方，偷偷死去，大概也是猫科动物的独特习性。我姥爷是名中医，我妈的老家在东北，家里有四十多间大大小小的屋子，每间屋子里，都有猫，睁着黑亮的眼睛，窥探着屋子里走动的人。它们会在死亡即将降临的时候离开，从没有人在家里看过猫的遗体，这种不太久远的农耕文明时代的猫的生死习俗，听起来神秘而忧郁，像传说，不敢完全相信，当然是现代人局限在自己的经验里，只接触过家里宠物猫的离世。

我一边安慰我妈,一边也在想,这一天不知道何时会出现,我们家的王大咪,是不是会就此离家出走?

等待死亡突然出现的时候,其实也是无事可做的。

都知道死亡的阴影在每个人头顶盘旋,对于老年,无论人还是猫,死是达摩克利斯之剑,可是抬眼向上看有几人?我还清楚记得最近一次旅行从远方归来的场景,昔日在窗台上等着我们喂食的王大咪,对于突然出现在家里的几个人已经不太习惯,本想逃离,我们惊喜地扑向它,打开窗户,挥舞着手中五彩缤纷的猫条,知道这种掺杂着诱食剂的食物虽然不健康,但是有出众的腥味,它先是一惊,然后转头窥探,见是熟人,有点蹒跚地下来,再次接受我们的贿赂。

我完全不接受猫只有七天记忆的说法。

二

春天的时候,我一直在各地游荡,我妈在家,王大咪的食物肯定有保障,可却不见我妈发大咪围着她脚边乞食的视频,我也没在意,终于回家,我妈有点沮丧地说,大咪不吃东西了。

其实之前已经有了迹象,猫条这种可以吸溜的食物,它也是摇头晃脑地吃，尖利的大牙不知道怎么掉的，只剩下一颗，知道它咀嚼困难，没想到怎么这么快就已经垂老。找熟悉的兽医询问，也没有办法，只能在食物上尽量想辙。基本上早晚吃软烂的猫罐头，偶尔间歇吃点猫条，眼下，它吃一根都有点困难了，需要尽量地诱骗，你会感觉，它是为了不拂我们的面子才勉力吃完。依然冷漠地看着院子，有时候在院墙上看着远方，身体的衰颓清晰可见，我有点日常悲哀，说不定哪天它会猝然离开？

真的有一天，王大咪艰难地爬上窗台，又晃晃悠悠上了院墙，开始还能在邻居的玻璃屋顶上看到它的耳朵尖，到了该吃饭的时候，它并没有回来，屋顶上也看不见它。我妈那天去小区的绿化丛林里各种寻找呼叫，足足去了五六次，夜间才看到它在窗台安眠，消瘦的骨架都露出来，尤其是脊梁骨，能看出一块块精巧的骨节连接，让人愈加难过，真到了告别的时刻？

有一天灵机一动，是不是口腔溃疡了？找来治疗溃疡的药物，想拌在罐头里给它吃，但是怎么哄骗都是无计可施，只要有异味，它就不屑一顾。皮毛也越来越脏，毛发蓬松，本来最爱清洁的猫，屁股和尾巴那儿也像毛毡子一般黏而灰黑，家猫混成了野猫。找来特殊的梳子，费力给它清理，拿酒精纸给它擦洗，至少让它安静地离开。

又想了想，还是努力一下，不让它就这么离开，不吃药？那就掰开嘴硬塞，一把抓住在窗台上的它，奋力塞了一颗拜耳出产的猫犬口腔药，它尖锐的爪子伸出来，发出了各种哀鸣，但嘴被我捏住，暂时也吐不出，人猫搏斗长达数分钟，还是咽下去，又是窗台上的睡眠，到了下午，勉强吃了半根猫条——安慰我们自己，吃总比不吃好。

药接着喂，拜耳的药片，十片一盒，吃十天，想着这个总归吃完能见效。还没吃完呢，王大咪又有拉肚子的症状，询问兽医后，加购了专治肠胃炎药，打开瓶子一看，是早已经淘汰的人类药品红霉素，不管了，硬塞，这次量更大，一天四片，孩子吃都困难，何况一只几斤重的猫？但还是毅然决然地喂了下去，它虽然几天不曾好好吃饭，挣扎起来力气还是甚大，扭身，翻转，抓住的爪子再次挣脱，胳膊差点又被它的利爪叨破。

没有想到，起初不看好的红霉素起了大作用，去外地和朋友谈事，我妈发来视频，许久不认真吃罐头的王大咪，又乖乖吃起猫粮来，吃完了会主动诉说，一声一声的长叹息，仿佛是生命重生的喜悦，我和朋友聊着天，突然满面喜色，他都问"你怎么了"？觉得这等家庭琐事无从说起，选择回避，只是心里洋洋得意夸赞自己，啊,会给猫看病了。

要每天喂药,终于把大咪禁足于家中,害怕抗拒吃药的它某天就此不回家,这么多年来,第一次彻底不放出门的它四处寻找自己新的睡觉地方,最多的,还是桌旁的沙发,继续脱毛,散乱的、细若游丝的,有时候会飘到饭桌上,但我们也是高兴,把它救回来了。懒散地吃着、喝着——一小块虾肉,一碟浅淡的牛奶,一桶水。拉撒是问题,我们家王大咪喜欢在户外解决自己的生理问题,院子里、花坛下,经常有它的屎尿,都是我们打扫的,它不喜欢用猫砂盆——不知道是不是早年流浪生涯的影响,我们也没有强求。

房间里的屋角放了猫砂盆,看不到它去使用。有点担心它会拉在角落,没想到一大清晨,我妈兴高采烈地说,你知道吗?快去看大咪拉在厕所了。原来夜间它摇摇晃晃走进厕所,在马桶边上拉了猫屎尿。大概是对人的模仿?它离开后我还是不明所以——是流浪之前的主人教过它的?这么多年,我们其实没有完成它的厕所教育。

种种迹象表明,小白猫在来我家之前,曾经在人家待过,它会在我们打开冰箱门的时候在旁边等待,可能觉得有美味的食物;我妈吃早餐的时候,喜欢坐在矮凳上，它则在旁边依傍着，吃到它喜欢的杂粮包，会使劲吃两口，吃饱了，迅速神隐；晚上喝酸奶，同是它喜欢的食物，连酸奶盒盖上的残留物都要舔食，显然是人类食物爱好者。曾经有过什么样的主人，不得而知，但确实给了它好的幼猫教育，它不偷食，不奸诈，只是不知道为什么离开了它。不过不用多想，现在我们是它的十四年的主人。

每天早上起来，都能看到它在厕所的排泄物。情况还是越来越糟糕，它慢慢地拒绝吃喝，哪怕是一碟牛奶放在眼前，也不屑一顾，最爱吃的酸奶和杂粮面包，如果是我妈去喂，可能还会赏脸吃上几口，我喂的时候，只是顽固地扭过头去，询问兽医也都模糊答应，大概觉得实在是太老，换算成人类的年纪，是八十往上的老人。

我妈回忆起它的战斗经历，最早来我们家，小区院落里的流浪猫基本都臣服，连我们家的院墙都不敢上；自从进入老年，隔壁意大利人养的黑猫，居然有一次差点把它脖子咬了个洞，足足养了一个月的伤才恢复，早就不是少年英姿；迟暮之年，基本已经丧失了斗争能力，现在我们家院子里，常有来偷食的野猫，成群结队的野鸽子，咕咕咕，咕咕咕，不停地叫，视它为无物。

强硬地让它张嘴,喂它牛奶,没多久,全部呕吐了出来。大咪在家休养近十几天后,终于明白,我们快要失去它了,它开始坐卧不安,一会儿上我妈的床,一会上外屋的沙发,基本上躺不住,可能在哪里都不舒服,身体的痛苦让它辗转反侧,最终把它安置在屋角的大猫窝里,侧躺着,勉强平静下来,可也眼见地越来越瘦,逐渐现出"骷髅相"。突然明白,去年夏天在四川乡野的一个场景,在酷暑里,小车一直在颠簸的山道上,我们去看藏在深山里的安岳茗山寺,摇摇晃晃一个多小时,终于看到了茗山寺的北宋佛像,不知道是不是正对山谷的风口的缘故,那些直接雕刻在山石之上的硕大的雕像,很多都被风化得只剩下依稀的骨骼,花冠的形状倒还在,就像花冠直接戴于骷髅佛头之上,两个黑洞就是眼睛曾停留处。

触目惊心的一种美感。佛像被风沙蚀刻成的一圈圈的痕迹,倒像骨骼的走向,只觉得比吴哥窟的荒郊野外爬满绿色苔痕的佛像更让人觉悟,时间流逝了,它们也逐渐不在,或者说,稀疏地在。

白天在猫窝侧躺,晚上基本还能去厕所,也不知道不吃不喝怎么还有排泄物。我们陪着它,目击生命的离去，几天睡不好，夜里恨不得默念几百遍菩萨保佑，可也知道是空虚，无尽的空虚。逝去多年的黄家驹的歌："曾在这空间，跟你相拥抱，只有唏嘘的追忆，无言落寞的落泪。"

终于，某天早晨，大咪一声长叫，默默死在自己的窝里，蜷缩如婴儿，我不忍看，还是我妈叫熟人处理安葬了。最后的几天，我们其实还动过心思，想它是不是要像之前说的一样，死在外面的悄无人迹处？也努力把它安放在院落里，没多久，它就回来了，看来还是认定了这里是自己的家。

没有什么比缠绵的死亡更让人难过的，一想到生命的欢悦，就顿时觉得，为什么还要有死这一关？但大抵有生就有死，上天造人时的玄机：恰恰有死，才能让人更感受到生之可贵。

三

这两年大概人到中年，死亡不再是生命里的稀缺事件，简直是日常的存在，时不时就听到各种消息传来。我是逃避派，害怕听人说这些，可这种躲避并没有实际效果，他们就在你身边，时不时跳出来暮鼓晨钟地恐吓自己，平庸的自己。远方的死亡和我无关，但身边人的生死之事不得不去面对，甚至接手安排，十多年的同事，是个胖乎乎的姑娘，我在北京的家和她家相距不远，日常会约着喝茶吃饭，有天约着去三里屯吃西班牙菜，就在转角处的那里花园，需要爬上三楼，她一瘸一拐，问怎么了，说是瑜伽扭伤了筋骨。

结果许久还没好，正好我去附近的医院检查身体，人不多，骨科大夫还很负责，我一说腿疼就让我去做核磁共振，结果查了半天没事，至少自己心安，就推荐她也去挂号，没想到简单打发出来，说是骨头没什么事。人都是这样，不查就糊弄过去，一查就收不住，又去了以骨科著名的某医院，下午收到她语气沉重的微信："可能是骨肉瘤。"

朋友自己认识人多，各种医院折腾起来，很快就确诊了骨癌，两三个顶级医院都已经确定了，基本就没有误诊的可能性。只是奇怪，怎么"多发于十多岁青少年身体的疾病"，怎么到了四十岁的中年人身上发作？还要查癌病源，有可能骨癌是从别处转移来的，开始我们为了安慰她，经常开玩笑说，骨癌也不可怕，大不了就截肢之类的残酷笑话，一下子没有了落点，死亡是全方位无所不在地扑面而来，我们身体，在哪里出现问题，完全不在我们的控制范围。

这时候才被普及了医学知识，查清癌症的原发病灶最重要。转移全身当然可怕，但治疗还是要从原发病灶入手，可越是大医院，各种检查越是拖沓，协和医院说要十多天才能出结果，病到这一步，也就各种怪力乱神都上了。寻求心理安慰，我推荐她去算个命，至少看看自己的健康运程，找到熟悉的善推八字的朋友，看了她的八字，很沉重地说，你这个朋友，健康有大问题，尤其是这几年，很可能肾病发作，她命里几乎全是水，水多是聪明，但是水多，健康运会特别糟糕。我悲哀地想象了一下人冻结在冰河里的场景，她是农历正月出生的，按照命书，这时候的水，冷彻心肺，沾一下都冻骨头——说到聪明，也是推演得极准，她是教育发达的浙江沿海小城的高考第三名，是本地探花了。

北京的顶级医院，她都想了办法，好在平时人脉算广泛，可到了癌症这一步，就发现，再多的人脉也都虚无缥缈起来，真有能力的人大概有，但不是我们这种平民百姓可以望其项背的，距离太远。

听另外的朋友说起，大医院资源紧张，就连卸任的老领导，都因手术在走廊上等待太久而得了重感冒，加重了病情的，何况一般的平民百姓。朋友各种求人，也就是想提前知道原发病灶,这个阶段,多耽误一天都是毛焦火辣的烦躁,谁都安慰不了。我拿算命的朋友批的命书舒缓她的焦虑,上面写着二〇二一年身体健康极差,二〇二四年有所缓解。这个至少说明她能熬过眼前,就拿这个让她参详。几天之后,协和医院的检验结果出来了,病灶是肾脏,极为少见的肾癌——我们都吃惊于算命朋友推演的命书之准确,我更是拿二〇二四年这个所谓的缓解之年当了安慰剂,觉得一定可以延缓生命,死亡至少是三年后的事情,当然这句话我没直说,不过大约她也拿这个当了安慰。

命书中还批到她的姻缘,水太多,情感不顺。她近四十岁还是单身,父母在老家农村,家中情形并不好,父亲前些年也是癌症,刚在当地做过手术,她只能隐瞒着自己的病情,不和家里任何人说,这种惨淡,也只能视而不见,没谁去主动通知她的父母。

很多时候,我们喜欢用"冥冥之中,自有天定"几个字来安慰自己及周围的人,可真有天定吗?我有点凄楚地想。平时和周围友人聊天,也经常说到某个单位的熟人体检出来癌症,仓促离世;某个朋友的朋友,大病一场,做了三四个手术,家里彻底被拖进深渊里,还不仅仅是经济的问题,而是某些致命疾病像尖刀一样,在一家人的心上作祟。我的这位朋友，和我三天两头吃饭聊天，算得上密友，没想到灾难发生在她身上，自和那些"听说"是完全不同的感受。

听她接下来的安排，整体还是平静的，找了协和的好医生，按部就班，吃一种靶向药，还要往血管里注射什么，防止癌细胞顺着血管流动，听起来都觉得痛苦，虽然不能感知她的疼痛，但心里还是战栗。我和她的朋友们也无话可安慰，说来说去，反正就是好好治疗，基本都是空洞的善意，这才觉得，到了某个阶段，语言都是多余。

她很迅速地消瘦，苍白无力，走路还是一瘸一拐，腿骨上的肿瘤应该是转移造成的，全身检查做下来，不仅仅是腿骨，肺部、肝脏都有转移的癌症细胞，即使纯粹外行，到了这个阶段，也觉得祝她康复过于虚假，我和她面对面说话，也都是近于喃喃私语般的安慰，会好的吧？毕竟有靶向药，不用直接做放疗或化疗。

二〇二一年正好我从北京搬家回上海，临别也去看望病中的朋友，她已住在同学家，她的一位离婚的大学同学主动照顾她的日常。病房紧张，她一直没能住进医院，每次的靶向药治疗也是当场治疗后就离开，周围的朋友已经都很感恩，毕竟有靶向药，总算不是无药可救。她的大学同学们组成了一个小团体，有人专门定时送她去医院,有人帮她管理各项支出,还有同学陪她住,时不时看她朋友圈晒出几道菜的晚餐,来自同学的善意,确实是北京这个有着巨大情感空洞城市里的一丝暖意。

空间距离拉开,自然疏远了一层,微信联系还算密切,似乎她还是很有信心的,经常听到貌似不错的消息,比如又做了检测,某处肿瘤缩小了;最近胃口很好了,可以吃很多了;家里人还是不知道,没有人去北京看望她;她自己买了重疾险似乎有点帮助,可及时付出一些高昂的费用;她的公司也还算体面,允许她经常请假,反正那个阶段在家办公也是常态——其实也是家风雨中飘摇的小创业公司。记得她曾经和我说过,公司负责人有深度抑郁,经常无缘无故消失几天,很多时候无人掌握全局,需要身为小领导的她去鼓励员工。现在她大概也没有这心思了,不过这个阶段,谁还顾得上管公司的事情呢?

偌大的北京也就是这样,每天都有人去世,也都有公司消失,这是常态,甚至是久远不变的常态,本地人、外地人都服从于此。外地漂流在京城的人,死,大约更是轻易,甚至都无人纪念,不比本地居民,好歹还有个家庭墓地。

突然想到张恨水小说《春明外史》,里面的男主人公是名记者杨杏园,张恨水借他混迹于京城的身份来写自己的真实见闻。我最喜欢看里面他和几个人一起吃的北京小馆,约等于民国北京饮食史,尤其记得里面有个"穆桂英炒饼"。一个蓬头胖大的妇人开了家小餐馆,当时人们称为"穆柯寨",最擅长的一道点心,就是普通的炒饼。把饼切丝,用切碎的高丽菜、牛肉丝混合炒至微焦,略加花椒油,经典的北京风味,南方完全吃不到。

读的时候馋,就盯着里面的饮食和八卦看,各色北京名流在里面穿梭,走马灯一样,里面有以陆小曼为原型的面白身弱的交际花,娇滴滴地在北海公园划船,和丈夫吵架,作势要往里跳;以张学良为原型的少年督办,在床上抽着大烟,双眼迷离;主角先是和烟花巷的清倌人恋爱,后来又爱上了一位家庭女教师李冬青,后者容颜端丽,冷若冰霜,一直和他兄妹相称,就是发展不成爱情,大概是张恨水虚拟的人物。

开始李冬青冷淡,后面熟悉了,经常请杨杏园去家里吃饭,两人都是客居在京,李冬青带着寡母和弱弟在京城艰难谋生,男主角更是单身一人,平时的餐食都是会馆里对付,李冬青于是变着花样给他做南方菜,一会儿在南货挑子上买点"火肉",大约是火腿咸肉之类,一会儿买点鲫鱼红烧给他吃,说是北方馆子完全吃不到的"异味",细水长流地吃下来,简直啰唆——不过我看得津津有味,看来看去兴趣还是离不开吃。

最后几章突然繁弦急管,男主角生了重病,在京城的会馆里孤独辞世,临去世拿着李冬青送他的照片,还写了封遗书给远在家乡的老母。这时候张恨水才写到李冬青身有隐疾,不能和他成婚,最终女主角也是黯然离开北京,令人沮丧的结尾。

看的年代已经久远,真记不住女主角的准确结局了。也明知道张恨水大约写不下去,就匆匆结束了报纸连载的专栏——他的小说都是急就章的连载,但男主角孤身一人客死京华的场面还是让人惊惧。也是古诗里常见的情境描绘:"冠盖满京华,斯人独憔悴。"

朋友的局面,真比杨杏园还要不堪,距离小说里的年代已这么多年,可独自在京城的病人的际遇,依旧是默然等死,没有什么改变。

四

重疾之下,大概除了家人,旁的人都只是做表面文章。朋友算是运气好,有同学的照顾,还有朋友的关心,她的一位好友,也是有资源的,将全部诊断资料拿到手,在网络上约了日本著名癌症专家会诊,专家一看之下,直接断言，这个癌症的存活概率特别低，能活半年就是奇迹，这话，也没法明确和她说，反倒是和我们几个人说了，让周围的人做好准备。

协和的医生按部就班地诊疗，靶向药的治疗效果说是需要等待，朋友的心情似乎向好，和我打听中医治疗能不能一起，幸亏我认识的青城山的道士师兄，一向知道他是好中医，赶紧问他能不能治疗？怎么治疗？本来是没有把脉和深入接触病人之前，说什么都无用，但师兄碍于我的情面，还是说，癌症在中医里都是能治疗的，看看《黄帝内经》就明白。

普通人哪里有阅读《黄帝内经》的能力？只是赶紧转告，想让她能进入中西医共同治疗的系统。北京有位传说中专给癌症病人开方的神医，据说疗效显著，也是托人好不容易挂上了号，可神医大概太忙碌了，一周要看几百位病人，并没有提供什么神奇药物，就是一些常规健脾胃药物，增进胃口。协和医院负责主治朋友的医生看了一眼，非常含蓄地说，可吃可不吃，不过为了治疗效果，最好不吃，原因是中草药里不知名的成分太多了。大医院的主治医生，话都说得含蓄，不会给肯定的回答，但也不会一竿子打死，朋友觉得这个医生态度极好，是五十出头的学术中坚力量，可想而知那种日常说话的斩钉截铁感,含蓄已是礼貌。

纠结之中,朋友还是偷偷吃了中药,我们也都表示支持,死马当活马医呗,心里都这么悄悄地想,万一呢?万一在哪个环节,神秘的力量起作用了呢?大概周围的人谈论中医多了,尤其是我总说起青城山的道士师兄,朋友还真是起了意,中秋节的时候,独自上山一次,这时候,病情也算是稳定,肿瘤没有消失,但也没有进一步扩大,有一丝渺茫的希望。

尽管死亡就在不远处的地方,蓄势等待,但至少没有扑上来。

不知道她在山上经历了什么,挺有点高兴的暧昧劲儿。师兄是个蜀地土著,说话诚恳老实,他给朋友把脉、扎针灸、做艾灸,并且说,你的那些肿瘤就是"包块",在我们《黄帝内经》里面,包块都是可以化掉的,我能想象出师兄眨巴着小眼睛安慰朋友的场景,不能把话说圆了,否则太过,但是呢,又需要给她一点希望——朋友兴高采烈告诉我师兄的说法:"他告诉我没什么癌症,都能化掉。"我们呢,也不忍多说。不过也对,师兄的说法还真不是空穴来风,确实中医界的很多人并不觉得癌症不可治疗。

有了这层鼓励,拿了师兄开的药方,朋友信心十足地回北京了。我有句话想说但是又不敢说，要不你就留在山上好了。可是谁说得出口？一般人不到最后关头，何至于去荒野之地，一个不知名的道观，找一位没有行医执照的道士，来治疗癌症？这是二十一世纪的中国，协和这类的大医院才是一般人心目中的神殿，已经入了殿堂，怎能轻易出来？忍住了自己的话——没想到，最终她还是上了山，不过这是后话。

我没有当过癌症病人家属，不知道病人家属那种煎熬的心态，更不知道被宣判死刑后病人家属的选择，再次见她，已经是三个月后，极冷的北京，这次见面是被她同学召唤来的。事实上，协和的主治医生已经向她的同学们宣判了她的死刑，告诉他们，朋友只能上放疗了，当然效果如何并不能预判，或直接送去临终关怀医院。"那里对病人的照顾，比我们这里更好，再说了，我们这里也没有病床。"

不清楚医生每天要向多少病人家属宣判结局，大概是他们的人生常态。从这个角度来说，医生还真是死神在人间的信使，提前预知了死亡的秘密，然后平静地、坦然地向无数家属模样的人宣布这一消息，在他眼中，他们大概都是一样的模样吧？憔悴的、焦虑的、惊慌的、眼泪夺眶而出的，无一是平常样貌，癌症医生还真是得修炼成铁石心肠，否则光是自己的心理治疗就需要花大钱。

大概古人早已经洞悉了这一奥秘：那些寺院的雕塑，或者壁画中漫天神佛的场景里，总有蓝脸的小鬼、绿脸的妖魔，簇拥着神明，是古老的信使塑像，平日里向人间凝视着——现代的医生也是神明的打工人，需要实实在在宣判死亡消息。

临终关怀医院对于多数人，是异常恐怖的存在。同学们出于怜悯，没有向她宣布这一事实，而是继续隐瞒，也快隐瞒不住了。病情在冬季显然恶化，腿部肿瘤进一步加大，开始压迫神经，中秋节的时候还能自如上山，到了十二月的时候，已是瘫痪在床。

五

特意从上海回北京看望她，她同学联系我，说她在这种情况下始终念叨着，青城山上的道士师兄可以救命，让我去京一趟商量。几个月不去北京，把十二月底的严寒夸大了，神经质地穿了一件黑白相间的貂裘，雄赳赳气昂昂，进了那幢她租住的回迁楼，电梯间外的墙面显然是为了节约，没有用石材，全部是粉刷的白色墙面，排列满了鞋印子，黑色的、肮脏的，是不耐烦的居民们的焦虑，烦躁的具象，没人觉得这是自己的家，需要格外爱护。

北京狭长的板楼，一字排开十多间，模模糊糊确认了房门，一个面目凶狠的中年保姆拦在门口，不让我进门，对着里间嚷道，一个男的，说是你朋友，我能让他进来吗？朋友虚弱地在里面应承着，我才能进去，房间狭小，在大门处就能看到顶头的窗户，是一间一览无余的一室户，这是她之前就租下来的房子，我没来过，没想到第一次来，就是如此局面。

她在床上侧卧，被子盖着腿，说是怕冷，北方冬天的暖气，实际已经很暖，尤其是屋子小，有种被闷在被子里的感觉，带点腥膻之气，她却如此怕寒。不由得想到中医的说法，也许癌症还真是极寒之病？她说到了晚上两三点尤其冷，腿部会剧疼，忍不住就要叫阿姨起来，帮她换热水袋之类。这个拒绝我进门的保姆从前在医院做过护理工，照顾过各种病人，算是见惯不惊，有张平静中带点狠劲的脸，北方县城妇女的标准打扮，短发，眼珠有点鼓，也有点憔悴，身体再好，还是经不起这样半夜三更的折腾，拿着这份工资，也不想受这个罪，三番五次和她同学抱怨。

朋友话不多，我碰到这种情况，一向也是不知道怎么开口，只能说，你不是去过道观吗？觉得怎么样？要是放疗的话，是不是直接去道观更好一些？话说得不能太过，又不能不说明白——无论如何也不该由我向她宣布死亡的信息，在临终关怀医院和道观里选一个这种话，我说不出口。正在彷徨，照顾她的同学回来了，原来现在是同学轮流上门，这位同学我多年前也曾见过面，海南人，深而黑的眼睛，看上去像无底洞。我知道她俩关系甚好，甚至她们讨论过在这位同学的老家共同买块土地共建房子，海边的房子，植物茂密，再荒凉的海滩也会显得生机勃勃，可惜都已成梦，完全不能实现的梦。

和同学一起来的，还有同学的同事，五十多岁的中年妇女，大概稳重一些。是同学怕自己支撑不住，叫来帮忙的？也是陪伴，否则和病人独处一室，内心更烦闷。她们都在一间大学教书，和我简单分析了情况，说不要劝她去做放疗，也不能劝她去临终关怀医院，反正什么都不要过分说，都需要听她自己决定，我们三个挤在窗边的小桌子旁窃窃私语，稳重的同事每每说到让她自己定，就往床边一努嘴，也是习惯性动作。其实这么小的房间，能瞒得住什么。

我也不知道朋友听明白没有，在床上半盖着被子躺着，生命正在于体内一点点地消失。都依稀知道放疗的可怕，怎么可怕，我们也说不出，医生还是不给建议，放疗效果不在他预判范围，现代医院的制度，一句不肯多说。

结果像是个空洞，悬挂在半空，我们都不敢探头去看。"还是找中医，上山？"我试探性地问。她同学很坚定地说，让她自己决定吧，山上治疗，没有止疼药怎么办？现在她已经半夜三更地开始喊疼，到了山上没有"疼痛治疗"，肯定更糟糕。其实距离青城山不远的成都华西医院也是国内一流医院，止疼药总不至于难找到，我也不反驳。大概一般人听到道观，总觉得有种茫然的恐惧感——还是未知的世界，被一片虚空的白雾笼罩着，可送到临终关怀医院等死就好？能想象出来的气氛，一群半死的躯壳，强做出来的温暖，以及各怀心事的志愿者。

没有人能帮她做选择。"通知家里人了吗？""隐隐约约说过了，没说那么明白。也没有什么结果，大概那边也是有病人，忙得不能走开看她。"依然是空洞般的沉默。

还是等待她自己开口，小小的屋子，几位成年人围绕着她，都不能拿主意。话没有说透，她心里应该知道很多了？彻底放弃协和的放疗方案吗？虽然绝望，很多人还是会抓住放疗的机会，就像不少病人家属发的誓："只要有一丝希望，砸锅卖铁我也要救命。"直接去临终关怀医院吃止疼药，还是真的走一大步路，从北京折腾去到四川的道观？说实在的，也确实没法做决定。

进入死亡的缓慢过程

当然我的到来似乎是一种驱动力,往不可知的中医治疗那边推进了一步,至少听起来,比另外的选择,多一些神秘的力量感。

"我还是去青城山吧,你帮我联系下?"她虚弱地问。大家并没有松了口气的感觉,反而更紧张了,同学一连串地问,那你疼了怎么办? 那里能解决吗? 山上什么样子谁知道? 我是完整的沉默,半天用一句话破开,好,我来联系。

窄小的一室户,卧室加起居室,并不值得留恋的脏和乱,可真的放弃,估计又有一番折腾。朋友虚弱地笑着,说,收拾收拾很快。又说,我还借了你两本书呢,要还给你。是很久以前,她去我家喝茶的时候借走的几本书,连名字我都记不住了,依稀记得有本是《廷巴克图》,写非洲一群志愿者怎么抢救当地遗留的经典文物的,多么遥远的世界啊。我赶紧说,别找了,也是急着离开这里,场面实在是难堪,不是死别,也充斥了满屋子的烦躁和绝望感。

六

回到上海,替她联系了青城山上的道士师兄,山上也有套收费看病的标准,一年的治疗费,加上药费,外加上连吃带住,也需要几十万,一般的人支付起来,还是有困难,我艰难地讨价还价,帮她把住宿费降低了不少。

最不喜欢做这种谈判,出这种头,可在这个时候,只有我来做——后来才知道,她的同学们都反对她上山治疗,最大理由还是那个,"疼痛起来怎么办?"他们就没想到过止疼片的普及程度?也许只是害怕。目击着一个人走向死亡,总归是害怕的,她自己未必没有犹豫,最后是那个帮她在日本会诊的朋友去看她的时候,狠心说出了和我一样的话,在山上,总有一丝可能性,在协和做放疗,几乎没有什么可能了。

决定下来,行动也是极快,租来的房子迅速清退,大部分东西都是同学们帮她捐掉扔掉,她从上大学开始就在北京漂泊,算下来,总有二十年的北京经历,没有想到东西并不算多。

多了,处理起来也麻烦,说白了都是身外之物。只留了少量的衣物和书籍,外加同学们集资买了一辆八千块的电动轮椅,和她一起上山,说是礼物。此时她已经瘫痪在床,彻底不能行走了。从北京坐飞机到成都,再送她上山的人选,最终还是落到了她弟弟身上,不能通知父母,弟弟总要说一声。我说那我在成都机场接他们吧,之后把她送到道观里,也是逃离不掉的责任。

到了这个阶段,不少人反倒觉得有了希望,帮她去日本会诊的朋友开了大车送他们去机场,打电话和我说,我觉得这是个好办法,说不准,她在山上能恢复?反正日本专家已经宣判了死刑,我也斩钉截铁地说,太对了,事到如今就是这样最好——我们俩成了乐天派,将希望寄托于宗教场所,总比不抱希望的好,人类自古以来的"听天由命",四个字听起来,其实也有种乐观精神。

我的飞机先到,在航站楼空等许久,她弟弟推着她出机场,坐在轮椅上的她倒是比之前精神,说实在的,除了有点憔悴,看不出有多么的重病缠身,可能我简单的人生经历中也没有见过那么多病人,又有谁见过呢?我们都是尽量对疾病、苦难视而不见的人,一头扎在享乐的世界里,让肉体安乐,以逃离一切的不可知。帮着抬轮椅,才发现,同学们捐助的这个八千块钱的轮椅实在是沉重极了,大约是质量非常好,全钢材料加电动机,超过一百斤的重量,一个人根本搬不动。

她弟弟总被她提起,我倒真没见过是个极壮胖的水电工,我知道他结婚、盖房子、养孩子、包括孩子的教育费用,都是我朋友,也就是他姐姐所资助,社交媒体常常出现的"扶弟魔",朋友就是确切的原型,可在那环境里，也没有听过她埋怨，觉得都是天经地义。重病之下，都不告诉父母实情，心理过于善良，不想让父母难过——也可见朋友的过于自抑，自抑未必不是病起的一个因缘。

果然上到道观里，轮椅的不实用成了第一个问题，师兄的道观在半山腰，高低错落处全部是石梯，即使是轻便的轮椅，用起来都成问题，何况是一百多斤的轮椅，只能她弟弟背着她，几个人簇拥着往上走，这种情况我一般是袖手旁观的，不是懒，是众人觉得我实在不像干活的人，自动把我排除在外。本来就乱哄哄的一堆人，围着她，找哪个房间合适，安排他们吃饭，讨论接下来的治疗方案，我索性一个人在空阔的大殿闲逛，临近新年，道观里清寂无人，大殿上的神像寂寥地看着我，我只能在心里默念，让神灵拯救我们这些世人的生命吧——对于人来说重大，对于神灵，也许是轻而易举的事情。

第二天一大早，道士师兄在大殿安排了拜师仪式，原来不仅是看病，还要拜师，一定要答应三年不下山，这段时间在道观修身养性，即使几年后身体好了，也要清心寡欲。

原来师兄也是严阵以待，想想也对，一个癌症已经扩散到全身的病人,谁会觉得治疗是件容易对付的事?所以有此仪式。就在神像前,朋友在轮椅上拜了师,对祖师爷发了誓,还象征性地包了一百块的红包给师兄。我在旁边充当了摄影师,拍了张纪念照。师兄和他身边的几个小丫头站在一起,是艾灸室的两个姑娘,后面的日子里,就是她们照顾着朋友,也都是朴实的人。朋友上山前就安排妥当的保姆,一周时间不到就出逃下山,觉得山里太清静了。她戴着鲜红的帽子,木讷地坐在对面,应该是心里有期待的 —— 要不是有这个红帽子,我都觉得这张照片是黑白的,深山里的古老道观,走投无路的世间人,仓促之间担了拯救人性命责任的出家人。亘古不变的命题。

之后我就下山了,忙自己的事,将朋友安置于此地,似乎将她寄存于一个世间之外的世界,觉得和我们距离更远起来。尽管青城山是我常去的地方,可心理上就是这么想,联系也少了,道士师兄说了,让她清心寡欲,全盘心思都放在治疗上 —— 偶尔收到道观里艾灸室的姑娘好事发的微信,都是极为稀奇古怪的治疗,比如用麝香磨成碎末,放在肾脏上方艾灸,比如让她去道观的大阳台上晒太阳,尽量地吸收阳气,越发觉得,她进入的世界和我们无关。

春节的时候,居住在道观的人们暂时一起过,唱歌、敲钟,也有她,大家坐在炭火盆旁边,灰扑扑的老房子里,生了火盆,可还是能感受到寒气,都是大棉袍的装束。发来的视频也是极为快乐的,大声唱着《兰花草》,显然她胖了一些,精神也好,我心里一动,这条路真走对了。虽然我做主将她送进了道观,内心深处也并不确定这件事的正确与否。和朋友们聊天,大家都如同听天书一样看着我,听着故事,都是都市里的普通人,生病只有医院一条路,听我说这样的处理方式,有点茫然,有点看稀奇的意思,尽管最后都说,你做得对,可谁能确定道观就能拯救生命呢?说起来,处处都有奇迹,可又有谁见过发生在身边的奇迹?

没想到,奇迹真的发生了。

也并没有多久,春节后道观里的亲朋好友们就给我发视频,说是朋友康复不少,她抛弃了轮椅,拄着拐杖,一个人在道观里缓慢地行走,身边都是荒野的光。我也惊呆了,都说中医不能让肿瘤缩小,可是不缩小腿部的肿瘤,她是压根不能走路的吧。发给我视频的道观里的朋友,大约也是觉得奇迹诞生了,一边念着"太上老君保佑",一边开心地和我说这个事情。这个阶段,我简直成了中医宣传大使,身边半生不熟的朋友,都被我讲的这个奇迹——热情四溢,丧失了理性。

四五月份,她的身体日渐好转,不仅拐杖不用了,还能爬山,师兄的道观在青城山半山腰,她爬上爬下,比常人慢,但也并不为难,发来的照片都是各种在山脚下的古镇吃喝玩乐的,赏花、吃醪糟,和我们普通人一模一样,偶然心念一动,不是说不能离开道观,不许下山吗?道士师兄大概也特别得意,在微信里冲着我大声吼,下山玩一次不要紧的。

奇迹真的发生了。

七

神的存在,大概就是教育我们所有人,不要得意忘形,永远不要。上山五个月后,朋友和师兄他们就组织了一次云南旅行,师兄的解释是,朋友五个月没有离开山上,憋坏了,正好一群山上山下的弟子们都想出门,于是组织了一次自驾游,十多天的行程。

接下来,就是坏消息的发生,乐极生悲的现实体现,没多久,说是朋友刚回到山上,就开始生病。山下旅行之前,她就已经停止吃中药了,旅行中更是不能天天熬中药,索性停药,一停就是一个多月,回到山上的道观里,已经是快六月,人瞬间就肿了起来,师兄不敢和我说,道观里当家的胡师父和我悄悄说,似乎不太好,我觉得她肚子肿,是不是有腹水排不出来？我一是不相信,觉得怎么会这么快,好不容易恢复的人,又跌入深渊？二是也确实完全不懂中医治疗癌症的玄虚。当时正好上海疫情封控,我自己也莫名沮丧,本身就对他们出门旅行有股说不出来的怨气,现在听到这么说,也只是追问师兄,到底如何？你要说真话。

能想象得到道士师兄的焦虑,本来即将治愈的病人,断药后复发,还是他许可下的断药,这种煎熬,比他自己生病还要令他焦灼——从高处跌落,真还不如一直在平地上,我甚至觉得,朋友要是没这么快能够行走自如,一直病歪歪在山上休养着,甚至都比当下的结果要好。毕竟她上山之后,只是简单治疗,疼痛就大为减轻,只靠吃草药就能睡得安稳,难怪师兄和我吹牛,"中医治疗疼痛是非常有效果的"——至少不疼是个安慰。

不疼痛不痛苦地死去,更是安慰。我一身冷汗,突然明白,当初一心期待她能痊愈,不愿意去仔细想的生死问题,其实是自己在害怕,"必然死去"这个话题被遮蔽,不也是我的妄念,能无痛苦地死,大概是我能帮她做的最大的事情。

想到当初她的同学们一句一句的疼痛治疗,更是中产阶级的妄念,是我们的障碍。

情况急转直下,艾灸室的两个姑娘,还有当家的胡师父,大约觉得通报给我是必需的工作,这几个月以来,也没有亲人上山探望过她,只能找我,这几位都是道观里的女性,日常也多话一些:一会儿她不怎么吃饭,一会儿她偷摸吃零食,又是水肿又是哭,总之一日无事已经是万事大吉。我本来就拒绝听这么详细的汇报,现在更是不想听,但也不能和她们说,你们别说了,大概我的本能在逃避死亡之影,于是说,等上海解封,我会上山去看望她,看看到底怎么回事——私下也问了师兄好几次,师兄也并不确定人之生死,还是模糊回答。

大概是幸运,一直和死亡距离遥远:我们家的祖辈,在我接触到他们之前都已经去世,我没有经历过家族丧事;从小随父母生活在三线工厂,周围没有亲戚,工厂里的死亡与我无关;最直接的死亡案例,大概是初中同桌。他是个极黑极瘦的少年,一贯的顽皮,在中考前一天唯一的一天假期中去长江游泳,也是我们那时候少有的娱乐活动,结果当天就给淹死——第二天中考,我前面的座位空得触目惊心;成年之后,总有各种黯淡的死亡消息传来，但相对比较远，包括同学群里的突兀、生猛的死者消息，最多也就是感叹几句，真年轻，诸如此类。

我一直逃避直面死亡，虽然定好了上山的日期，说实在的，害怕这个场面，总觉得要直接面对曾经亲密的朋友离开，不知道如何是好。我是个笨拙、简单的人，任何圆滑的场面话，都要挣扎才能说出。事到临头，也不能不去，更何况当家的胡师父一直盯着我，问我要不要通知朋友的家人，至少她总觉得朋友会猝然离世。

刚上山，还没有去看朋友，越近心越怯，先去胡当家那里，她先是绘声绘色和我说她一个徒弟的死亡故事。是个女徒弟，乳腺癌，也是被医院宣判了死刑，结果下定决心上山治病，治了一年多，身体好得不得了，天天和她们一起打麻将、择菜，大家都说，熬过三年你再下山。"可你们世间人哪里肯听，她也是身体太好了，被调理得脸色红扑扑的，想念自己的儿女啊，觉得自己彻底好了，好透了，非不听，就要下山，哪里留得住。"

下山一个月，癌症复发，不到两个月的时间就离世了，死之前，抓着胡师父的手，说山上的日子最快活，悔自己不听话，要求死后埋在山上，结果就埋在厨房后面的林子里。"那你说，我这个朋友是不是不该下山，还搞什么旅游?"我有点憋闷地问胡当家,胡当家点头,是的是的,说好了不下山嘛。

胡当家十几岁出家,见惯了风风雨雨,道观里也常处理生老病死的各项事务,可是她还是纠缠于我朋友的得而复失的健康。"本来好好的,我跟你说啊,我看着她下山,走路那个快啊,我们都和治病的陈师父说,你搞个奇迹出来了。"随即是一连串的抱怨,说是朋友心不静,爱吃零食,道观里各种健康的蔬菜不吃,非要买各种面包、奶酪、火腿罐头。"都是垃圾",在吃惯了朴素蔬食的胡师父眼里,那些肯定不值得一吃,又说她不爱劳动。"身体好了,天天出来扫地,多好的运动,她不干,觉得那些活是下等的,不该她。"一堆话语之后,我只觉得说的这个朋友我不认识,至少不是我曾经很熟悉的朋友。

"她不是爱干活吗?"我小声询问。哪里哦,拖长了声音,四川话里有点婉转的音调,一概否定。

艾灸房的姑娘也着急和我讲故事,大概真的是某种震动在她们几个人之间,看着一个瘫痪的癌症病人好起来,自如行走,脸色也大好,然后转眼之间就衰败,像转瞬即逝的花朵,这种面对面的经验,太让人震惊。"她就是想下山,一天到晚盼着下山,本来说好了待三年,结果病好了都忘了,和我们说她要去上海做股票生意,赚多少钱之类的。还说自己以前工资多高，现在在山上没有收入，怎么办呢？我们一直劝她，不要紧的，命是自己的，先治好病再说，不听啊，好一点就下山去玩了。"

唠叨之中，有点明白朋友的心思。枯寂的山居生活，有限的客人，没有希望的等待，都让她厌恶，厌恶之上，还有恐惧 —— 没有收入的未来，怎么办？治好了，真的留在山上打杂？各种想法犹如噩梦般缠住她，结果身体一恢复就立刻兴高采烈地去游荡，是觉得自己可以回到喧闹人间的前奏 —— 在山上待三年的誓愿，也就轻描淡写地抛在脑后了。

在各种想法里，没有钱的恐惧，大概是最黑暗的，那是无边的黑暗。从北京繁华世界里打滚，突然去到川西的朴素道观里，未来只剩下花钱，还有什么未来？我觉得又明白了她一些，尽管上山的时候，无论我，还是她的同学，都关心过她的经济状况，也明确过，如果没有钱，可以支持，但毕竟，对于她而言，这句话像空中楼阁。

小姑娘东一句西一句地告诉我，山上替道士师兄管理病人的，是另一名来治病的病人冯姐，一个精瘦的女性，瘦得几乎变形，是严重的甲状腺疾病导致的身体崩溃，本来嫁在德国，做着贸易生意，结果被德国医生宣判了死刑，万般无奈之下回到老家，寻医问道很久后，终于碰到了道士师兄，于是一心一意学起中医来。

冯姐傲慢，至少口头上不承认道士师兄能治好自己，说是要学习医术自己给自己治病，和谁都不合群，但精明能干，没多久，师兄就拜托她管理病人，山上常住的病人还有几个，他们的住宿费、餐费、包括每天抓药的费用都是她一手掌握。道士师兄慈悲，很多山下的普通病人上山把脉治病，经常不收费用，可是冯姐一分都不放过，说是山上穷，要给山上攒钱。

道士师兄屡次说起冯姐，嘴刁心不坏，我和她也是互相早就闻名，终于有天见到，是在上山的石梯上，她正下山，居高临下看我，精瘦得不似人形，我悄悄和师兄说笑，你怎么安排一个螳螂替你打杂，师兄嘴快，传给她听，她反唇相讥，骂我熊猫，我们俩都觉得对方是动画片里的人物。

这时候才知道，冯姐在师兄答应少收我朋友的住宿费后，纠缠了许久，当面去斥责朋友也有几次，在她看来，大约是等于给朋友占了便宜，对别的病人不公，但朋友也是实在没有多余的钱，暗自生闷气，也没有和我说过，可能知道和我说了也没有用处；住宿费之外，就是每天的药费，因为是重症，难免用到一些珍贵的药，麝香、人参，结果就用多少，怎么省着用，又多了许多事情，这种事情，都让朋友吃了苦头，至少在冯姐的手里过一遍药，就受了不少委屈，人生的悲哀无处不在——到生命的最后阶段，还有这么多尴尬，几乎难以逃离，尤其是对于钱财不凑手的人，冷如铁的穷困。山上的这些闲事，说起来都是鸡毛蒜皮，可生死落到了地面，不也就是这些鸡毛蒜皮？哪怕到了川西的山里，哪怕到了极其偏远的道观。

冯姐不在山上，我也不便于去对质，听到这些琐事，只觉憋闷极了，委屈极了——替朋友委屈憋闷，到了生死的阶段，居然还有这些繁杂的碎末裹缠于身。可这不就是人生的本质？当然是我不食人间烟火。

终于鼓起勇气去看她，又是一番心事了，道观里都是熟人，都让我好好鼓励她活下去，我还真无话可说，她在二楼阳台之上端坐，艾灸室的小姑娘在照顾她吃饭，坐在高凳上，脸瘦得变了形，从五月旅行回来，只有短短一个多月，身体就糟糕成如此，我看着她，没什么话，只能最简单的问候：还好？会好的。不要想家了，暂时把亲人缘分断掉吧。下山大概是你冲动了。以后病好了再下山玩嘛，着什么急。钱你不用担心，同学们都替你准备了一些。所有的话，自己都觉得苍白无力，几乎没有什么能安慰到人的，可是除了这些还能说什么呢？

她没有生气地看着我，死亡虽未降临，弥漫的气息已经有所感应，当家的胡师父说她腿肿，我也看不到，盛夏里，她盖着厚重的被子，大约是冷极了。对于我的话，也就是一一机械回答，她的世界，我已经进不去了，也不敢进去，那里面是深不可测的黑洞，又想起她的命书，正月里寒冷的水，不敢接触的寒冷。

会好的，会好的，我边说边往外走，仓促地撤退，是我胆小，不敢与死亡面对面。走出她的房间，正碰到那个昂贵的轮椅，落满了灰尘，嘿，我认识你，我和它打了一声招呼。当晚山上暴雨，结果停电一夜，听着山间的暴雨声，水流巨大，无法入睡，我也睡不安稳，屡次起床，就没有想到，怎么就来到这里，怎么还把朋友也送到这里，是我们此世的缘分吗？一个没有解释的命题——这是我最后一次见她，没有多久，当家师父就给我发微信，说她走了，没受苦，突然身子往后一倒，死在正在帮她灌药的师兄的怀里。

我依然不想问，任何事情都不想知道。对于她的死亡，我尽力让自己清晰地隔离，那是另一个世界的事情，各种后事怎么办，她的家人怎么残忍，以及她身后留下的不多的财产怎么处理，我都漠不关心，只是让他们尽快和她家人联系。最后知道的消息是，一直没有上山看望过她的家人最后仓促地搬了遗体下山，就在本地火化了，骨灰还是送回了老家，按照村里的规矩，没有出嫁的女儿死在外面，还不能进入村里的祖坟，就埋葬在村外的野坟里了。

另一个消息在几个月后传来，刁蛮劲儿十足的冯姐，就在朋友死后不久也去世了，死前身体肿了，不再是精瘦的模样，道观催促着她母亲把她接到成都的医院里，死得仓促，手机密码都不知道，好不容易解开了密码，发现她卡里没有一分钱。她在山上一直说自己有多少存款，平日里也是好酒好茶伺候着自己，还在道观里弄了一间房，专门做自己的小厨房，天天炖各种有机食材的汤，自己享用，也确实是养尊处优的模样。可是她的财富几乎都是吹牛的结果，反倒欠了各种朋友的许多钱，她在山上管理病人的账，有一半是进了她自己的私囊，也没攒下来，死的凄凉程度，和我的朋友几乎可以比拼。

难中寻吃

獄中記

一

那时候三里屯还有大屏幕对着街道,我和朋友去闲逛,本该是光影灿烂处突然出现了灰白色质地的画面,洪水夹着石块滚下,灾难气息扑面而来,后来才知道,真实的灾难有气场,即使是隔着屏幕,隔着几千里的距离,也能让你感觉到心惊胆寒。

原来是播报新闻,甘肃的一个县城被泥石流吞没。

我不懂泥石流,唯一的印象来自中学课本,依稀记得是说明文,讲述了泥石流造成的巨大灾害,现在屏幕里的泥水横流的场面看上去也并不怎么具体。我只是在哀号,估计明天又要出差了。那是八月初的一个傍晚,三里屯的街拍男女为数众多,暴露的肉体微微散发出腥味,像是西湖附近的公园里那些色彩斑斓的锦鲤,从水底露出口舌,呼吸水面的微凉空气,咀嚼掉落的残败花瓣，我喜欢这里。

在这里，我们都是简单的城市动物，按照规律生活，吃，喝微醺的酒，调情和买卖衣衫，装饰自己，基本、日常、稳妥的生活。

电视里的灾难发生地是一个非常陌生的地名：甘肃舟曲。在我们这个男性稀少的新闻单位，每周我们都会自动盘算，哪个选题估计又逃不掉了。灾难选题一般落在男记者身上，杂志社保持了古老的绅士风度，太艰苦的事情，不太好意思派遣女记者。虽然也未必有多怜惜，忙碌起来，杀人放火的事情也一样需要直接奔过去。

都不用多讨论，选题会的时候，主编用探寻的眼光望向我，说最好当天下午就出发，去之前最大的困扰是穿什么，灾区的一般装束，就是冲锋衣和马丁靴，这都不是我的日常风格。那天上午出门前，换下了凉鞋，找出了不怕脏的球鞋，还有简单的T恤，穿着去上班，恍惚知道，一会儿就直接去机场。

果然，去宝鸡机场的飞机只有当晚有，这里是离舟曲最近的机场了，来不及回家收拾行李，出发。

唯一可依靠的对象，是摄影记者，这已经是我们杂志比较有钱的阶段，可以派两人出行，要是从前派不出摄影记者的阶段，往往就是我一个人，更加孤凄，遇事连个商量的同伴都没有，有时候自我审视，记者这个行当像古老的探子，《三国演义》里面最多，骑着马奔跑回营，一声报，已经累得瘫倒于地，声音嘶哑地吼传出一两个消息。

然而，我和摄影记者的捆绑，只持续到了初进舟曲县城的几分钟。现在还记得分离时的场景，深蓝的天空下，他跟着一群拿着公鸡、抬着棺材的人群狂奔而去，恍如巫术开始前的场景，这群人应该是家里有人遇难，好不容易从县城外购置了棺材抬进来。

七八个壮汉抬着，健步如飞，有人专门举着火把在前面引路，泥石流摧毁了县城交通，只能靠人力运输，这家人比较能耐，不仅家有壮丁，还礼数齐全。大公鸡两只，应该是专供祭祀所用，深蓝近乎黑色的天空的映衬下，还记得公鸡那鲜艳的尾羽，昂起来的不屈的鸡头，大概也是我在北京，长期看不到这么大的活公鸡，印象深刻。

这行队伍，焦灼之外，还有点得意之情，在这种时刻还能找到棺材，已是奇迹了。

整个场景像马格南的图片，太吸引他了，我们甚至都没有告别，他就狂奔着追踪而去，不能不说，他是比我好的记者，我站在路边目瞪口呆，走进县城的那一小时路程，已经让我非常惊恐了，泥石流造成了大地的瘫软，县城中心的马路都已经废弃，我们还在边缘，已是只有在铺在稀泥上的木板上行走，但走上去，还是软得令人惊惧，不打算再摸着黑前进了，这时候是深夜十一点。

交通工具都禁止进入舟曲，我们从机场打车，尽管出了高价，还是被放在离开县城最近的某个隔离点，最后只能拦救援的军车搭便车。最怕面对这种场面，求着人，让素不相识的人家帮忙，还是勉强，上去就碰到同行，是中央台的记者，他衣装齐整，拿着专业的摄录设备，告诉我当地宣传部已经给他们在宾馆准备了房间，我只有羡慕的份儿，问了下，宾馆已经禁止进入了，只给领导们和救灾的机构们入住，他们也算在其中，我们这种市场媒体是没有机会的，他也并没有一点邀请我去住的意思。

军车也只能停在县城之外，某个树林稀疏的地方，后来才知道，这里是舟曲的森林遗迹，这里当年汉藏杂居，有大量的森林，现在已经是荒山秃岭了，否则不会有泥石流这种灾害。我们只能步行进去，记得那些稀软的地面，记得黑暗中奔跑的战士的呼吸声，还记得我的同事神速消失的身影。

心里为难，不想睡在公路旁，也害怕会不会有第二次泥石流，睡在路旁，说不定就被直接淹没。此时，正是死者的灵魂尚未离开，生者各种混乱的时刻，可是我心心念念的，还是找个地方睡觉，一步踩空，自己会落到怎样的命运，实在是不知道。

走到不能走的地方，居然有一家路边的藏式房子亮着灯，鼓足了勇气进去，求一宿，这家人倒不是藏族，杂居地区，风俗互相传递吧，一大堆人在聊天，中间点着火盆，也是因为整个县城的电力系统停运了。主题不用说了，不外是县城的天灾，灾难现场就在几百米之外，那下面满是尸体，一屋子人热烈聊着，阴阳之隔这句话无比清晰，这里温暖而热闹，倒满是世俗的气息。

本想着就在客厅住一夜，结果运气好，这家人的女儿在兰州大学学新闻，还在上学，听说了我的职业，把二楼的女儿平时的房间让给我。又饿又焦灼的我，按照道理来说，还该找点吃的，可没有那么厚脸皮，就此罢休，在暗沉沉的屋子里睡着，第二天早上醒来，脸上痒痒的，一挥手，是苍蝇。

灯绳上排着队，全是苍蝇，一条膨胀大的黑色绳子。大约是找不到可以依附的东西，仿佛《权力的游戏》里面的化外之地，外面寒冷，屋子里显得暖，也就明白苍蝇为何聚集了。

二

告别了这家人，几分钟之外，就是现场了，迄今还没办法给人讲述灾难现场是什么样子，大概还是自己的图像构成能力比较弱，一群群的人围绕着固定的地点，哭着、奔跑着，挖掘机咆哮着，也有红旗招展的地方，那大概是救援队伍的标志，竖立红旗是拍照需要，年轻时候愤懑，觉得救援中拍照这事比较让人厌恶，现在觉得自然：有救人的，也就有拍照的，现代社会固执的影像留存病。

现场有安慰亡者家人的，有狂呼乱嚷的，有拍照的，也有穿着粉红毛衣的女记者站在镜头前的。后来还见到一家人，正好在灾难之时生产，好在医院也不在泥石流的冲毁区域，家里人抬抱着她，一路狂奔到医院生产，母子平安。

灾难之中，依然有生命诞生，生死轮回最好的案例。

相比之下，我就是晃荡的游民，那天是真正理解游民的含义了：饥寒交迫，没有目的行走的人。

特别后悔，头天没有吃那个航空公司所提供的飞机餐，小航线，随意对付，可也有热的米饭，湿哒哒的、黏糊糊的，平时可能一口吃不下，现在觉得确实是充饥的食物，配着几坨来历不明的蔬菜，还扎实。

早上也找不到食物，整个县城丧失了正常运转的系统，恢复到古老的农耕年代，瘫软于地，没有看到任何一点可以充饥的食物出现在街道之上。

上午一直跟着一个民间救援队，他们曾经去过汶川的救援现场，看他们从水底挖人，并没有那么多让人激动的场景出现，就是缓慢的潜水，确认有没有人在水下，据说可能要一天时间才有成果。

一拨拨的换人反复下潜，家人们在旁边焦灼地等待，非常确凿地指认，一片什么都看不到的泥泞之中，就有她家的房子，一定有人在下面。接下来是排水，挖淤泥，把下面的人捞出来，十有八九是不会再有生命的一具躯壳，可是家属在旁边红头涨脸地哭泣，谁也不会离开，救援队员也和我一样，昨夜赶到，精疲力竭——此刻是灾难发生的第三天了。

四五个小时，没看到救援结果，接着往县城深处走，处处挖掘，水浅的地方，有尸体出现了，平静地侧卧，就像熟睡；不止一个，也有脸色红润的，当然还有断肢，巨石滚下，覆盖之外，也有砸断的，生命和死亡，同样地千姿百态。

真没有那么让人恐惧，倒是细想更恐惧，睡着的时候被泥水覆盖。

救援的队伍有大的,红旗招展处,拍照者甚众,我自动离开,开始漫步于泥石和人流之中,四处寻找可以充饥的食物,一旦这个念头生成,就怎么也去除不掉,饿鬼附体,但似乎是没有办法解决的,整个县城都是救援的现场。县城主要街道依河而建,而这条山谷中流淌下来的河流,正好是泥石流的天然通道,山上暴雨,裹挟着泥沙,冲垮面越来越大,河道已经看不见影子。

河流两岸的房子,本来是县城最好的地点,现在泥沙掩盖之下,俱为废墟。踩在松软的泥地上,不仅害怕会不会陷落,更害怕陷进去,就踩在一个曾经的生命的手上,或者头顶上。

昨天住的房子,因地段不好,反而幸存了。

这种状态之下,也没什么采访,也就是看谁有空就聊两句,不知不觉,已经是一天过去了,还是没有住宿的地方,这个也算了,没水,没吃的,这个基本的生理需求,开始不屈不挠地战胜了我的恐惧,开始抓心挠肝地饿,需求突然变得重要起来。渴、饿、想睡觉,虽然明明知道,极度疲惫之下,即使有睡觉的地方,也不会有半点困意。

替自己委屈而已。

宾馆倒是没有倒下,我也尝试着往里面走走看看,只是那里确实也不能再住人，进门的大厅里都是难民，什么都没有，坐着发呆，大概这些属于家里还比较幸运的，没有人去世，可整体也茫然失措。古典油画里记录灾难，每个人都有恰当的表情，还有各种紧张的动作，大概少有"发呆"一景。突然，看着端着大碗汤面走过的服务员，穿红着绿，也就是他们往常的制服，可是现在看起来格外地醒目。在一个失序的小城灾难中，居然还有人穿着制服在行动——除了部队救援者。

这些面是不卖的，是给"宾馆的领导的"，加重音强调"领导"，然后说宾馆后面有条街，有吃的卖？后面的话果然掩盖了前言，还是淳朴的乡下服务员。赶紧往后面跑，真的有条街啊，热热闹闹的一堆人，卖饼干、小零食，像是过年的乡村集市，又热闹，又寒酸。可这又是临时凑出来的一条街道，救急性质，非常杂乱，集市惯有的兴旺感在这里付之阙如，只觉得狂躁，大概也实在太"急管繁弦"了。

一无可买。

本来还饿，可看着塑料袋里的廉价小饼干，又不太饿。街口似乎有热食，看过去，是大铁桶做的临时炉子，上面有铁板在煎一种小黄饼，陡然想起了张爱玲写的香港沦陷后满大街的小黄饼，可不就是这种？是物资紧缺,什么都匮乏的时候,临时想出来的食品共性?面粗暴地揉了,撒了些盐粒,在铁皮上硬生生地暴力煎熟了,因为少油,两面煎后,越发黄中带黑。

丑陋的食物,却让我盯着两眼发光,过去问价钱,是个中年的面目模糊的妇女,她说,不要钱。"不要钱?"我倒是惊奇了,声音抬高,随即也就明白了。我的外地口音和随意穿着,大概提醒了她我是外来人员,这个时候的外来人员,能是干吗的?果然她说,都是来帮我们的,不容易。

拿着饼就跑,对着她,确实说不出话来。

熬了二十四个小时吃到的第一口食物,本来身体有点飘飘然,这块食物让人安定下来。接着找人聊灾难去,宾馆里的宣传部工作井然有序,就像外面没有事情一样。我还记得坐在电脑前的人洋洋得意地说稿件被什么大报采用之类,迄今还觉得奇怪,这是不是我的错觉?那时候怎么还有电?但其实也该有,临时发电机总有,尤其是宾馆。

后来知道,对我们这些外来记者也不是全无安排。城里没地方住,附近的乡村被提供了出来,在宣传部领了路条,一个沉默寡言的村干部领着,去附近山上的人家住。听到山,还是高兴,只想到越高越安全,不会被山上冲下来的泥石流压住,当时心里充满感激,没想到,噩梦才没那么容易结束。

觉得越高越安全,这两天据说还有雨,在山脚下的县城,还不知道会出什么事情呢,也是想落荒而逃。

泥石流这种灾难,和地震不一样,地震是全民受难,很少有人家没有波及,泥石流却是区域性,一个县城,可能一半家破人亡,另一半却丝毫无损,只要离开了灾难发生地,别的地方,就没有那么愁云惨雾。我一路走,一路看着宣传干部忙着统计自己番号的人的功劳,看到央视穿着粉红鲜艳的女孩子和当地的领导撒娇,说自家的主持人姐姐没睡好,需要更好的休息室——死亡就在咫尺,我们活着的人,还活得好好的。

热闹、喧腾、琐屑,活自己的。

领着我去住的那家,是新盖好的房子,一对小夫妻带着孩子,屋子装修得干干净净,除了厕所脏得难以下脚之外。这不是汉代的房屋格局?和博物馆里看到的汉代陶器的造型一模一样。屋子里没有排泄的地方,厕所旁边是猪圈,几头猪哼唧着,我很害怕它们冲过来吃人类的排泄物,忍不住问男主人,怎么厕所不装在屋子里面?他大惊失色,那多脏。

觉得自己处于安全地带了,我也能和他们家人聊个两句。寒暄着，院子里，有棵绿油油的矮树，一点不认识，这家八九岁的孩子突然上了院墙，攀缘着树，摘了果子，下来递给我，说，吃，吃，骄傲的表情，是个黑乎乎的农村小孩，和他父亲一样黑，也不知道有怎样的未来，大概觉得我是好不容易出现的客人。

新鲜的无花果，白里露着粉红色的籽，食欲如泉水般涌现，可惜这棵树，并没有过多的果实。

这家人还真把我当客人待，晚餐的时候，只有简单的面条，还特意拿出了一瓶白酒，酒是面条接近结束的时候拿上来的，绿瓶，包装近乎无。女主人带着孩子，自动撤退，只留我们两个，一瓶酒，几颗黄豆，我愣了一下，不知道这里的习俗，显然也是专门的待客之道，玻璃杯子倒了一点底，我就说，够了，冲得很。

男主人真的不会说话，也不劝酒，只说，两块钱一斤呢。

也听不出语气是骄傲，还是简单的介绍，就算这里物价便宜，两块钱也实在不是个大价格，我实在是难以下咽，当然也是吃苦少。不知聊什么，接下来的对话，大概是有生以来少数几次混蛋话之一，我说，你喝过茅台吗？一千多一斤。

一千多大概是个魔咒，恍如屋子上空悬挂了一颗炸弹,男主人说,一千多?想不出来。那得多好喝?我啜嚅着说,也就那样吧。

一直到今天,我都不太明白是什么原因促使我说了这句话,按照一般的敷衍法则,怎么都不该说这句话,我也不会自比落难公子,感叹今昔,繁华的场景记忆刺激了我?记者的本能聊天?都很荒诞。

这个崭新的家,大概一点一滴的装修都是凑出来的钱,一千多虽然不是个天文数字,可也是笔巨款吧。

两个人彻底陷入了沉默。

多年后,我和一位人类学的学者谈起这段经历,能言善辩的她,也陷入了沉默。我知道自己犯了错误,可这个错误硬是没有分析出来。

外面突然喧嚣起来,村头喇叭开始广播,甘肃土话,也能听个大概,说是今晚大雨,还有可能暴发泥石流,别看我们是高处的村庄,外面还有更高的高山,大家不要在屋子里面待着,要出门避难。

什么?

我完全不能接受这个消息。站起来,不远处,是没有一棵树的层层叠叠的荒山,白天没有细看,深蓝色的天,开天辟地的荒山野岭,直眉瞪眼地看着我们。后来才知道,舟曲县城发生泥石流,也并不是从天而降的突然灾祸,村里有标语写着"亚洲最大泥石流改造工程",多年的荒山大概已经成了危险的蓄势待发的核心地带。

我不知所措地躺在床上,衣服不敢脱,一个手揪着电脑包,准备随时随地逃出门,想起白天看的那些恍如安睡的尸体,已经不能用惊慌来形容。

在雨中爬上高山,我觉得超越了自己的体能,尤其是白天已经站了一天,实在不想出门。刚才还在喝酒的男主人在屋子里四处走着,巡视着,告诉我,不用害怕,冲不到这里,让我稍微安心了一些。

就这么在床上睁着眼,也不知道待了多久。突然房间的灯光大亮,眼角都是四处逃窜的老鼠和蟑螂,被灯光照着开始逃跑。女主人冲了进来,快走快走,村长说今天家里不能留人,一起爬山去,边说边往我手里塞了把伞,我茫茫然抓了电脑和他们全家一起出门,似乎只有单位发的电脑才是我唯一的财产,整个人蒙在鼓里。

只是对自己说,是做梦吧,一个噩梦吧。

特别想醒过来,醒不过来,就是真的。黑夜里的山路也有好处,看不到反而不害怕,加上此地的高山没什么植被,都是沙子和石块,有几分干净爽利感。

手足并用,周围也不知道是谁,灰头土脸往上面爬着,只听到周围的石子滚落声,夹杂着村民的土话,大概半小时，到了一个高度，有人用方言告诉我可以停了，方才依靠着石块，坐了下来，周围的人小声说话，似乎也不紧张，还有人问我是谁，从哪里来的，避难行动变成了一次小规模的社交活动，反倒舒缓了一点。

我孤零零靠着，也不敢坐下，害怕接着要逃。

一面瞎想着，一面又模模糊糊想睡觉，熬了这么久，实在是有点撑不住了，没想到又被女主人叫醒。这次，是好事，原来再往山上爬个五六百米，有家他们的亲戚，可以去暂时安顿一下，胜过在野外枯坐一夜。

那家人家显然富裕，满登登的东西塞了一屋子。力气已经用完了，躺在外面屋子的木头椅子上，下面垫了块硬邦邦的沙发垫子，一下子昏沉沉地睡了过去。

我飘浮在半空之中，清晰地看着下面睡着的我，抱着电脑包，穿了件蓝色条纹的T恤，身子底下是绿花加红花的硬垫子。我还看见了另一间屋子的主客相谈甚欢，他们在说着我也不懂的话，热闹，这是人间的常规景象。

这是出窍了？一边有点明白，有点欣欣然飘浮出外，黑沉沉的天，远方已经隐隐约约透露出一点蓝，是黎明的消息，可不是四点多了？山上的石头路清晰可见，还是一条白石子的道路，真是漂亮呢。

还想飞，有点怕，回到屋子里，看着自己，一具安静、沉默、被折腾得够呛的肉身。

吃面了,一声欢呼,把我叫起来。大碗的面,比昨晚显然要丰盛,至少有不少的油辣子。我一边半昏迷,一边感觉口腔里食物的满足感。

舟曲的全部食物,刚烤的小黄面饼,一只硕大的无花果,两碗扯面和一杯底的白酒。

三

舟曲并不是我去过的第一个灾区,遥远的、艰苦的,我也去过,但印象深刻是为什么?那瓶酒?还是那个小黄饼?可能还是灾难让整个县城都瘫痪了,再怎么寻找吃的也都是徒劳,就怪自己没经验,连干粮都不准备。

抛开那种粮食减产的大灾难,一般战乱中的旅行,只要不是覆盖全面的,还是能吃饱,就像《围城》里的"三闾大学之旅",肉芽、糖块、咖啡齐上阵,异地风光到了眼花缭乱的地步。二〇〇八年的大地震,我被分配去了北川,第二天就从北京飞到了四川,未进地震现场之前,先在绵阳留宿,还记得满城吃火锅的人,都在马路边上,热气腾腾的几百张桌子排开,倒像是摄影家协会的老法师们喜欢的场面,整个城市都在吃喝中,似乎地震的阴影都不存在，也是四川人乐观的天性在托底。

一是天气开始热了，户外坐着也舒服，二是大家也不敢进屋，害怕余震的影响。

何以解忧？唯有火锅。

乱哄哄的一堆人挤在一个桌子四周，也都是同行，还有进去救援的队伍，也忘了是谁请客，火热的油汤滚沸，大片的毛肚，大块颤抖的鸭血，一堆堆的海带、豆腐、午餐肉，简直像是满城的狂欢，哪里有地震的影子？虽然嘴里说的还是地震，谁家房子倒了，谁家孩子断了腿，我们去灾区早，这一天才是地震的第二天，物资供应还没有受影响。

晚上睡在绵阳消防队的露天操场上，外面的火锅店的喧闹声迟迟不散，此刻才知觉，整个城市的心绪，还是恐惧的，害怕楼塌，都不肯去屋里入睡。繁花似锦的表面，难掩其下的悸动。

半梦半醒的，突然听到阵阵犬吠，进而是全城的狗一起哀鸣，汇成一股怨气，分不出是狗叫还是狼嚎。我在半夜惊醒，本来就余震不断，加上这种阵势，只觉得天旋地转。

采访结束回到成都，整个航空系统几乎瘫痪，都是往外走的人，根本买不着票。我是恨不得马上离开，可也困兽一般陷于成都的酒店里,这时候能营业的酒店都是恩人。记得有天预报说今晚要有八级大余震,要所有市民做好防备,我们的酒店正在市中心,楼又高,站在酒店的窗口,就看到所有的汽车都往出城的方向开,都是听说郊区旷野更安全的,回城的公路上,只有一辆车,对比鲜明。

那辆车也不知道进城干吗,对面的拥堵,越发显得形单影只,晃悠悠的,远处是无边的旷野,它仿佛从虚空中来,到虚空中去。

我们这种逃难无门的人,只当风景看。这时候服务员通知下楼,说是今晚有八级余震,但我们这幢高楼的抗震等级是七级,于是逼着我们下楼,晚上不能待在房间里。走?可走到哪里去?

我是决定躺在床上,把身体扔出去,在这个夜晚掩耳盗铃。最惨淡,也就是楼倒人亡,这两日看的死亡案例还不够多吗?后来知道,我大约是见了过多死亡后的应激反应,对死亡采取了一种神奇的认同姿态。半夜里,先是闪电,一点征兆都没有,哗啦一声,天被照亮了。酒店外面的一棵大树,在闪电中分外地醒目,随即是一阵怪风。我躺着,身体突然被晃到高处,余震来了,只一下,确实只有一下。

无处可逃，也就不逃了。

最基本的生理需求还是要解决，睡觉就这样了，对吃还是有幻想的。成都这种繁华富庶的地方，想来想去，哪怕在大灾之下，还不至于供应匮乏，毕竟震区都在外围县城。

二〇〇〇年第一次去成都，吃得异常满足。沿着古旧的有着大片瓦屋顶的巷道穿梭，处处都是本地口音，呢喃的川人言语我不熟悉，但听起来毫无障碍，在古老的武侯祠看海棠盆景，在夜市上买一人高的蜡梅花，在青羊宫混在人群里去摸青铜的羊头，还有吃那时候就已经不正宗的陈麻婆豆腐，簇拥着排队买军屯锅盔，吃冷锅串串，当然还有永恒的夫妻肺片。

成都，既远又近。熟悉的是书中看到的传说，都发生在身边，有切肤之感，比如除夕的青羊宫，香烟袅袅，几位穿着贴金蓝袍的道士在炉火旁上表文书，边袅娜地吹着笛子，分明是《死水微澜》的场景；陌生的是，这座西部盆地里的大城，种种风俗、饮食、人情以及水土，与那时候远在上海的我们，还是不融合，大年三十的晚上，满大街找吃饭的地方。还是在西羊市街，找了家超级辣的"凤爆鱼"，我嘶嘶地叹气，被辣的。

二〇〇八年的成都，按道理肯定比二〇〇〇年的到访之时要繁华许多,我大半夜没睡,早上起来去找锅盔,依稀记得路过的时候发现,楼下就有一家著名的太婆锅盔,走近一看,并不营业,却还是忙得热火朝天,原来只供应内部人员,门口写着"支援灾区"的大横幅,还要做盒饭送到周围的灾区。这才明白,从地震发生到现在,十天左右的时间,整个成都平原已经动员起来,不再是我刚去绵阳时见到的模样——城市紧张、焦灼,物资供应也变得有计划起来。

不知道干什么,我勉强走到窗口,说想吃个锅盔。柜台里的人看我一眼,倒是不紧不慢:"只有鸡米芽菜的,但是鸡肉不多。"我哪里还挑,拿到手里,仓促地吃,辣得心跳,基本就只剩下芽菜末和青椒末,鸡肉不是少,是基本没了,我也不管,大口大口地吃,恍惚吃了上顿,就什么都没有了似的。

盖伊·特立斯写"纽约"的书《被仰望的与被遗忘的》,统计出一九五九年五月十二日——巧得很,也是"5·12",大停电的时候百老汇1880号,有两百多个盲人工作者,领着七十多个视力正常人士走出黑暗中的盲人协会的四层大楼,把他们送到百老汇的大街上。我们的新闻,少有这么精细的,说到灾难中的食物补给,一般就是"保供应"一行标题说完了所有。

我倒真不算是一个好记者，否则算一算地震中，成都的一般餐厅减少了、宰杀了多少只活鸡，值得研究的好题目。

徒劳的，还在街头找吃的，多数餐厅关门或者半营业，所谓的半营业，就是屋子里面全部封闭，也是害怕余震的意思，门口有几张桌子，可以简单吃点，我贼心不死，奋力满足口腹之欲，一路走过去，一直到骡马市才看到一家半开门的串串店，几乎是冲了进去，大厅里黑乎乎的，平时可以容纳几百人的欢声笑语之所，只是空洞得半黑，就像夜幕降临时的彻底打烊，里面不许坐人，可现在又是白天。

只有我和一位中年的妖艳的妇女，在这个时刻，还在填满胃。我们扑向比平时供应少掉三分之二的柜台，寻找着可能的可口之物，可确实是供应崩盘，平时那些鲜嫩的青笋条、鸭胗、招牌牛肉、鲜毛肚、黄喉、脑花、豆皮、豆筋、魔芋片，都没有了踪影，仅是列举这些食物之名，都有种在撰写《东京梦华录》的感觉。可是现在全部消失了，只有形迹可疑的几片午餐肉，若干耐储存的蔬菜切成了片：土豆片、萝卜片，还有一块冬瓜，可怜巴巴地看着我们。那位中年妇女食客，穿着薄纱镂空的金色花纹上衣，头顶高盘着染成黄色的发髻，某个时期流行的打扮,不耐烦地追问,咋个啥子都没有,远远站着一位员工,没有回答。

大概也不屑回答。

在灾难时期还挑剔食物,本身也是一个近乎荒谬的问题。大难来临,口干舌燥,这时候人已经露出了原形,吃饱即可,怎么还提要求?我也觉得我们俩都荒谬。拿了点简单的食物,默默在大街旁的桌子上吃着,最朴实地吃,果腹地吃。

倒也不是说,灾难中绝对没有可吃之物,视灾难的种类和范围,如果灾难的范围足够小,灾难足够简单,整个城市的供应体系没有崩溃,那么好,肯定能吃到好吃的,我吃过的最好的烤串,就是在东北伊春,一次空难的采访过程之中。

那是地震和泥石流之后的事情了,记者已经做了许久,没做过的灾难类型已经不多,风灾、火灾、洪水恨不得都去了几次,但是空难还真没碰到。没碰到就没碰到,并没有职业病,灾难见多了,必须把自己变得面冷心硬,也不得不和多数情感采取封闭系统,越投入越难工作。可是,偏偏那次,伊春的那架飞机,就那么掉下来了。

按句庸俗的话来说,只能去面对职业生涯的又一次挑战。领导给我打电话,强迫我去,说是,还是你去了比较有把握。一个人对灾难新闻有把握，多么奇怪的世界。

伊春是个森林城市，满眼的绿，从到城里开始，有种初夏的新绿感，不像俄罗斯的小城森林那么蛮荒，可是次生林也绿得灰蒙蒙的，满眼荒芜，摄在照片里，却是好看，所以这成了夏日的度假胜地。机场一带，多为丛林，飞机就是掉在丛林里弹跳几下，因此燃烧的，最后造成了爆炸，至少死了一半的乘客。

非常小的机场，去那里的人，多数是避暑的游客，少数是外地过来的本地平民，后来采访才发现，寥寥可数的几位平民乘客中，三位是因为家里有丧事，需要赶回去，来不及才乘飞机的，真是让人毛骨悚然。

城市小，碰上这么大事，满城的旅馆就爆满。我们是半夜从哈尔滨租车过去的，到那里后，坐着破车找了四五家旅馆，全部满员。幸亏有个豪华的刚装修完毕的情人旅馆还开着，门头灯红酒绿的，越发显得滑稽，里面的房间艳丽带着生硬的媚态，簇新，给一堆报道空难的记者住，觉得牛头不对马嘴，一个小城碰到灾难，就那么猝不及防地展露着原形。

也还是因为饿，第二天起来就满大街找吃的。酒店附近一家不大的餐馆，早餐卖粥和干豆腐，干豆腐是北方的朴素吃食。后来在河北乡村游荡，发现那里家家户户都吃这个，在豆腐上浇韭菜花和红辣椒末吃，还有黑色的酱油，有种出其不意的北方的鲜艳的色彩，撞在一起，可我也不太明白干吗一大早就吃这个？大概是半干半稀？填肚子？还是昔日北方物产少，豆腐就是新鲜美味？好在东北的豆腐美味，我一点不迟疑地吃了一大碗。

采访艰难，来自找人困难，晚上回酒店往往累得半死，唯一的安慰，就是吃。

美食街倒也有，满条街道都是烤串店，簇新的，为了发展本地夏日旅游经济准备的，木头装饰居多，显示着北方城市的粗豪，这是开业的第一年，还没赚足，灾难就来了，航线也停了，整个城市几乎没游客，可吃烤串的照样人山人海。人人点着小串、大串、牛肉串、羊肉串、五花肉串和鸡架子，用森林里刚砍下来的松木去烤，特别香，是松树的清香气息，混杂了肉味的腥香。

一架从天上掉下来的飞机，似乎无法引起当地人的哀痛，也是，谁认识他们呢？上帝的子民们，终归只有上帝辨别。

我们也吃，麻木地吃，兴奋地吃，吃羊肉串，吃蚕蛹，吃大块的羊腰子，都是饱满的蛋白质。就着啤酒，咕噜噜往肚子里灌，经典的烤串之美。是那种带有松木清香的外皮，咬开，鲜嫩的汁水涌出来。

整个城市里主打就是烤串，一天一家地换，其实味道差别不大，可是当地人硬性区分这家鸡翅膀好，那家五花肉好，我们也就跟着叫好，刚烤出来的肉串，因为是柴火烤，火力不均匀，到时反而有焦处有嫩处，像是食品界中的拼贴百衲衣。

终于采访到一个英俊的消防兵，第一批冲进火场救人的，个子不高，英俊极了的面容，我和摄影师相对一看，觉得真帅，感觉传说中的赵子龙也就是这般模样，后来摄影师还专门给他拍了照，放在杂志上，也是大大的一版，可是和真实的感觉相去甚远，远不如初见他的惊奇。

他告诉我们，进火场碰到幸存的人，全部在草丛里跌跌撞撞往外跑，远处是正在燃烧的飞机，那场面，就是灾难大片。我们所能记下的灾难瞬间，永远是固定的几个模样。

有的人，全身衣服都烧没了，现场弥漫着肉烤焦的味道。

我是强大的，没有把几日来吃的烤串都吐出来。

让我去那花花世界

一

　　插花被美化到一定地步，社交媒体一翻开，无论男女，无论贫富，只要是喜欢插花，立刻就能被冠以美名，社会地位凭空上升，小红书上尤甚。玻璃瓶子里的绿色植物，淘宝买来的昆明斗南批发市场上的花卉，包括野外采摘的枯枝，这些被切断了与根部联系的枝条，叶片和花朵，被各种束缚住，挣扎出一副姿容，陈放在客厅之中，为主人的品味作证明。

　　最时髦的陈设是这样的，半屋子的绿色植物，地板上放置着巨大的玻璃瓶，里面一人多高的马醉木，沙发上主人横陈肉体，无论男女，性冷淡的装置，加上性诱惑的真心，当然多数人没有这样的房间，至少也可以利用餐桌上透明玻璃花瓶，努力制造出品味。

　　我做过插花的系列节目，对这件事情并不热衷，就像任何行业一样，进入到核心区域，接触到核心的人，一方面会有顿悟之感，另一方面也会有厌弃之感，就这？并不因为这行业呈现出美好的结果，就凭空多了遐思。

第一次拍摄插花节目，就进入了激烈的争斗，持续了几天。

那时候在一家民营出版机构，也想努力赶上短视频的风口，操作生活方式选题，臆想中国已经进入中产社会，这种选题会火。当时要找一个正经的能讲插花的老师很难，各种短视频上的冒牌货还没有出来，插花的专业人士稀少难寻。在多数人眼里，这仅仅是附庸风雅的事情，怎么还能有专业？同事费尽心思找来一位老干部，上海园林系统的老人家，我搜索到老人家的插花作品，牡丹、竹篮子，至少中国风，于是在上海的时候特意去拜访。

当年法租界没有这么网红，里面很多半新不旧的大楼，一看就是机关所有，并不像真正的公寓楼那么讲究材料，因陋就简的风格，又经历了几十年的风风雨雨，显得陈旧，固然上海人讲究地段，这里的地段当得一流，真进了楼道，还是觉得憋屈和拥挤。老太太就住在高层中的某一间，楼道里堆满了杂物，进了房间却又一变，异常整洁明亮，上世纪八十年代挂历风格，完全不用任何增减，拍出来直接送印刷厂，雪白的钩花茶几布，沙发上蒙着蓝色布套，极为容易检查出污点的颜色，可见日常的清洁，也是某种心理洁癖，想起毛姆小说里写的荷兰小城，整个城市的主妇们每天的功课就是在屋子外面刷地毯。

大概是太干净了，让我有此联想，茶几上放着瓶花，同样是无端的清爽，背后是雪柳和鸢尾叶片做成的背景，前面是两朵硕大的朱顶红，花朵下面衬托着一些羊齿草的叶子，花瓶是大肚子钧窑，带着点一九八〇年代友谊商店出口产品的可疑气息，倒没有惊艳，一水儿的半新不旧，是《红楼梦》里宝钗蓄意的服饰装扮，细看是大方的。

现在想起来，也是老太太的身份的外化。老人家一辈子在机关工作，不可能插出狂野放肆的作品，讲究的就是端庄气度。她告诉我，一九四九年前学插花，受了自己老师的影响，老师是个讲究的老小姐，后来下落不明，可以想象当年的那些精致的、讲究的碎片，随着时代的洪流早已经不见踪迹。

唯一不解的是，老太太插花有很多中国元素，她上世纪三四十年代的老师应该不会有这种风格。老太太年轻的时候在园林部门工作，花材众多，很多美感和技巧应该是自己慢慢琢磨出来的，尤其是八九十年代改革开放，上海又是有外事传统的城市，应该是在交流中倒逼出来的成长，阅历增加，审美成型，老太太现在望之俨然已经是位上海老干部，穿着和她的屋子一样，说不上时髦，却是极度干净的，尽力装扮的，墨绿真丝衬衫外罩着白色的羊毛开衫，屋子里也戴着茶色眼镜，是上世纪的着装。

按照《一代宗师》里的说法，留在她自己的时代里。过了某一个年纪，谁又不是停留在自己的时代里？停留在自己的习惯里，不追逐新时尚，也是体面。

上海的老妇人，有点身份的，出街一定是茶色大墨镜，可能是遮挡光线和皱纹。有几年我迷恋越剧，去看大规模的越剧现场演出，前排的观众席上坐着一排越剧名伶，各个顶着大墨镜，即使在剧场内。痴迷的观众自然认得出谁是谁，我却是看到一段风流遗迹，堪比六朝的金粉残存。

和老太太商量拍摄视频的事情，她答应得也爽快，不过拍摄地点很奇怪，定在了山东潍坊下面的县城里，说是上海本地的花卉材料不够，需要和当地的苗圃有合作，所以每年会去山东给学习插花的学生上课。

没想到,山东之旅,成了我的战斗之旅。

山东我不熟悉,老太太的合作方是山东潍坊下面一个叫昌邑的县城苗圃的老板,兼开了花道培训班,这花道班是他的产业。我们去之前,询问昌邑有什么宾馆靠近苗圃,老板的手下热情地给我们订了,一路从北京折腾过去,也就是典型的县城,没看到特殊的景致,平淡的楼房,平淡的路边白杨树,并没有多么明显的苗圃,也不是植物笼罩中的城池,白想象了。

刚进了房间,没有想到前台打电话,气急败坏地让我们搬家。"你们不是北京来的领导啊?这房间是给领导订的,你们赶紧搬家。"标致的山东姑娘,一张嘴,听得出横眉立目,气急败坏。我就愣了,我自己付钱,住在对方帮助订的酒店,为什么必须要搬家?当然不肯,尤其是刚刚打开行李箱,摊平了一地东西的瞬间,简直是暴怒,于是怒气冲冲地下楼质问,宾馆小之又小,一堆人挤在前台,乱哄哄地骂前台的姑娘,也就明白她气急败坏的原因了。

我坐在后面的椅子上细听,原来是因为宾馆房间少,预留的房间,要给"北京林业部的领导",而不是"导演老师",老师可以去另外远一点的宾馆,是苗圃老板的手下没有弄清楚,直接让我们这几位"导演老师"

在这里登记,前台姑娘唯一的错误就是没有核对手下事先登记的姓名,现在上演了一出大戏。

乌糟糟的,什么玩意儿,我心里说。

其实也做好了换宾馆的准备,不是顶大的事情,不值得较真。可是当苗圃老板第一次出现在我面前的时候,还是无名火起。现在想起来,是前世的欠债,注定要和他大吵一顿,这雄赳赳的山东汉子说起来也是五官端正,眉心一颗大痣,平添几分凶相,他正在对着前台姑娘大发雷霆,一句话飘到我耳朵里。"谁让你随便安排房间? 谁给你的权力。"

难怪山东人民热衷考公。

我瘫倒在前台的沙发上,淡漠地说,我要求住的,关她什么事,宾馆不是付钱就能住的吗? 整个大厅瞬间安静,穿着紫红色衬衫的苗圃老板转过身,电影特写一般地腾挪到我身边,开始大吼大叫,这么多年过去了,忘了具体的场景和争吵内容,就觉得很像日本剑戟片的场景,刚要开打,就被两边人拉开,他们那里人多势众,我这边也是一帮拿着摄影三脚架的小伙子,正所谓旗鼓相当,结尾处也并没有捂着流着鲜血的肚子缓缓倒下,屏幕上也没出现一个大写的"完"字。

大家平和分手——虽然对方不是强龙,我也本着不纠缠地头蛇的观点,搬家去了另外一处宾馆。小县城的宾馆,其实没有多少区别,都是故作高级,实则廉价的木头大床,雪白瓷砖的浴室,清扫得尽量干净,这家宾馆的好处是靠近几家本地餐馆,小餐馆实在美味,我至今都记得有家饺子店的黄瓜虾仁现包饺子的味道,鲜美流着汤汁,果然北方人民的谚语是对的,好吃不过饺子。

晚上是各种微信联络,负责联系老板手下的同事说老板发来道歉,大概是觉得实在没有斗争价值,我继续看着参加活动的人的名单冷笑,原来林业部领导众人之中,最高级别的一位就是副处长,即使在官本位的山东我也觉得这级别实在是说不过去。

早上去苗圃,才发现这个县城确实在苗圃包围之中,只不过苗圃不如真实的森林好看,呆板,正是四月天,遍地的二月兰,清冷地铺开,像《一千零一夜》里的传说中波斯大地毯,松树、杨树,还有一棵棵的青枫,随意种植,夹杂其中,仿佛给整个画面打了柔光,阴暗的绿色和紫色,是细节的花布图案。

牡丹初开,颤抖的花瓣迎接着凉风。

没有蓄意的造景,这里不是公园,所有的植物,都是可以随便选择的"花材",这时候有点明白老太太中意这里的缘故了，北方大地虽然给人苍凉感，但是春天来了，野花野草的蓬勃，一样能制造瓶子里的春天。

花材确实难得。一年在无锡开茶会，住在一个人造古镇的酒店里，整个古镇都被酒店包了，因为是古镇，植物也算丰富，岸边垂柳，竹篱笆上的牵牛花，还有散漫的野草闲花，结果第二天起来，植物都遭殃了。台湾来的插花老师要给各间茶室布置一个插花作品，半夜带领一队人马，折柳砍树，古镇被薅秃了，很多房间里放着竹林若干，半棵古树，造境于室内，这件事印象深刻，大约酒店之后也不敢轻易再做茶会了。

插花之难，并不是大家想象的造型、比例、构思，最初学习插花的，一些大花材很难轻易找到，枯枝、树杈，需要一个基础性的东西撑起整个框架，犹如造屋之梁，这些材料在都市的花卉市场可能难得，在野外比比皆是，去野外是一个简单的解决难题之法。见过奢侈的花材用法，日本插花流派之一的草月流的教室里，只做五件作品，花材堆放得满坑满谷，搜集来的新砍的整枝的竹子五六根，茶花百朵，大流派有气势，本来是为日本各种盛大庆典做插花的，包括东京奥运会，所以一定要展现门派的基本架势，我是被豪华现场惊呆了。

早饭的时候，和苗圃老板狭路相逢，我们努力含笑打招呼，大约也实在是没有仇和怨，解释了昨晚的误会，说好了要好好共处这几天，没有想到，上午的谈话就像烟云，迅速在下午消散了。下午老太太给我们插一盆竹篮牡丹，苗圃里可以作为背景拍摄的地方很少，只找到一处中式仿古的建筑，做得粗糙，但也能将就做背景，视频拍摄是个细致活儿，老太太的竹篮牡丹不是大作品，可是牡丹作为主花之外，还有很多种形态的绿叶，需要边插边讲解。横眉立目的苗圃老板又进来了，催我们尽快拍完，还是同样的理由，快，领导要来视察。

催到第三次，终于忍无可忍爆发了，确实没法快，怎么一定要视察这个破亭子呢？场景一如昨日，两人争吵几句，又被众人拉开，我自己都有啼笑皆非感，何至于此？跑到此地，和这么一位乡下老板天天吵架，就算是自己肝火旺，也不要反复做一件无聊的事情吧。

没有想到接下来是第三天的争吵。预感到会不顺，也做好了打算尽量憋着，毕竟是他的苗圃，虽然是奔着老太太去的。时至今日，已彻底遗忘了第三天为什么会继续争吵？就记得他气得满脸通红，眉心的大痣也红得发亮，对我各种指责。最终的解决方案，是去老太太跟前各人告状，我说他为了所谓的领导驱赶我们两次，这点上倒是和老太太达成了一致，到底是上海人，她骄傲地说,什么领导,级别还不如我;至于别的乱七八糟的争执,其实都不值一提。

也有些悔意,苗圃老板虽然指望着老太太办班给自己挣钱,但毕竟场地是他的,我和老太太都是客人,在气势上,我弱了一些。

就记得在破旧的办公室里,老太太一副努力公平解决问题的模样,帮我梳理各种问题,她也是无奈,一个是与她合作的苗圃老板,一个是请来的客人。

要不就是当地气候异常,要不就是风水不和,其实何至于此?这么多年这场无聊至极的争吵还在脑海里,我为什么不去惦记那些满地铺开的蓝紫色的二月兰?不去惦记老太太采摘的狗尾巴草、羊齿草和牡丹勾勒出的线条和块面的冲撞?

记忆一直不够美好,大概因此对中国插花有偏见,没有继续研究下去。

二

相比起中国插花的浮光掠影之路,日本的花道历史悠长而又延续,去日本采访几个花道名家,动辄一个家族就有几百年的历史,让人不由好奇,怎么靠花道一门,就能支撑家族这么久。这个问题会变成大文化的考察，诸如日本的国民性，日本对待传统文化的态度，包括花道与日本审美体系的关系，未免大而空泛，还是忽略掉这些讨论，进入最直接的"目击"吧。

别说花道可以支撑起一个家族，走进草月流的草月会馆的瞬间，我就内心暗叫，插花能插出一幢大楼。这幢楼是日本经济腾飞年代的建筑设计师丹下健三的作品，整个建筑包裹在镜面玻璃之中，折射出街面的繁华。那个时代，也是草月流腾飞的年代，给大型的国际赛事插花，给一九六四年东京奥运会开幕式插花，百货公司新开的庆典上也都是他们的作品，大楼选址位置极佳，豪宅林立的东京港区，对面就是皇太子御所，大片大片的清静无人绿地，这片绿地，甚至可以用小森林来形容。御所属于天皇私人家族所有，带有古老的百年不动的气息，偏偏草月流的整个二楼的窗户全透明，可以把整个御所的硕大的森林尽收眼底，也算是某种现代局势下的对照记。

一楼也是丹下健三的设计，有陈列花道作品的展厅，有他构建的灰色的石庭，后来知道，这幢大楼在现代建筑史上颇为著名，很多建筑师会前来参观，来这里的人分成两种，一种是为插花而来，一种则是为了建筑。

为了给我展现作品,草月流派出了一位有十多年经验的教授中村草山,一板一眼,恍惚舞台上的京剧名家的动作,前面说了满屋子的华丽花材,最突出的是刚砍下来的几根高大的竹子,草月流的第三代家元敕使河原宏是著名的艺术家,拍电影,做展览,当年的一大突破,就是把大量的竹子带上舞台做创作。今天的中村教授也是三下五除二,就将几根长竹子砍开,用铁丝、电钻和锤子,把新鲜的竹子做成了一件作品的容器。据说草月流的女性插花老师也一样,动手能力极为强悍,一般的木匠活,不在话下。

印象最深的,反而是最简单的作品,中村从几十把山茶花中挑选了一枝,此刻正是茶花季,淡粉色的茶花开得正旺盛,也不知道他怎么就选了这一枝,一共三朵茶花,他用剪刀轻松几下,剪下了大部分叶子、花苞,还有一朵盛开的花,留下了一朵垂下的花和少量的叶子,用清水洗净,插进了宝蓝色的玻璃花瓶,这种方式叫"一轮插",如何在繁杂的材料中做出取舍,就是个人的功力。

这时候才觉得,满大厅里铺陈开来的花材,也不尽然是炫耀和铺张,让任何一个人面对这么多花材,选择自己想要的那一朵花,肯定是一种极为复杂的、独到的考试，孤独地面对满屋子的繁华世界，以及如何呈现一个花花世界之上的个人精神体系。

有繁华到了极致的，也有真的是简素到了极致的。去奈良找田中昭光，一位八十岁左右的古董店的继承人，他所插花，全部用自己家庭院里的花材，一草一木，皆不妄取，最后剩下的树枝，还要给奈良街头的小鹿食用。

说是古董店，不过是一家仅十余平方米的小店堂，名为"友明堂古美术店"，需要穿过满是奈良鹿的公园，我们买小饼干给那些冬天的小鹿吃，和鹿嬉戏一段，就到了店里，这个地方位置太好找了，是那种你路过也不觉得传奇的小店，简直是位于闹市通衢，国内这种旅游景区的小店我们都过而不入，不想他的店就在景区里。

还是不了解日本，这家小店的后面就是东大寺，正仓院，正对着奈良县立美术馆。田中昭光却不是因为这里是旅游景点，而特意开设的古美术店，他今年八十岁了，奈良本地人，当年这里也不是什么了不起的旅游地点，他和太太都出身奈良世家，喜欢悠游自在的生活，开了这家古董小店，也是玩得兴起。

他天天在自己家的"古美术店"插花，随手的花器都是家里的古董，比如东大寺里和尚用过的油壶，十六世纪中国过去的唐物，在他看来，并不一定名贵；家里砌成的炉子，也是用的和东大寺同样的砖头；作为日本数得上的插花家，他的自豪在于，自己不属于任何一个流派，奉行的是千利休的插花美学，"如花在野"，他自己出版了一本书，也叫这个名字。

每个插花名家到他这里，都会很谦虚。"为什么？"老先生哆哆嗦嗦地说："一看我们家这个地段，插花的花器，就没人敢说话了。"

也真只有武侠小说中才能看到的姿态。

背后，还是因为他的插花态度，如同他在书的前言中说的一样：不拒不追不竞不随，某种独立于世的态度。

承平已久，本土没有发生战乱的地方，才能讲究"岁月静好"。奈良不是首都很多年，奈良人还是觉得自己才是天定的天潢贵胄所在地，奈良人不讲金钱，只谈生活，老先生这种有家世的人就活得自在，年轻时候家族有钱，父亲开工厂，家里有几家电影院，但是因为爱上了太太，放弃了自己家的遗产，当了入赘女婿。太太现在已经是老太太了，慢悠悠地出来，她去年生了场大病，所以说话也哆嗦，柔声细语叫爸爸，爸爸，大概也像是中国人的习惯，孩子爸爸之类，她特别自豪，说起先生放弃了自己家的财产，来当入赘女婿的往事之时。

两位老人坐在榻榻米上说话，很有小津电影的感觉——小津的底色,何尝不是那种安宁岁月里的哀怨?属于人特有的哀怨,见月落下眼泪,看见花,当然伤心也有,触动也有。

古美术店每天进来买东西的客人不多,反倒是观光客人会带走一两件器物,这些年中国游客买茶器成为风气,很少有人知道,这位老先生其实是日本著名的花道家。

他不是任何一个仪式化的流派,很多人说他插花随意,其实过程中充满了挑剔,过去很多年里,老先生都会去山里找花材,找不到宁愿放弃插花。现在年纪大,走不动,在自己家后院找花材,绝对不去花市买花,都取之于周边,最隆重的时候,会去自己家的园林里找花材。

我们这天去的小小的店堂里有几处插花,一处是敞口漆盘,随意插着鸢尾;一处是墙角的青花大瓷瓶,插了一枝满是花苞的桃花枝,下面配着院子里的茶花;还有一处,也是应景的季节花,水仙和蜡梅,但是蜡梅的枝材感很好,就跳出了"随手插"的范畴。

后来去他家的花园,靠近天皇的陵墓,典型的日式园林,茶室门口放着很多挡猫的铁刺,据说是山里野猫多,这花园也是老先生和老太太结婚的时候,两家父母共同送给小夫妇的财产。一晃就是六十年,现在已经变得苍古起来,不过整体奈良的气质就是苍古,所以并不显得颓败，反而很合适。

远处是春天要放野火烧山的那座著名的若草山。烧后长出来的新草更加碧绿，隐约透露出奈良人的复杂审美：生活太平，只有生老病死才是大事，反倒是没有那种社会巨变带来的惶然感，只能靠人工来放火，欣赏那种春草年年生的美感。

三个儿子都没有离开家庭去闯荡，两个大儿子看店，小儿子是艺术家，看守花园，这天我们来拍摄老先生插花，是大事，所以家族都来了，老先生为我们插的花材，也说不上多么复杂，枯枝加上院子里刚摘下来的山茶，颤颤巍巍挂在墙上，突然整个小小的空间，就变得有情趣起来。

院子里还有一种小石榴，据说也是从正仓院引来的种子——这大概也是老先生说话的一个特点，喜欢强调自己家的事物，无一处无来历，有时候顽皮了，也从门口的公园折上一枝白梅花。"反正那么多，我不折断回来，也浪费了。"倒像很多大妈的逻辑。

好处是，老先生一点材料都不浪费，用剩的材料，比如梅花的枝条，都喂给公园里的小鹿去吃。

取之于自然，回归于自然，轮回井井有条。

三

在日本，男性的插花师占有重要比例，传说中日本的武士阶层最爱插花，因为花直接和生死相关，武士阶层更能体会到生命中的虚无、珍贵和悲哀，花开花落，背后也是他们迷恋的死亡。

看着花开花落、砍伐折断、摧枯拉朽的生活，也都有了意义。

还有一个原因就是，插花在某种程度上，其实是个体力活。

去京都郊区的居民区，见到流传了两百多年的插花流派远洲流的宗家芦田一寿，目击了一场两个小时处理樱花花枝的技法，深刻感受这一点。

所谓流派，其实像家族传承，而宗家，就是"大家长"，也是掌门人，真实武侠小说的叫法，日本花道流派比较多，远洲流是其中著名者，芦田一寿是标准的插花世家子弟。

京都的繁华绮丽，到此处就消失了似的，这里就是最普通的郊区住宅，连成片的一户建，一点看不出，这是有着两百多年历史的远洲流的宗家的居所。为什么这么说？我还算研究过日本茶道历史，知道远洲流既开创了花道流派，也创造了茶道流派，且属日本现代化之后的流派，加入了很多时髦成分，开创了"绮丽的侘寂"风格，远洲流的某位宗家，给德川家族的第三代将军德川家光做茶道示范，所用的茶器名物，各个都是"物寂而华，且气品自高也"，改变了日本茶道的枯寂风，增加了华丽明快的风尚，传说中，天皇的休闲宫殿桂离宫也出自他的手笔。

远洲流在江户时代盛行，是当时风尚，无论寺院，还是妓院，都流行枝条弯曲的远洲流造型的插花，既要把普通的直愣愣的枝条弄弯，还要保证花的盛开，当年只有远洲流做得到，这也是古老光荣的家族历史，是世家子弟一出生就具备的家族荣光。

芦田一寿一九六七年出生，八岁开始学习插花，当时不仅仅和自己的家长学，也向活着的日本插花大家学习，家族还流传了很多古书，也是他可以参考的对象。很多人以为插花就是花道，在芦田一寿看来，两者本质不同，花道是以哲学观念打底的，插花只讲究造型美。

他现在的家的一楼，是简单的和室，面积不大，墙上挂着"翁面"，半张口的老翁，神秘的、古老的笑容，墙角开了半人高的缺口，下面设计了灯光和石子路，却没有通向任何一个地方，只是装饰，郊区的郁闷的小别墅，某种现代人的具象的困境，尽管他还是"宗家"掌门人。吸引人的倒是放置在中间的插花，一树繁盛至极的樱花，每根枝条都弯曲着，盘桓而起，有一种粉红色的轻云的效果，这就是远洲流的技术，可以把树枝做成S形，某种魔幻花树。

远洲流与其他流派最大不同在于曲线，会让人感觉到这枝花有古树的韵律，虽然只是在花瓶里，却让人感觉在水边，在寺院大殿之前，京都的几百年的古樱常见，远洲流的创造是，买来便宜的普通的樱花树枝，通过造型技术，让年轻的树枝，变成古树遒劲的模样。

芦田的说法是：让你感觉这枝花，在寻求阳光和水分，一枝花有一棵树的神韵。

微秃但依然英俊的他穿着围裙，拿出来短锯、花剪、刀具、垫木等辅助工具，插花的工具很男性化，一方面有家族传统，另一方面，处理粗大的樱花枝干，其实是一种炫技，也像男性的游戏。

这种技术确实难以掌控，像是某种古老的"屠龙术"，把粗大花枝切成V字口，然后在别的枝条上找来楔形木片嵌入，缺口撑开，花枝变弯，同样的材质，所以能处理得天然无痕，像是给花枝动外科手术，这样的方法，在一个粗枝上动多次，最后花枝的S形就出现了。

扭曲的花枝还能照样吸取水分,这一技术要求极高,"因为都是自己的身体",保证枝头的樱花能接着开放。本来垂直的花枝,被扭曲成了传统的要求的形状,上半截像飞天舞,下半截则是拖在地上的裙裾,中国人会想到"病梅馆记",但是在日本的花道系统里,这却是精彩极了的手段,展现了想象中的花枝在自然界中的成长之态。

那种昂贵的、弯曲的天然老枝条拿回家直接使用,是名家所看不起的,只表明家里有钱,没有特点的普通材料处理成特点,才能满足,这点上,倒是有日本式的可爱,尊重手艺。

芦田一寿从小接受这样的教育,用简单的直枝展现古樱百年后的样貌,夸张处理美,大概也是日本文化的某种固有的东西,也是能展现家族才华的东西。

这种屠龙之技,在他的插花作品中处处可见,在日本花道流派中,很多人也是自小就开始学习,但是芦田从家族学习之后,去了著名的武藏野大学学习空间设计,之后又去纽约、芝加哥留学,最后还是回归家族,做了掌门人,在京都这种传统根深蒂固的城市里,他后来的学习似乎没有了作用,又回归到了古老的家族传统和家族技术。

当然也是我不解他,穿着花衬衫的温文尔雅的世家子弟,兢兢业业支撑着流派,有很多漂亮话流淌而出。"插花就是为了赏花的人,你心里有那人,才是最重要的。"

世家的身份成就了他,也限制了他,这是几个月后我才明白的,因为我们的插花视频在网站首播,需要邀请一位插花名家来现场,结果芦田应邀请来到了北京。他快乐得像一个孩子,与此同时,对一切都很惊恐,他说自己三十年没有到过中国,上一次来,是和父亲一起,他还是个学生,吃到烤鸭,他兴奋得像个中学生,在日本插花的宗家模样,荡然无存,做一个世家子弟,并没有那么多满世界游走的机会,甚至不如一个汽车推销员。

在北京的活动上,他和一位中国的插花名家共同现场展示,他轻松地点评中国插花家的作品,"文人花,很随意"。说这句话的时候,世家子弟的骄傲再次出现,精湛的技术也确实是他走到哪里都随身携带的屠龙宝刀。

世家子弟的身份是个标志,可也是个累赘,能不能击破这个累赘,还是要看每个人的能力和眼界。去见七十九岁的嵯峨御流花道大师吉田泰巳,这种感觉特别明显。吉田早年是社会学专业出身,后跟随作为嵯峨御流花道师的父亲学习花道,现在已经是流派的顶级插花家,除了作为花道家的身份,他还是画家,做版画。

去他的花道教室,隐藏在神户一个普通街道的四楼,上去也很简陋,一间灰扑扑的教室,逼仄灰暗,甚至一点不见美感,并没有那些名家的气派,就像一间社区的主妇学校,让人情不自禁想起"中年失败艺术家"诸如此类的话题,他教我们随他去附近的花店购买花材,也就是社区小店,一点没有做张做致的章法,也让人觉得平常,尤其对于我这种好事的到访者。

唯一不同,是特意在西服领上别了 Hello Kitty 的胸章,打开胸章上闪烁的小灯,问我"Kitty 酱"是不是很可爱?

吉田的流派嵯峨御流,已经有一千二百多年的历史,现在嵯峨御流仍是日本皇宫中保存的插花流派,也是所有花道流派中唯一被称为"御流"的派别,它是以嵯峨天皇为开祖的花道流派,也称作"华道嵯峨御流"。

传说中的嵯峨天皇不恋权位,反倒徜徉山水之间,是位无为而治的信奉者,他迷恋汉学、诗赋、书法、音律,都有相当的造诣。当年嵯峨天皇在大觉寺的大泽池,折取了菊之岛开放的极为可爱的菊花,插入花瓶,同时感动于此花的姿态印映出"天、地、人"三才之美,嵯峨流从此起始。嵯峨天皇对自然、草木的慈悲之心,构成了嵯峨御流的基础。

他给我们表演嵯峨御流的古典生花,老先生插花非常迅速,简单几个动作就完成了作品,当天的樱花枝材有些硬,所以需要很用力,站在桌子边,也是拿锯子锯,锯完了还要用手扳断,到底是年纪大的人,用了力气,还不容易断,一边跳脚掰,看着我们在看他,不好意思地笑了,笑自己的年纪。

锯樱花,用了比较长的时间,要不然的话他认为自己会做得更快,动作快是必须的,如果做得太慢的话,花材会因为缺水而枯萎。随手摆弄出来的樱花线条,简洁、苍劲,有一种昂扬的姿态。

吉田的第二个作品,也是非常古典的,叫"景色盛",这也是一种经典插花,起源据说是受中国南宗文人画的影响,通过插花来表现景色的优美,"景色盛"与一般的插花不一样,最重要的是表现水之美,日本多雨,岛国又环绕海,所以对水有着不一样的赞美之情,插花中花、花器和水,具有同样重要的地位,与其他的插花不一样,对水的处理,成为关键因素。

他用了完全古老的元素,一个硕大的水盆,里面缓缓倒满了水,想象中是深山里的一面静默的湖水,大量的植物被铺开,一层层地摆弄、堆叠、陈设,用的植物他一一告知我，杉树、小绿菊、兰叶、金合欢、手鞠草，都是黄绿色调的植物，像一片绿色打底的古老的东方的绸缎，展开，并且垂下来，用色彩完成明暗过渡，整个的形状更绚丽繁茂——是现在流行的古风大片中永远不可能看到的盛景。

茂密的杉树枝插贮于后侧，明黄色的金合欢自然下垂于前方，小绿菊、手鞠草点缀装饰，收纳盘底。古朴静穆的水盘呈现出干净开阔的水面。

一个古典插花，却呈现出田野山川的姿态，草木舒展，垂于水边，是宫崎骏在《幽灵公主》里表现出来的"山紫水明"，日语里的山清水秀的意态。

如果说前面两件作品都是章法，都是显示自己作为这一流派代表人物的身份和手段，吉田的第三件作品，就大为出乎意料了。

简陋的插花教室里，放着二十几件陶艺家的陶艺作品，都是花器。有的花器是椭圆形，有的花器模拟自然趣味，像是小石块，有的甚至可以几分丑来形容，说不上多么精美，与日本传承有序的花道家的精美器物相比，这些当代的作品，更像让人们置身市集，那些随意扔在地上摆摊的器物。

早上花店买回来的大批花，随意地堆着，刚才他身上的柔软和放松突然不见了,如临大敌,他巡视着、审查着,像是寻找着猎物,也像是准备随时投降,手里的鲜花都像射出的箭,随意扔出,插进各个沿着墙壁摆放的花瓶里,一个有着非洲风格花纹的蓝黄色相间的陶土瓶子里,放进去一朵大丽花,瓶子成了一个妇人的饱胀的裙子,花是低垂的头颅;一个外边切割成几何形状的块面,如同烟灰缸的灰扑扑的花器中,我敢打赌,一定有人分不出这是烟灰缸还是花器,他放进去一朵飘飘洒洒的虞美人,两者都慵懒着,放肆着;一大块陶土做成小土块形状,上面还覆盖着一块真正的石头,从石头和土块缝隙里,插出一枝松柏,缝隙里非常无聊地延伸,不误人赋予的美感,就像自我生长,不是给你们审美用的。

也有符合审美的作品,望左部弯曲的灰色圆柱形陶瓶,上面的一朵金色灿烂的菊花,往相反的方向歪曲,正好上方有射灯,两者构成了某种酷似杜尚的《走下楼梯的裸女》里的线条风格,迷离光影里,不知所措。

突然想起一位和我一样,在日本看过插花全过程的朋友对我说的话:"插花不是要看成品,要看插的过程啊。特别最后完成的时候,也只有几分钟的芬芳,花瓣上带着露水,草木气扑面而来。"

插花现场,坐在他的正对面,闻到了大量植物散发的气息,见到了他紧张的状态。所有的花朵都在散发着芳香的味道,尤其是砍断、折断、撕扯着花材的时候,仔细想想,它们努力释放出来的,是残存的生命气息,被掌握、被控制,在新的花器里,暂时找到了新的生存空间,多活几天,插花实际上是让植物垂而不死,我想到京都芦田一寿的作品,让那树樱花经历半个多月的存活,再彻底衰亡;眼下吉田的作品也是,给花一个优美死去的姿态。

每一朵花,和花器的组合,在他这里都是独一无二的。"花和花器的组合非常重要,就像两个人相爱,如果两个人非常合适的话就会有很好的结果,花和花器的关系也是这样。看起来是随意的,其实是有判断的。"

一切美都在成就中,但成就的同时,也在毁灭。

"一开始他们都指责我,怎么能就插一朵呢?但是懂得我的人都不说我,因为我跟他们都打架打过来了。我认为花越少越能表达它自然的本色。

"其实大家想说,如果花道老师只教插一朵花,那他还教什么呢?花店也会黄了。

"因为是我,所以就插一枝也可以,大家也不说什么。"

吉田详细解释自己的做法:自然的力量是非常强大

的，是妙不可言的，人类越加工自然的产物，越远离自然，所以需要自由地去表达自己想要表现的，按照喜欢的方式去做，就会做出不错的作品。

"花是有自身能量的，要自由地插花，所谓自由地插不是为了自己，是为了花，要一直跟花交流对话。就像女人拍照一样，每个女人都知道自己从哪个角度拍最漂亮。所以说拍照的时候肯定是把自己认为最漂亮的角度对着相机。植物也一样，自己哪一面最好看，它自己也清楚。"

有点明白，他刚刚对待花器和花，像准备狩猎的猎人状态。

"学插花的人，学了各种各样的规则，自己在犹豫花究竟朝向哪边好看的时候，问一下这朵花就可以了。不知道左边好还是右边好，将花放进去，如果这朵花自己朝向右面，那就是右面好，如果自己向左，那就是左面好。"

越是深入了解规矩森严的插花世界，就越会明白要有创新的风气是极其困难的。如果忠实地继承传统，在传统躯壳里循规蹈矩地从事插花，做出来的作品能够收到一定的好评，但是，在他看来，这种作品是不能够传递作者情感和思维的，是失去了生命力的作品。越听他聊,越觉得插花背后的深奥,据说有几位神秘的中国企业家花了巨款,在他这里学习,想进一步询问,就没有信息了。

吉田说,当年阪神大地震之后,神户的街道处于一种彻底毁灭性的状态,当人们逐步恢复,开始清理倒塌的建筑物的时候,他也在现场,瓦砾扬起了阵阵灰土,都看不清周围,空地上寸草不生,充满杀气。

不经意间,看到了道路两边的林荫树,没有一棵树是因为地震而倒塌的,最多就是被建筑物压倒。人工制造的东西都被摧毁了,但自然生长的树木却没有倒下。春暖花开,充满杀气的空地又是杂草丛生,自然的气息弥漫,春天回来了。

给插花事业注入新的活力,吉田大力提倡"相闻奏华",是有感于《万叶集》中的相闻歌而创造的新词。相闻歌是一种表达爱情的和歌,向对方传递自己发自内心的爱意。

"恋爱中的女子是美丽的,花也是美丽的,而这些美丽又是变化无常的,如果你的心里感受不到这种感情,就不可能写出恋歌,《万叶集》中的相闻歌朴实无华,直率地说出自己的情感,很多作品都能打动人心。"

插花就是摆脱世界的束缚,世界上不存在完全一样的植物,都有着自己不同的个性,而创作者也都有真自己的思想,与植物进行对话,倾听它们的声音,将自己的情感托付给花草,直率地传递给人们,诚实坦率地把自己的情感寄托于一株鲜花,这就是"相闻奏华"。

他给广岛的谴责战争纪念大会,也插了花,给我看照片,黑色的、粗大的、叠加的枯枝,看不到任何植物的影子,是纯粹的静默的死,死得那么强悍。

更多的人

死于意外

一

说起来也是中古轶闻,当年做记者的时候,难免是要采访杀人放火的恶性事件的,可那种真正能上杂志的案件不多,常常在地铁里和同事讨论,这个案件只死了三个,是不是不够级别?这个杀人犯太普通,有没有出奇的成分?有时候在地铁里几个人瞎扯,旁边认真听的人一脸好奇加崩溃,这是些什么人?

很享受这些,脸上还故作骄矜,有种幼儿园大班孩子的快乐。那时候带的实习生是个脸色红润的胖女孩,格外享受注目礼,现在她已经是主力,日常社交媒体就是这种"我说的最牛"的脚注,注目礼下的快感,记者的某种虚荣心作祟。

我是一点虚荣心都没有的人,其实也普通,一种工作带来的机会,东奔西跑四处打听的职业,新记者菜鸟常被派去采访杀人,是苦差,美其名曰锻炼。

刚做记者不久,去佛山采访过一桩灭门案。一个来自异乡的女婿,不知道为什么就把岳母和妻子,包括妻子的两个妹妹全杀了,联系了一位当地的报社记者,其实他也不知道多少,我们一起去找活着的岳父的弟弟,说是位风水师,开了香火小店,在佛山的一个道观旁。

这位同行在道观旁的小桥旁等我,高大,面相羞涩。一问,才当了一年记者,和我一样稚嫩。

这个道观刚刚修复,旁边是一片小广场,又肮脏,又凄惨,白花花的石头,但地面已经被踩得奇脏。据说过年时候,当地来的人多,要来踩一踩,才会发财;过年那几天也要买生菜,也是要升官发财,古老的谐音系统,在南国炽烈地存在着。这个温厚的同行一直在给我讲本地风俗,我完全没心思听,全部的心思都在能从采访对象那里拿到多少材料。

媒体普遍消亡的年代,也不知道他是不是早已经不当记者了。

小香火铺就在桥边,堆满了佛像,这位风水师又信仰道教,还兼职算命,佛教器物不过是谋生而已。我勉为其难地央求他帮我算命,也是给他钱的意思,希望采访顺利。房间里除了满地的佛像,还有各种艳丽的唐卡,堆积杂乱到了一定程度，倒是让人联想到泉州那些令我印象深刻的寺院，不规则的建筑物，正殿的屋脊上一扭一扭的那些神奇的雕塑，都有小火焰向上蒸腾，热烈而愚蠢，不过是人欲的普遍写照。

多年后，认识了来自藏区的唐卡画师，才明白那些拙劣的印刷品都不能算是唐卡，只有绘画，才是真正值得收藏的唐卡，不过也是古老观念，总觉得复制品廉价，但在构成上，都是尘埃——手绘品多了些心？

风水师的职业本来应该有些异常之气，又和可怕的灭门案联系着，本以为能从他这里得到猛料，可是，这人还真不让人这么联想，也没说出些什么来，四十多的中年人，冷淡稀薄，就像放置了两个晚上的冷粥，面孔也无比的稀松。

唯一不同的地方就是他的职业，比起当地人热烈的生命力有了些淡漠的意思，留着胡子，长而稀疏，面色苍白，大概是终年在黑屋子坐着的缘故，显然也不是走旺运的，神态之间，特别的黯淡，像黑暗中的一个无声息的大飞虫，就说他哥哥倒霉，家门不幸，这女婿平时也很正常，看不出不对，唯一的不对，就是他爱赌，岳父家帮他还了几次赌债后，不许他再出去工作，隐约蹦跳着一个故事，可是那时候的我，压根不会提问题。

终于憋出一句话,吞吞吐吐,你会算命,莫非就不会看看你哥哥家的事情?

他有些不知道说什么,不过瞬间脸更黑了些,涉及他的职业公信力,还有家门不幸,我的问题也够狠。不过估计我也不是第一个这么问的,因此他嗫嚅道,很难算吧。

旋即瞎聊,也没讨论出什么东西来,最后劝我回北京去拜道观,说道观与我命相合,这话还真听了他的,过后几年,经常去西城的白云观,尤其是拜太岁。

他的老婆是个俗丽的当地中年妇女,一直在干各种重活,搬东西,给佛像扫灰,我还好奇他信道教为什么要卖佛教用品,但是后来忍住了,都是生命本身的尴尬。

二

接着又去了凶案发生地,城乡接合部的一个小区,案件发生地,也就是她们一家人的居所,一个平常得不能再平常的半新小区的五楼,我也不敢上去敲门,死了这么多人后,整个小区都死一般沉寂。

周围是些新开的餐馆,连在广东这种美食之都,这些新餐厅也显得没精打采,都是些最简陋的河粉和盖浇饭,生意不好立即换档,连家具都不换,用的还是前面的简陋版本，有家里面的招牌还是河粉，厨房现场改成了川味小面，完全让人没有进去的欲望。

凶犯和妻子、岳父一大家住在一起，也许会闷闷不乐地走到附近喝个酒？可是，谁会告诉我这些呢？这么多年过去了，还能看到我无助地在那里晃荡着——想穿越回去拍拍自己的肩膀，说没什么的，采访不到，也不是天大的事。楼下几个广东老妪在那里说话，风轻云淡，按说广东人迷信，在凶宅下面这么闲散地聊天，终归不好，可是她们只是自顾自聊着。

佛山没有希望，后来又去了凶犯的老家徐闻，湛江下面的县城，也就是地图最邻近海南那一角落，从那里坐船，就直接能到海口，过海峡没有铁轨，要一截截拆掉火车装运上船，过海后再行拼接，对于来自北方的我，真是天方夜谭。据说我们要去的乡下，就是广东的最边缘，能看到海的影子，当地朋友帮忙，联系了一个车，司机是个矮小的当地人，大约只有一米五？有些猪的长相，并不是夸张，嘴长耳大，多看也失礼。

我只是说我要去哪个村，没有多和他说话。

徐闻的主要产业是农产品，而这农产品也只有两项：香蕉，以及沙姜。沙姜开蓝色的花，在香蕉树下，一大片一大片，走了几十公里，全部是一致的景象，上面是散开的树冠，下面是幽蓝色的花，看之只觉得熟悉，后来想，卢梭的热带幻梦系列。

从前只知道沙姜鸡好吃，开眼了。

凶犯的哥哥姓黄，是海边乡镇的医生，所以从县城去乡镇，要走上一个多小时的路程，可见其僻远之处。我们先去吃早点，小铁抽屉里的肠粉，热气腾腾的，完全没有馅，过去这里属于穷乡僻壤，吃米应该已经是奢侈，肠粉里没什么别的内容，鸡蛋都不放，只加些酱油葱花而已。矮小的司机帮我端来河粉，我只觉得迷惘，路边的小饭摊，一大早却热火朝天，看来往之人，也都是陌路人，我去找凶犯之兄，另一个陌路人，我们能说些什么呢？

很多人，只见一面，念念不忘，也未必有回响。

可还是要去，村的香蕉田特别广阔，一直连绵不断，罕有人迹，只觉得像到了地球的某种尽头，在旧时地理讯息不发达的时候，大概真的就是天边外？也确实是，半天才有矮小的妇女，戴着大斗笠，完全看不见面貌，拿着锋利的刀，在路上出没，其实也就是日常的干农活的路上，荒凉到可怕。

从广州坐火车去这里，要一夜的路程，再往下走，就是过琼州海峡了，这里是中原文明的最后一站。杀人者从小在这里长大，去到热闹的佛山，不知道是怎么样的孤凄？也许纯粹是文人瞎想，就是日常生活到了看不开？杀人和死亡，也未必追求的不是永恒的平静。

矮小的司机突然冲我一笑，到了。医生大哥的家门口聚集了村里人，也不知道是因为知道外人要来，还是本身就爱热闹，也算是最近轰动的大事，一堆人指指点点，有种平静生活里的刺激感。大哥穿白衬衣，在一堆衣着随意的当地人之中，非常显眼。他体面地从人群中走出来，告诉我，不接受采访。

周围人呕哑嘲哳地说着什么，也不知道是劝他还是在指责我，消息显然已经传到这里，不过他们说的什么，我是完全不懂，但他这个潇洒的态度，印象深刻，也并不想去劝说他。

矮司机受到感染，冲我笑，说，这位长得好帅。一个成年男子，说另外一个不相干的男人帅，有点奇怪，大约是画面太像电影了。

印象中，大哥也是南国人长相，并不帅。肿脸，不过有着毅然决然的决绝之态，让人印象深刻。

后来那稿子胡乱写成，主编并不满意，说杀人动机不清楚。好像文章里写了句我实在不知道他何以动刀。结果主编在办公室破口大骂，在我们那个势利的单位，主编骂人的时候大家都很愉快地附和着笑，死亡，在一个新闻机构,也就是篇文章。

三

还有次去深圳采访绑架案,梅县的一个村里出来的两位同乡,一个进了金融公司,成了特区中产阶级,另一个当了公交司机。差距日益加大,公交司机不忿,绑架了老乡的孩子,藏在关外那种混乱不堪的小旅馆,索取赎金,其实已经在里面杀了孩子,倒是像惯犯的行径,案件迅速破了。

同样见不到当事人,只能去公交司机的车队,没事找人瞎聊,可是大家也都心照不宣地说不熟悉这位同事,也不能逼问。这些同事里面有位称得上英俊的司机,已经过了年轻的时候,到了三十多,那种曾经英挺的面容似乎随时随地会抛弃他而去,特别让人觉得可惜,有这种容貌也就做了一个小司机,不禁想象他应该有更多的未来,深圳的传奇这么多,怎么就没有轮到他?胡思乱想着陌生人的命运,是我度过采访尴尬期的好办法。

他详细介绍自己的生活,一个月只挣四千,在深圳这种地方,确实不好过,没结婚,只能住在集体宿舍里,不过比老家好点,那是十年前的时候?我追问,你未来打算干吗？他很忌讳这种问题，说，过一天是一天，他们的生活，比工厂流水线工人好，实质还是一样，同样是笼中鸟，没前途，尤其是在房价高企的深圳，唯一可能是回老家。

冲着这司机的长相，总觉得他应该有不一样的未来。也不知道他攒够了钱回老家没有？在深圳做司机，也许周末可以去大梅沙？廉价而快乐的海滩生活，是南国的特产，吃个平价海鲜，吹吹温柔的海风，深圳是个虚华的城市，有时候我觉得像拉斯维加斯，华丽、荒凉、赤裸裸。

我坐了那个公交线路，体验了绑架者日复一日的荒凉生活。这公交车从破烂不堪的关外出发，一路跌进繁华里，道路两旁越来越漂亮，终点站是半山的别墅区，简直是让人赤裸目击贫富对比，那位绑架人的变态公交司机更是天天如此煎熬，不认命，心又野蛮，结局就是变态，也难怪最后会出绑架之招数。

又按照线索去了绑架犯找的犯罪现场的小旅馆，找了内线帮忙，才查到位于关外布吉的小旅馆地址，如果用"不堪"来形容，未免词穷，可真是词穷啊，完全没有希望的一个暗黑的空间，弥漫着恐怖之气。

这里应该是废弃农房改造的。黑暗、狭窄，走廊里只有看不清颜色的墙,墙上都是污黑的陈迹,说不清是人体涌出还是岁月留存。肮脏到邪恶的程度,已经超过了人的基本忍耐,我第一次觉得,清洁与肮脏,确实有关道德品质。

有一年去佤邦采访,住在当地人推荐的最好的酒店里,楼下是两个广东人当前台,旁边则是拿着枪的佤邦士兵,很有我们幼年观看的山寨匪帮片的气质。走进房间,也是脏到崩溃,床单是稀薄的脏,墙面,则是厚重的脏,我不敢脱衣服,勉强睡了一夜。

深圳关外的这家小旅馆,主要消费对象应该是来找工作而无着的异乡人,想约个炮实在不好意思在工厂宿舍进行的年轻人,还有就是各种偷鸡摸狗的法外之人,连登记处都没有,只有两个横眉立目的江西人在这里看守,气质像狱卒,凶神恶煞一般,一间四十元,长住还可以减少。我不像是客人,只能假冒客人去看房,他俩冷冷地答应了我的要求,可能觉得说不定也是一桩生意。

每间都狭窄肮脏,污浊让每间房都流露出悲哀的气质,已经固态化了,一团污浊惨淡的黑暗扑面而来,人间地狱一般。我不是好记者,问不出来当时那个绑架者住在哪里,只能嗫嚅着,说,不想住,仓促逃离。狭窄阴暗的某间房子,曾经有个孩子在那里活生生被杀戮,被藏尸,想起来,就浑身不舒服,是生理反应的恶心,走,走得远远的。

江西人在柜台旁煮着吃的,腥气扑面而来,更增加了恐怖感,大卫·林奇的电影画面在这里,也相形见绌。

四

不觉得我采访过很多的杀人案,在短暂的采访生涯中,更多的人死于天灾。地震、泥石流、洪水、空难,包括一场大火,这些灾难所带来的死亡数字,其实远远大于杀人狂所带来的灾难。

可是后者发生在人与人之间,天然就带来了更大的可传播性。

古典时代,不存在天生杀人狂这个类型。只有英雄,切瓜砍菜一般杀人的李逵,或者血溅张团练府邸的武松,似乎很少有躲藏在暗处、模模糊糊隔几年杀个人的例子,大概也因为古时奉行的是英雄崇拜,加之人的生命的重要性没有凸显,但凡英雄,总是有杀人打怪的事迹的。

没有英雄的时代,所剩下的,或者是战争狂人,或者是恐怖主义,再就是平民中的杀人狂魔了。

写《断背山》的安妮·普鲁曾经写过一个短篇小说,

区区几百字,写一个住在美国荒野小镇的杀人狂,离开他家最近的加油站还有五十公里,没有社交,没有业余生活,也就是活着,空虚绝望到了顶点,开始杀人。发现者打开阁楼里存放的多具风干的尸体,安妮突然写了几句黑色幽默,恐怖到了极点,"尸体都有被使用过的痕迹"以及"人要学会自己找乐子"。

在某种程度上,这些人,确实以杀人为乐子,在精神上,他们属于蛮荒文明。

有同事去云南一个县城采访过杀人狂。那人是个精神病患者,住在县城的贫民窟里,孤零零的一幢破败的房子,周围都是热闹地段,他通常把路过的少年叫到家里,莫名其妙地杀死,多少年来,周围人全部不觉得有什么异样,包括他曾经用皮带去勒邻居少年的脖子,未遂后也只是赔偿了对方三十元医药费,邻居也只当他是精神病的玩笑,就此罢休。

杀人故事,有时候也是很荒诞的。

虽然县城有过多起失踪案例,都以为是儿童被拐卖,找来找去无果;最后还是一个坚持不懈的家庭起了作用,因为他们认定十九岁的儿子不可能无缘无故地被拐走,最终的结果,是警察在这位杀人狂的菜园子里挖出了大大小小的骨头上百根,一一辨明分别属于谁。

房子在闹市区，同事才敢去看，据说隔着十多米，也能感觉到那种寒意，阴风惨淡，整个房子笼罩在黑气中——应该是心理作用。

没有接触这种连环杀人犯案件的机会，若干年恶性案件才出一次，很多在我进入这行业之前发生，黄勇、马加爵都已经被写过，我进入行业之后，风平浪静了很久，近些年，最突出的案件也就是吴谢宇的弑母案件，连篇累牍的报道都集中在母子关系上，与早年那些连串杀人的案件相比，其实还是弱一些。

倒是采访过越狱案件，也和杀人有点关系。十余年前内蒙古监狱的一次越狱，全国瞩目，所有人都在网络上进行着追踪。似乎进入互联网时代很容易出现这种狂欢，倒是有点像"饥饿游戏"——逃亡者在众目睽睽之下逃亡，其实不过是沙盘推演，渺渺时空中的个体，微小如沙尘，尽在掌握中。

过了没多久，几名犯人就在离开呼和浩特监狱不远的地方被抓住，击毙的击毙，重新进监狱的进监狱，追踪狂欢告一段落。

我们要做的，是采访犯人背后的故事，还记得我要采访的那名犯人姓高，河北玉田人，没逃亡多远就已经被击毙。他的老家，是我妈童年居住过的地方，总和我说起，这个县城的姓名于我，是深入心中。坐着长途车一路颠簸而去的时候，还保持有基本的好奇心。

和一切北方县城一样，县城里只有丑陋的建筑和奇怪的流言蜚语。这个逃亡者的父亲很快被我们找到，是当地一所学校的老师，妻子早年去世，然后和同校女教师有了新的婚姻和生活，可想而知这个犯人为何选择离开家庭。他的父亲去了内蒙古紧急处理这事儿，去学校扑了空。接着去了村里，找到了犯人的叔叔和婶婶，古老的家族习惯，正在商量是不是让这孩子进家族墓地，还是找个荒野地埋葬了，毕竟不是好事儿。

越到了关坎上，越是无关的讨论最重要，一屋子的亲戚故旧，分成两组，讨论这孩子本质好还是不好。一大堆人在炕上，重要的人在炕上坐着，剩下的站在下面，应该还有很多街坊四邻。天蓝色的腈纶毯子铺着，并不脏，与我们去过的很多农村不同，倒有种异样的清洁感。

我们获得了邀请，坐在最里面，可他们说的什么，乡音分辨不清，热烈之中，我完全茫然，声浪一波波，他们的表情系统倒是呆滞的，似乎讨论的事情与他们的人生不相干。一张张黄色肿胀的脸，在半空中抽离，非常的淡漠，生老病死，一切在家族中都是这么讨论而来。

也确实和多数人不相干，只是乡村中的一件大事。

叔叔还要了记者证看，验明正身，也是满足自己的好奇心。之后便再不理我，我不能追着问，耐心听家里人的对话，似乎是后妈对他不好，才驱使他十五岁就出门打工，又有人打断，说是后妈好坏，也要看父亲，讨论变成了古老的伦理思辨。

中国没有油画的传统系统，炕上的人生讨论会，按照卡拉瓦乔的方式，应该是一群悲哀的人，在满屋黄色沙尘的空气里，静默地待着。我们的国画系统里，有蒋兆和的《流民图》，线条简单，人物干净，这种家庭凡俗的悲苦，是被概念化的，没这么具体。

他的父亲，一个县城中学教师，其实也没有多少能力，孩子流散也就流散了，村里人也管不了，因为他们一家已经到了县城，对于村里而言，是另一个世界的人，类似三言两拍的故事。

没有多少人说这个逃犯的人生，大家讨论的重点还是墓地。

他似乎去过很多地方，目的应该就是离开家庭，自立谋生。石家庄、北京，然后是更远的呼和浩特、包头，如果在民国，应该算是去口外谋生，最无奈的选择。也没有什么谋生技能，听着一直是最简单的饭馆服务员，端盘子不需要技术，最后被抓的时候，也不过二十多岁，起因在包头警察局的卷宗里描绘得特别简单：在火锅城服务期间，因与来吃饭的客人发生纠缠，斗殴使得对方死亡，所以判处死刑，进入监狱。

卷宗是好不容易看见的。需要介绍信，外加托人，在包头警察局看到的刹那，有点模糊的瞬间明白：一共四个人和客人发生纠纷，包括餐馆老板和餐厅经理，外加他和另外一个服务员，可是进入监狱的，是两个服务员。

一个没有任何社会关系的服务员，他不进监狱还有谁进？

这家火锅城还在，门口摆放着气球门，上面写着一个胖孩子的十岁生日。

里面还是天南地北的服务员，帮我们点菜的姑娘来自云南曲靖，黑皮肤，警惕、糊涂、胖身材，不知道怎么会来到遥远的包头，自己也说不清。和当年那位从玉田来的孩子一样，同样的没有人生目的地。这个时代，无数游荡的青年就这样奔走在中国大地上，青春被消耗干净的时候，回到家乡，有的发财了，有的更加贫困。

当年办案的警察也被我找到了，胖胖的、冷冷的，当过刑警的眼神，能看透我的没经验，我只是简单地询问了为什么只有他和另外一个服务员入狱？说得含含糊糊，可是礼数周到，一定要请我去吃鸡爪，说是包头有家鸡爪店，先煮再烤，特别好吃。邀请了一堆陪客，全是警察，对我疏远又客气，他们说他们的，都是炒房投资的经验，才知道，包头的经济比呼和浩特活跃，警察兄弟们都买城市主干道旁边的酒店公寓当投资，一买三四套。

不知道这些投资是不是打了水漂？经济不好的时候，这些投资没什么价值。不过他们能干，汤里来的钱，即使水里去了，也能找补回来。那家鸡爪店的外观记得特别清楚，在高楼后面的一片平房区。老板信基督教，家里所有的糊墙纸，全是大幅的宗教画，圣母在明亮的黄色墙面上，温柔地看着我和警察们。鸡骨头狼藉地扔在桌上、地面上，过一会儿就有人来扫一次，有种基本的安定感。到处都是人世沧桑啊，这些圣母像也不知还在不在那儿。

这个久远的三言二拍的世界最终被我击破，在我不断地敬酒和询问中，警察大哥模糊地告诉了我当年被打死的年轻人住在附近哪个村子，他的父母还在村子里，我要去看的话就去吧，不过啥都没有。

他不信我能找到，也低估了我的职业强迫症，按照逻辑来说，找不找这个被杀死的年轻人，对文章完全没影响，可是我下定决心要去。

连夜去村子。村子在内蒙古的大青山下，古诗词学到的"阴山"，"敕勒川，阴山下"，还有"汉击匈奴，虽得阴山,枕骸遍野,功不补患"。正是本月十五,一路上都有明晃晃的大月亮陪我,照在头上,只看见山的影子。

到村口,问,四年前,有家孩子被杀,知道不?

知道,左转再去问,那有家小卖部。

又到了小卖部,知道,就在最里面那个院子。

砖院子,不穷不富裕,外墙堆满了收割下来的玉米秆,在月光下特别的干净。

被杀的年轻人当年也是二十多岁,也是去包头打工,不知道怎么和老乡约了吃火锅,一顿饭就丧了命。我敲开了四年前发生灾难降临的家门,他的母亲,一个穿着红色毛衣的高大肥胖的蒙古族妇女,开始抽泣、号啕。

没有人关心他们这个事儿了。她开始哭,孩子就埋在山里的湖泊附近,每到祭日,她都会去上坟,坟墓已经长满了野草,她害怕自己死了后,就没人给孩子上坟了。她高个、坦率,看得出平时也是麻利的,可是再麻利又能如何?

一个从河北来的青年,莫名其妙杀死了她的儿子。然后这个青年在昨天被击毙。

没什么可说的了,我默默从她家离开,还是大月亮,照得大青山影影绰绰,分外的威严,我们的车在夜里的村路上狂奔,小如虫蚁。

过客

一

二〇二二年的冬和夏,有机会在青城山半山腰的道观圆明宫里住了一段。

道观里的固定的杂工有一些,多的是不固定的,跟着时代的步伐走,这些临时的杂役现在有个统一的名字,叫义工。

他们从各种社交媒体知道了道观的所在,微博、抖音,包括小红书,可以想见那些照片,云雾缭绕之中的古典建筑,美得那么不真实。于是纷纷从各地上山打杂,真是打杂,什么都做。从清扫廊檐下的落叶,到在半山砍柴背柴,再到厨房里择菜、洗碗、倒垃圾,堆积如山的碗,碰到周六日普通游客上山,足足几百个粗瓷大碗;还有各种田间的杂活,什么活都不挑,也不允许挑拣。

道观里活儿说多不多,说少也不少,真做起来,从早到晚都有得做，都是些繁杂无聊的体力劳动。最典型的是一大早就下地去背柴，现在竹背篓少了，换成塑料做的又脏又破的大筐子，装上一两根山里倒伏的树干，砍成碎块，几个人排成一列，背着蓝色的篓子，从雾中的山林里往回走，站在高处往山坡下面看，背柴的义工们排成细长的一线，远看上去像古人的画，渔樵耕读自古以来就是山居的典型题材，寥寥几笔就能显得仙气飘飘，只是因为现在这画面是当代的，廉价的运动服，就不那么美了，反倒显得凄凉，当代的苦役。

背柴是项意义不大的活动，背回来的树枝树干，砍成一截截的，偌大的塑料筐里往往只能放粗笨的一截，也可见其重。柴火用来烧饭和炒菜，据说柴火灶煮的饭菜香，其实也和煤气做饭区别不大。很久以来，道观还是用柴，甚至和煤气比，也不便宜，纯粹就是某种心理习惯。

简直疑心是故意保持了这项劳动，劳其筋骨。

这些义工们，基本上做上几个月，就下山过自己的日子去了，各种人走马灯似的换，其中最多的还是大学生，有漂亮的女孩子，因为失恋躲上山，日常穿着黑色的羽绒服，越发衬托得皮肤雪白，平时沉着脸，一言不发的时候，简直有几分沉静的漂亮；说到自己的感情经历，突然有了活力，拉着你，滔滔不绝讲述自己所遭遇的男人的背叛，讲完了，又害羞起来，依旧沉下脸，其实并不需要你的开导。

她做义工，就是在厨房洗两个月的碗，这种机械劳动似乎有魔力，下山时，据说抑郁症也消失了；蜀地长相小男生，笑嘻嘻地永远在扫地，道观里高高低低的台阶多，周围都是山林，大片大片的落叶永远扫不干净，遇上下雨天，滑腻腻的青苔上的枯叶要扫净，也是苦差，也没有看到他埋怨，和谁都积极打着招呼，看上去特别快乐。可是据说有一晚悲痛过度，拿着小刀要自残，胳膊上满是血迹，被道观里的道士师父按住，说了半天才好，表面上真看不出来。

都是内心有孔洞的人，一般这个年纪的小男生小女生，还在山下过着花团锦簇的日子，真拿出人生的几个月，来山上过清修的日子，是缘分，也是某种古老的习俗，用苦修来抵抗生命里无妄的苦。

也有人做长的，夏天在山里住着的时候碰到的张姐，冬天上山的时候还在，一待就是大半年。夏天的时候，她在艾灸室打杂，有点横的一张脸，却是什么都赶着做，换床单、洗衣服、刮艾条上的灰；冬天再来的时候，已经不仅在艾灸室帮忙，而是什么都做了，厨房里也有她，下山买菜也有她，扫地也能看到，据说就是因为手脚勤快，师父们留下她来，做了长期的义工。道观里不养闲人的，道观里的出家师父们都要一天到晚各司其职地劳动，何况外来的义工，看来她真的是特别肯干，才能留下。

她长相有点凶，眉眼说不出来哪里有点不周正，像赵树理小说里的人物，一般的道观里的杂工，要么是朴素的脸，要么是憨厚，都让人看了记不住。只有她，眉眼之间不知道为什么带点悍然之气，这点悍然反倒让人对她印象深刻，细看，甚至带有点杀气，大概是眉毛太短，又竖着，就有点"横眉立目"的意思。

一向是不盯着人看的，不够礼貌，但终日在山上无所事事，又和当家的师父熟悉，道教里也不忌讳评点身边熟人的相貌，久了，就开始评价：艾灸室里两个干活的姑娘，一个像兔子，另一个，像小浣熊，都是最温顺的动物，做法事的两位道士师兄，面貌韶秀，有狐相，却一点不狡猾。我和当家师父开玩笑，前世可能这些人都是附近山林里活动着的小生灵，一直在道观周边转圈子，前世被道观里的道士们喂养，或者照顾过，转世投胎成了人，这辈子就来道观里生活。都是缘分。

张姐应该也是这种命运，因她勤快能吃苦，让人常常忽略了她的长相，也不太清楚她之前是干吗的，就听说是个老家在安徽的乡下妇女，半年不见，眉眼柔顺了许多，还说是不是常年的道观生活感化了她，也是有缘之人。

没等我宣布自己的结论，张姐自己就出了幺蛾子。这一天，听说她下山买菜，被狐仙附体，摔了跤，这一跤，很重。

见她在小房间坐着，面朝窗外。我在廊下走过，看她对着窗，没人走过，也是笑嘻嘻的一张脸，不由得问，摔跤了？要紧吗？她扎煞着两个手，手上缠着纱布，伤势不轻的样子，对我说，重，附体了，没想到摔这么重。"附体？"这可是大新闻，我本来就好事，机会来了更是要追问。

道观是正经的宗教场所，唯其正经，所以一般大家不讲怪力乱神的故事，当然，每天早晚课是规矩做的，念经、撞钟、敲磬，可就听不见各种神奇故事，我一直觉得是憾事，今天张姐这么明目张胆地讲，我当然要听。

"嗯呢。"她神气得很，告诉我说下山路上就觉得不对，一路上感觉有东西跟着她，平时走路压根没那么快捷，现在和小跑似的，几百级台阶十分钟不到就走完了，快走到山口的"遇仙桥"的时候，更觉得凉风嗖嗖的，不由得自己越走越快,两条腿都半悬空了,啪地摔倒,感觉是有东西把她推倒的,可山路上哪里还有别的人?看到有东西顺着她倒下的身体往外爬。"两个手,可好看了,白白嫩嫩的,还有红指甲,就从我身上出去了。"

听起来毫不恐怖,简直像戏台上的忸怩动作,一种并不日常的想象。然后呢,她就摔得浑身都是伤,本来要背菜上山的,结果也背不动了,好在还能自己爬山上来,腿还是好好的。

我满心疑惑,又兴致勃勃,跑去厨房找正在忙着择菜的当家道长胡师父,师父,张姐说她附体了。

胡师父年纪比我大一点,却是十几岁就出家的老出家人,对我说,哪有的事,脸一沉。这种话,在道观里是不能乱说的。可是架不住我缠着问,隔一会就去她那里晃一圈,问,附体是怎么回事。

"她就爱说这些,早就告诉她不许乱说。"胡师父说。

张姐过去在老家,就经常被附体,四邻八乡出了名的,听起来就是乡下的神婆,莫非是原始的安徽乡村萨满?皖北的农村里,想来也是荒凉的土地,农闲的时候,突然有这么一位神神叨叨的妇女讲述自己的附体故事,应该有围观群众,想起刚才没人,她也对着走廊微笑的那种神气,有一种神怪电影里也看不到的妖异。难怪我觉得她神气不似常人。来了青城山，觉得这里是宝地，神神鬼鬼都沾边，就努力住下不走了。

当家的胡师父是青城山附近的都江堰人，十几岁就上山，出家后就一直没离开过圆明宫，稀奇古怪的事情，她听过的最多，尤其是圆明宫又是个"造化钟神秀"的好地方，占据了青城山半山腰的位置，正对着一大片幽静极了的山谷，每天清晨，雾气缓缓从山谷升起的时候，几乎疑心自己不在人间，随便一张照片，就能入选"最美四川"之类。

浓浓淡淡的雾气，挂在树梢，最接近我们的一棵树，是普通的杉树，可也显得不再普通，几百年的道观里的树木，或多或少，都被人们赋予了来历。

一直以来，这里就是号称青城山采气的绝好所在，当年就有气功大师要买下这里，幸亏青城山的道教协会坚持，一直不肯出让这里给乱七八糟的人。

手头的活干完，终于空下来的时候，胡师父耐着性子给我讲圆明宫的故事。上世纪八十年代，有个全国著名的气功大师带着一群人住在圆明宫最高的无尘殿里，说这里练功最好，多的时候，足足有四五十人，鸠占鹊巢，煞有介事，每日狂呼长啸，以一种日常的疯狂让这里显得分外神秘。她那时候还是个十几岁的小道姑，也不理他们，就是每天打柴、烧水、做饭、念经，心无二用，也住在无尘殿里，结果有一天，一个装束古怪的东北仙姑跑来质问她，是不是她暗自"斗法"，让她们的气场混乱，练功练得不得劲。

"斗法？我哪里会。"胡师父哈哈大笑，但那些人就相信。八九十年代是气功热的年代，本来信众就多，他们这里又是大师钦定的练功最好的地盘，一抬头，就能看到云雾堆满了宫殿之上，上百年的近百棵桢楠木紧紧环绕着道观，古老中国修仙场所的绝佳背景，拍起胡金铨的古装片，几乎也不用再置景，可惜胡金铨当年拍电影进不来，只能去古老的韩国。

也因为此，尽管到今天上到圆明宫还是道路艰难，一般的汽车爬不上来，但各种求仙缘的道友还是往来不断，偏偏当家人胡师父只用各种最简单烦琐的日常劳动来教育大家，包括那些义工，道观里几乎不讨论怪力乱神的事情，被问急了，类似于我这种摆脱不掉的老熟人追着讨教，师父也说一声，"后殿里还是有些东西的"。

但张姐这种赤裸裸的宣扬附体的事情，还是会被批评。我看见胡师父和负责法事，也是管理义工的小道长刘师兄说，不让她说这些，你越顺着她，她就越说得凶。刘师兄不以为然，说："让她说去，反正我们这里干净，就算是附体,那些东西也不敢出来。"显然还是相信附体这回事。胡师父急了,"她在这里这么说,你知道她出去怎么说? 把圆明宫说得处处花妖狐鬼的。"刘师兄才答应去教训她。

我就好奇师父们怎么当面批评张姐。晚上我们几个打扑克,张姐她们在旁边看热闹,我撺掇着把话题往这方面引,胡师父笑吟吟,不上我当,说:"附什么体,祖师爷在上,你不许胡说。"张姐也老实巴交地笑,白天满嘴的神鬼故事,一句不敢再说,我们嬉笑着看着手里的扑克,只装做外面风平浪静。就记得她白天给我的那通比画,她摔倒后,看到从她身上爬出来的东西,那手,可漂亮呢,白白嫩嫩的,她一双粗糙的农妇的大手,在灯下,确实显眼——莫非纯粹是她的想象?

白天附体的神怪,被她说得像一条蜿蜒的大蛇。想起了那首古老的流行歌曲,"青城山下白素贞"。

二

不算大殿,厨房是道观最忙碌的地方,就算没有临时客人上山,平时里吃饭的人也不少,四位道长,常住的五六位杂工,还有来来往往的义工,加上我们这些在山上住得久的客人，算起来，每顿饭，足足十几位，是个单位大厨房的概念。

每天张罗这么多人吃饭，就是大事，难怪道观里的灶王爷也和外面的不一样，绝对不是敷衍了事的一张年画，厨房外面有张专门的大桌子供着灶神，一尺高，上面端坐着一位蓝袍长须的老先生，手里拿着笔，大大的眼珠子凝神看着笔尖，对于他，"上天言好事"是件郑重其事的严肃工作，马虎不得，不知道为什么头顶上披着俏皮的红披风，也许仅仅是工匠随意的一招。

窗外寒风雨露的，屋子里还是舒适。中国的传统厨房脏归脏，处处摸上去，都有种漆黑的油腻，哪怕打扫得再干净，心理上还是觉得稀脏，却还是温暖的所在。那种脏，日积月累，都成了吃了没病的"不干不净"，两口大柴火灶终日不断的烈火熊熊，灶王爷生活在这里，也应该安心，上天告状，应该也都是家庭琐事，绝对没什么夸张的事件。

到了集日，我攀着胡师父要下山赶集，一买就是一周的菜，需要赶到大集上，买回来的菜，用小卡车运到山脚下，再用越野车运上山来，张罗一日三餐才是道观里的大事，远比附体什么的，要重要得多。赶集头天，道长就提醒我，不能睡懒觉，否则大集赶不上，漏掉了采买，要找我算账的。

山上本身就睡得早，加上心里有事，更是早睡了不止一点，恨不得九点就上床温存着。不知不觉，太阳穿过白纱帘，晒得满床明亮，我跌跌撞撞跟着道长下山，到山脚下的"迎仙桥"才有车坐，要一直走上五百多级台阶，这条路，也是张姐说自己"附体"的那条路，我平时几乎不走，但现在走着，雾气在阳光里正在散开，远看着几树红叶在半山上招摇，半空里传来空洞的几声鸟叫，哪里有什么神仙鬼怪，只觉得身心舒畅。

胡师父说自己十几岁上山的时候，上山路更差，石头路只有现在一半宽，后来筹了几十年的款，终于攒了钱，把石头台阶修宽了，结果又被文保部门抓住审查，说他们破坏了文物。"我和他们说，从前的石头台阶，也是我们自己修的，算不得文物，也并不是祖上传下来的。不听，叫我交代，我交代不出来啥啊，后来好说歹说，把我放了。"现在的石头台阶，其实就是蜀地山林中常见的石阶，几十年下来已经与山林浑然一体，青苔爬满了，雨天还真不太敢走，不说，真不知道，是十多年前重新修建的。

山脚下的中兴镇大集，逢四逢十才有，我也算赶过农村集市的，本来以为自己有见识，可是到了现场，还是吓一跳，就像水流往低洼处流动，人流也往疏朗处走。这集市在镇边的一大片空地上，第一个摊就让我震动，地上堆了一堆砖头，上面放着一只硕大的牛头，毛还没有刮掉，角却锯掉了，脸皮黄黄的，像个动画片里的妖怪，半睁着温顺的大眼，眯着眼看着路过的行人们，旁边的摊子上一大堆牛肉，从来不知道一头牛可以产出这么多的肉——似乎我们的文明突然失了踪，只能靠这种原始的实物"草标"来作说明。

没有人规矩地拎着筐摆摊，都是突突突开了车来。血淋淋的半片猪，一堆堆的白色的猪板油，卖镰刀的，卖奇形怪状的南瓜的，卖刚从地里摘来的几百斤辣椒的，也有奇怪的组合：车栏杆上挂着一排腊味猪头，下面堆着一车水汽未干的橙子，大概都是一家所出产，在此也不分开，都是丰美的吃食，不修饰地堆积在面前，把食物本来的面貌淋漓地展现出来。

有年去日本，住在朋友家，她和我说大阪的一个中国留学生自发的市场，某年被日本警察突袭，原因是有日本本地的居民举报，说是在夜间的市场道路上，市民走路踩到了半个动物头颅——其实是猪头，大约是没有卖掉的，被中国留学生随意丢弃了。

但是长期只见过超市出售猪肉的本地居民从没有见

过猪头，所以就举报了。查了半天才查清，还上了当地电视新闻。在文明太久的区域里，见不到这些蛮荒的、生猛的食物本来的样子，看到半个野蛮的头颅，可以想见那种惊慌，举报也不奇怪。即使在中国的大城市，这样的市场也是越来越少了。

最外围的还有一圈年画卡车，上面挂着月份牌和招贴画。新时代的年画美人图，就认识一个孙俪，大红的底，她和豪车一起，在上面"巧笑倩兮"。

跟着胡师父买菜，有一种集团采购的架势，一筐筐的辣椒、儿菜，几十斤几十斤的萝卜，都直接搬上我们的小卡车。这么多的食物，居然只够我们一周吃的，顿时觉得人的胃口像个无底洞。告别菜场的时候，回头一望，也有极美的画面，远处的阳光透过银杏树，打在一张大红伞上，下面端坐着卖萝卜干的老太太，川西特有的冬日情调。

纵是这样一个忙碌的食堂，因是自己人吃，并不敷衍，每顿饭也是精心设计的。尤其是住得久了，更是觉得每餐饭都不将就，平时只顾吃，不觉得讲究在哪里，现在自己参加了采购，才明白住持者的心理，就要让每顿饭吃得有兴致。比如上海市场上常见的草头，这里换了名目，也换了吃法，用芋头煮成稀烂的泥，把草头切

过客

碎煮在其中，极为难看，吃上去却很是鲜美，正是这个初冬季节的好食物；几毛钱一斤的白萝卜，大块切了，只用大量的姜丝清炖，什么都不加，包括调料，只在起锅的时候略加花椒粉和盐，就已经是非常好的清汤蔬食了，甜润可口；当然，最出彩的，还是道观大平台下面的菜地里现摘的蔬菜，每天早上道长都叫我和她一起去菜地，逛一圈，舒散筋骨，这一趟就不白走，拿着小刀割一筐豌豆尖，随手掐一大把菜薹，中午大锅一炒，就是外面不可能找到的鲜美时蔬。难怪四川人爱豌豆尖，嫩到极致的豆尖上满是露水，今天被采摘了一片地，明天还有另一片田，又多又肥美，简直采摘不尽，早上随意和面条一起扔在锅里，最普通的挂面，也成了上等的蔬菜拌面。

北方常见的茴香，在这里是不知名的野草，长在田埂上，摘下一把，早上烙锅盔的时候，密密麻麻撒上去，整个锅盔变得神奇，是我在意大利小酒庄吃到的配白葡萄酒的最佳点心。

每顿吃得心满意足。

有一年在故宫看画，清初四画僧的展览，髡残的画上多有书法，耐着心思去看，不觉得他絮絮叨叨，其实也就是写吃了什么，做了什么，从友人处得了什么馈赠之物，细看了去，很多都写日常食用青菜、萝卜之趣味，不知者，会觉得这种日子极为苦闷，但真吃到青菜、萝卜的味道，也未必觉得这种日子苦。

过日子真的就是围绕着吃，下午坐在炭炉前烤火，就商量明早吃什么，有什么新鲜的没吃过的吃食可以做出来，好在人多，一说早餐吃抄手，一大早，七七八八厨房里站满了人，我根本插不进手，一会儿一大碗红油抄手就端给我了，整个道观齐心协力地吃东西，似乎吃成了最主要的任务，别的事情都不再重要。

倒是吃惯了，也真觉得山下的餐馆不好吃，再怎么讲究的大餐，也比不上这黑乎乎、油腻腻的大厨房。颜文樑在巴黎留学，画一张苏州老家的厨房，得了奖，屋檐上挂着腊肉，黑乎乎的大铁锅在柴灶上噼啪响着，这是中国人的乡愁，搬到公寓房子里，一下子截断了，没想到在山上的道观里又被我找了回来。

三

去山上看病的人多，一位道士师兄善于把脉开方，外加针灸艾灸，几乎是传统中医的十八般武艺都在手中，慢慢地越来人越多，一大半人上山，倒都是奔着他来的。天冷，我们在艾灸室外屋的炭火盆上煮茶，里屋几个癌症病人在那里做艾灸，里外屋话语不断，叫嚷着，说笑着，倒也一点看不到严肃的医院气息，可能这就是最传统的中国人的生和死，庄严肃穆的临终关怀，那是西方传过来的，和我们这里毫不相关。

眼下在山上治疗癌症的，有两位，都已经治疗了一段时间，有一位二十多岁的少年人，脸色极好，却是十几岁就确诊了，在山下的各家医院也都走了个遍，也都打算放弃了，后来一位有钱的亲戚看不下去，觉得还是要拼死一搏，正好知道山上的道士师兄这里有一线希望，于是拿出一百万，说看好看不好就是这个数目了，总不能看着他在山下等死，于是上山来治疗。

也是因为年轻，完全看不出身体有严重的问题，夏天上山的时候，还没有多见他，这次多看几眼，只见肤色白里透红，红脸蛋简直有乡下气息，极为健康的样子。一聊天，人却是成熟极了，大概十几岁就看到了死亡的影子，反倒是不那么畏惧，谈吐起来很是淡然，现在纯粹是死马当活马医，在山上练功，做艾灸，外加吃药——艾灸是按照中医理论，癌症属于阴寒的产物，需要用艾灸之阳来化掉阴寒。

拜了道长做师父，还起了道号，说是这样好得快。

他极为安静，我们在炭火盆边说笑热闹，他就躺在那里艾灸，经常能睡着，醒了，到我们跟前讨一杯茶喝，边迷惘地问："这是水仙？什么是水仙？"一副"大梦谁先觉"的样子。师父让他学茶，可以修心，我看他其实不太需要修心，心里的安静程度，绝对超过我们。

还有一位是刚上山治疗的老教授，也是在上海的大医院折腾了一圈，光化疗就做了二十多次，痛苦不堪，实在不想忍受，索性放弃了西医治疗，上山找到道长，说是上山只有几日，艾灸就减少了痛苦，效果比化疗、放疗都好，本来已经只能靠轮椅走路，现在也能在家人搀扶下步行。家里人也高兴，一家人都陪着他在山上住着，女儿每天给他煎药，老伴陪他艾灸、散步。老太太说开始只知道去山里治病，想着多艰苦，没有想到一上山，吃得好，住得好。"开始还想着多吓人，鼓励自己说，不怕，我也下过乡，当过知青，结果来了，发现这儿可比当知青的条件舒服多了。"

甚至还想在山脚下买房子。"等老伴身体好了，我们也不回北京了，就在山脚下住着，平时住山下，一周来个几天上山，和道长聊聊天，做做艾灸。"山下有大批的开发了十多年的别墅，开发商当初也是偷工减料，盖得甚是一般，二十年下来，有的甚至都成了危房，但也就是因为开发商不在意,植被好,大树小树疯长,一点都不像城市小区里,一片郁郁葱葱,几乎觉得是在山林之间,是舍不得凡俗生活,但是又爱山林的老人们的最好选择。

听她兴致勃勃地聊着未来,有时候不自觉有点心虚,都知道老先生是晚期,谁也不能保证能救得了他的命。癌症病人上山来的时候,师兄都会直截了当地说,能不能救命,是不一定的事,治得了病,治不了命,但谁都觉得,这里有一线生机,谁愿意放弃?

老先生到房间趴着做艾灸,精神倒是甚好,还能和我聊聊学问,谈谈自己的学术研究,我们都不聊将来,只能虚幻地祝福他们在山上过好冬天,过好春节,待满三年,一点点地挨时间,在他们身上,时间是必须与之作战的,斗得过时间,就意味着最终能活下去。

女儿在厨房里终日忙碌,父亲母亲不能吃辣椒,要给他们准备特殊的饭菜,要熬药,每天的药不一样,有的需要这么煎,有的需要那么煎,基本上就属于一种高难度的药剂师培训,好在道士师兄近在咫尺,比较方便手把手地教。

我们也聊天,聊在山下大医院治疗的痛苦,我是没有经历过,但可以想象,最近看了一本同行在美国治疗癌症的书籍，只觉得极为触目惊心。八年时间，反反复复，用尽了一切手段，最可怕的，是每次新方案刚上来的时候，人人都觉得有希望，可是到了后期，又是竹篮打水一场空，我觉得太摧残人的意志了，谁能经历这样反复的失望和希望？只有求生意志特别强大的人才能经历这样的煎熬。

"我爸还好，他觉得就是能多活一天就多活一天，这就是我们上山的理由。"女儿有点激动地说，她也觉得，找到这里是幸运，至少不像在山下那么无助，明知道化疗的过程极为痛苦，为了止痛，还是要饮鸩止渴似的一次次去医院。

茶水在炭炉上咕嘟着，闲散地聊着天，她时不时站起来监督着她父亲喝药，此地哪里有病房的样子，整个道观里住的人们，倒住得像个大家族，生和死在这里也变得家常起来，确实本来也是家常的事，没想到在道观，生命回到最本来的样子。

我们也都觉得，老父亲是有希望的。

又有藏区的老阿妈来看病，也是从熟人处听说了师兄的名声，特意找上山来的。她儿子，是六岁出家的喇嘛，眉眼之间都是正大光明，看上去极为有佛相，陪着她上山，说是在县城一直查不出来是什么病，最近在成都的大医院确诊,已经到了癌症晚期,还没有任何治疗,不知道在这里能不能得到好的救治。

老阿妈不会说汉语,清瘦的脸,面色晦暗,可是只艾灸了两天,神色明显平和许多,腹部也明显变软,我们都说,看来没有化疗过的人,就是好得快——都是我们的无知妄谈,也源于对癌症治疗的某种恐惧。但确实,老阿妈能自己走路了,漫山遍野的参天大树也让她高兴,早上起来,就在那里诵经,低低的梵呗,穿过雾中的森林,再传到住在楼上房间的我们的耳朵里,看来这里真是她的福地。

病人的世界,和我们的世界自然不一样,他们是无心观赏风景的,这里其实只是一个临时医院,大家都是过客。老阿妈能看到风景,至少说明她心情不错,不过后来她也没有住多久,山上常年居住,虽然费用不算太高,但是对于藏区来的母子来说,还是太高,于是回到川西的小城,继续吃师兄开的药。

临走的时候,喇嘛还教了我们一套瑜伽动作,说是治疗呼吸疾病的。他小时候有严重的肺结核,在印度学会了这套动作,居然把肺结核给治好了。山上都是这样的故事,听得多了,就一点不觉得奇怪,不像在山下,要是有这样的神奇秘法,岂不是需要千金交换。

他四十岁的人，看上去却是三十不到的样子，真的就是早出家的缘故。我们留了微信，现在还经常看到他发的一串串的藏文朋友圈，应该都是些经文吧。

老教授终于到了需要下山治疗的地步，脚肿，一直不好，应该是比较严重的肝脏问题，中草药解决不了，我们虽然关心着，但是也不敢问他家人，其实多问问也好，有时候聊天就是一种纾解痛苦的方式。道长们在私下里聊天，说是老教授能熬过冬至的话，今年就能过去，到了春天，就有好起来的希望，因为阳气上升，能呼应到人的身体。山上的人们，对于各种节气均有着神秘的判断，似乎这些节气和人的生死真有密切的关系，而这些秘密，掌握在他们心里。

只有成熟稳重的少年还在山上治病，据说脸色依然很好，他要是能熬过这三年不发病，那就算是治愈了，也不知道到时候是不是真就打算就此出家，当个无忧无虑的小道士，那倒也未必不是一种好的人生选择。

胡师父有时候也和我聊聊病人们的生生死死，最后总不忘加上一句，都是过客，是的，都是过客，包括我们，不也是这座留存了几百年道观上附着的小动物，都是短暂的时光过客。

受灾记

一

江西七八月，正是暴雨季节，一天下午，正在装柴窑的朋友何鑫叫我去看"满窑"，我不太懂什么是满窑，经过解释才知道，是烧窑前需要找专业的把桩师傅来一件件把瓷器装在匣钵里，然后指点工人们把不同的器物坯装在柴窑里不同的位置，因为柴火燃烧的时候，整窑的温度并不一定一致上升和下降，而是有起落过程，熟练的师傅就知道不同的瓷器坯胎，放在窑里不同的位置，才能保证受热不同下的瓷坯受到关照。

把桩师傅又是一个需要解释的名词，在传统手工越来越少的时代，很多手艺成了博物馆艺术，哪怕在有千座窑炉的景德镇，这种手艺也在急剧衰退，所以何鑫的柴窑产出的器物贵，恨不得每个干活的师傅，都是"非物质文化遗产传承人"。

景德镇现在假柴窑很多，就像所谓的阳澄湖大闸蟹，很多是气窑、电窑烧好的器物，拿到柴窑里面去过个火，然后敲开窑砖，假装是这里烧好刚拿出来的。何鑫告诉我，你一看窑砖就明白，烧过长时间的柴窑，哪个外面的窑砖不是黑色油亮的？很多假的柴窑，就熏黑了几块窑顶的砖。

何鑫的赏瓷观窑烧的是真的柴窑，他在高沙村的工厂里有两个柴窑，一个是镇窑，一个是更传统的仿御窑，我们去看的，就是仿御窑，比流行的镇窑还要小，但是烧制的东西更细腻。

这个工厂是我在景德镇到访最多次的地方，因为美。有大批的奇树盆景，有荷花池，清清淡淡地种了荷花，即使是盛时，也仅有几朵。还有两个鱼池，养满了锦鲤，都是主人从日本买回来的，傍着鱼池是一棵怪松，姿势极美，如果按照龚自珍的标准，也属于病松，可就是这样才值钱。也是何鑫好不容易搜罗来的，本来想在日本买，结果要办出关入关手续，一算下来，一棵松树的价格就要一百万，正好在国内看到姿态一样的，赶紧买，多少钱？"你猜。"

这棵姿势优美的古树，让整个院落的气氛一下子古典起来，就像画好了龙点缀的那颗眼珠，灵动、苍劲，都在里面了。

有钱人的游戏我们不懂,不猜价钱,享受这个园子就好了。这个本来在景德镇偏僻村庄里的普通工厂,经过老松和锦鲤的点缀,一下被提起整体的气氛,弥漫着一股清雅之气。地下铺满了白石子,走进去就觉得整体不俗,包括建筑物的设计。

以至于我随手拍的园子的照片,很多人以为在京都,但其实走进去看还是很中国,石板路、自然的青苔、随意的白石,并不像日本庭院那样精心设计,当然最中国的,还是各个房间放置的瓷器作品,都是主人的精心之作,有仿古,更多是自己的创作。

有一金地青花茶杯,参加过拍卖,数字又是几万,虽然是金地,但并不俗艳。素金的表地,慢慢摩挲之后金光会变得更闪烁,在豪奢之外增添了几分把玩之趣,也是独属于中国的趣味。

园子里还有茶室,我们经常坐在里面斗嘴,一边看窗外的锦鲤。想看锦鲤游动,出去撒一把鱼食,颇不寂寞。品种我不懂,但多是经典品种,这些锦鲤在阳光下游动,晃动着身体,如绸缎闪烁,顿时觉得一物一名分,都有道理。所以我还和朋友说,自己穷无所谓,有有钱的朋友就好,可以白玩园子,不用花一分钱。

花园似的工厂,吸引人反复去。他叫我去看满窑,也没特别犹豫,和朋友开着车,从市区往那里跑,路上开始下雨,开到县道上,雨水越来越大,朋友的车底盘低,看到积水有点犹豫,我说走大路吧,换了大路开,一路上斜雨飘浮,路边全是野荷花,心里洋溢着荒野游荡的幸福,还在和朋友说,景德镇真是好地方。

到的时候,还没有点火,窑却已经满了,景德镇著名的把桩师傅胡家旺刚被送走,我们坐在花园里的茶室喝茶,锦鲤扑棱棱出来觅食,鱼背有绸缎似的光芒,在雨水中不减其色。

斗嘴、聊天、喝岩茶,看似一个平凡的午后,终于点着了窑中的木头,柴火熊熊,说是要烧至少二十四个小时,然后慢慢降温,这样瓷器表面才会有温润的类似于玉质的光芒,我们愉快地参观了点火,像一次轻巧的旅游。从茶说到饮料,何鑫说上三楼去喝喝手冲,他那里有全套的手冲咖啡的器物,于是上楼,从埃塞俄比亚的一款喝起,到各地咖啡,一口气喝了四种,拿茶杯喝咖啡,外表像老普洱,音箱里放着低沉的人声。

站在三楼的大露台上,看远处的山,山谷里的云弥漫开来,分外迷人,雨水从瓦片屋檐流下,积攒成帘幕,我和主人从上海来的朋友站在露台上,看远处的群山,觉得看雨一定要在乡村,才有趣味,此地的山,是入得中国画的,而在城市的楼头看雨,只会厌烦,雨云像条小龙,变化、翻腾,瞬间给你五十个姿势,简直是南宋画家陈容的画,黑龙布满了眼帘。

尽管有钱人的世界也比较乏味,我笑话自己,偶尔进入其中还是有趣的。

就在我们看山看雨的时候,一点没意识到,一个凶险的洪水世界,就在旁边窥伺,并且马上要侵入,占有和毁灭这个优美的世界了。任何一场灾难的来临,人都很难有预感,事后诸葛亮的未卜先知者太多了。

二

漫长的咖啡时间,从三点到了五点,工厂的工人快下班了,雨越发大起来,景德镇周围的山,高度有限,但雨云众多,从山谷深处上升似的,一点点,变成一片片,是标准的中国水墨,黑白,外加灰黄,一点点渗透到人类的空间,渐渐地,整个天空都黄了,就在这时,下班的职工从外面的班车上退了回来——积水已经占据了外面马路的路面,回来报告,今晚可能洪水会淹没工厂。

何鑫倒是也不慌张,但周围的气氛还是让我们觉得大约有事情发生,坐着何鑫的高车出去看水情,只见我们的工厂位置,在大约离开公路一米多高的小坡上,小坡到公路的那一小段路,在下午的咖啡时间里,瞬间已积水,不低,漫到了人的膝盖;而公路上,已经是黄色的污水横流了。

这时候才意识到,景德镇的洪水季节,就这样不知不觉到了身边,过往只听过大家的哀叹,没有想到,现在轮到自己了——路面的水,不仅仅是雨水,还有上游的泄洪,这天上午看到的歙县高考停掉的新闻,现在突然被放大,洪水,真的来了。

今天回城已经是不考虑了。

车子退回到工厂里,平时云淡风轻的何鑫脸色开始变了,换上拖鞋,开始搬运东西,我们问有什么需要帮忙?完全没有,你们自己做饭吃。我和朋友,还有两个上海来度假的女性,开始整理许久没用的厨房,刷锅,整理冰箱里已经臭掉的鸡蛋,一大盒的萨其马,突然觉得,要是困在这里,没有东西吃,这些坏掉的食物,会是更大的遗憾吧?

煮了一大锅米饭,用厨房里剩下的蒜苗炒了几个不坏的鸡蛋,厨房里的东西不太多,尽量整理打包,叫工人往楼上搬,一边吃饭一边觉得心里惨淡,倒也不是害怕，就是觉得无奈，一场上游的泄洪，就让我们这么束手无策，而和我们一起吃饭的两位上海朋友没见过这种场面，开始担心洪水是不是会冲垮楼房，我说不会，我们还不如担心接下来停水停电的话，是不是会没有东西吃。一边说，一边开始准备下一锅饭，这样至少能做泡饭吃。

上海朋友们带了各种用作早餐的零食，这时候也纷纷开始打包，觉得可以充当今后几天的食物补给，倒还真丰富，牛肉干、西班牙火腿，包括就白粥的酱菜，此时她们还不觉得洪水可怕，愉快地打开酱菜的瓶盖，问我，好闻吧。

何鑫显然担心比我们多，柴窑刚点上火，里面烧着画工们花几个月时间画好的价格高昂的瓷器坯胎，一楼的瓷器土坯要搬上楼，昂贵的设计款的金丝楠木家具估计只能听天由命，只见他光着脚穿着塑料拖鞋，开始在院子里忙乱指挥。

而那些锦鲤大约只能等死，并不是我们想象的可以趁机溜走。这种娇贵的生物，如果被污水淹没的话，喜爱清水的锦鲤很可能会窒息而死。人类完全无计可施——搬动锦鲤，没有那么大的空间，缺氧同样会让锦鲤死亡，接下来的一个小时，时不时就去看看锦鲤，它们还在清水池里游荡着,一点不知道大难即将到来。我一次次下楼去看,水点急剧击打,锦鲤沉浮不已。突然明白,在灾难前,人还真是高等动物。

一个如此脆弱的精致世界,恍如玻璃球,被随意一砸,就会粉碎而一钱不值。

我们搬厨房里的东西上三楼,包括中午剩下的鱼汤、咸菜,还有各种即将过期的食物,那些大罐装着的过期萨其马还是放弃了,大约搬上三楼也没有人吃。上海朋友带来大量的面包还有酸奶都是洪水时期的上好食物。这时候,一直拒绝我们帮忙的何鑫说,下来搬搬瓷器吧,我们蜂拥而进展厅,把那些平时小心翼翼放置的各种茶杯,一股脑地叠放起来,放肆地搬动上楼。

其中一个上海朋友是何鑫的客户,穿着长裙子,惶恐搬着瓷器,据说家世很好,大约也是从来没有碰到过这种劳动需求。

两个小时的忙乱后,第一波洪水开始进院子,最低的角落里,一股股的清水蔓延到白石子上,倒是一点没有恐怖的影子,就像是泉水涌出,觉得自己前面的忙乱似乎都没什么价值,可是上到三楼往下看,就发现自己纯粹是幻想,水流转眼成了黄色的泥浆,蔓延到各处,我们只能沉默地看着,没有任何可以改变的地方,此时最惦记的还是锦鲤,那些脆弱而美丽的生命。

一层层的泥浆,在一小时内占据了院落,淹没了台阶、走廊、茶室,直到鱼池,松树渐渐只看到半截,我们搬上楼的瓷器和刺绣的精致屏风,这些优雅的陈设此刻堆在角落里,一点也不再展示自己曾经优雅风采,就是一堆废物,我们看着昏黄的泥潭,吃着牛肉干,讨论接下来睡在哪里,上海朋友还在担心房子的牢固,大概从没有看到这样的场面,不过也能苦中作乐,安慰自己,说以后回上海,给朋友讲故事,是怎么一边游泳一边拿着元青花罐子逃亡的,我们都被她描绘的场面逗笑了,开起了那些瓷器的玩笑,说谁搬上楼的算谁的。

何鑫说自己真有元青花的藏品,客户开玩笑说要买,何鑫说她买不起,两人在这种处境下无聊地秀起了银行卡,结果客户的一张卡里,真的有超出平常人可以想象的数字,这种场面下,看到这么荒谬的一幕,我突然想起了一张海上沉船的灾难照片,里面西装笔挺的绅士淑女们在没腰的水中,静静喝着香槟,因为无能为力——这么想,倒也能沉下气,灾难就是人类不能改变的事实,沉着也有好处。

唯一庆幸的是,已经点火的柴窑在整个一楼的最高处,还没有被淹没,要是淹了,此时此刻,已经在窑里的精致瓷器，会全部被冷水浸到，也会在瞬间爆炸——金钱之外，是数月的工人们的心血。

何鑫一边和我们喝酒，聊天，一边下楼看看守在柴窑外面的工人们，工人们坐在窑前的沙发里，沉默不语，雨天烧窑本来就是为了特殊的气氛，现在眼看洪水将至，谁都不会轻松。何鑫安慰他们，其实此刻谁都没有他需要安慰，毕竟损失都是他的。数年前，洪水来过一次，那次也是半个院子被泥浆淹没，锦鲤尽数死亡，还好那次没有烧窑。

不知不觉到了半夜十二点，我们看着院子的泥浆，晃荡着，也有几分波光粼粼的样子。雨渐渐小了，甚至能看到云层后面的月亮，此刻，柴窑的火还在烧着，工人们也困了，抽烟，喝茶，大家都默默看着窑里的木柴，似乎那些木柴就是一切。

看着白天还好好的院落，顿时想到从高兴到绝望，还真是一瞬。

无常的意义也在于此。

只能期盼不再下雨，不再泄洪。这时候，整个村庄轰鸣一声，电闸跳了，进入黑暗时代，倒还真是水灾应该有的样子，我们喝着啤酒，摸黑吃西班牙火腿，还有开心果，一边算计粮食够几日之用，表面讨论得热闹，但心底非常惨淡。

明天洪水退去,应该可以离开,讨论也近乎无聊,但谁又说得准呢?没有水电,吃饭怎么办?大米倒是足够,可是怎么做熟?突然灵机一动,对了,还有烧窑的木柴,可是没有锅,要把电饭煲拆开用吗?

颇有末日心态。加上还没用完电的手机里,不断收到景德镇朋友们发来的视频,处处波涛汹涌,有的老街区的一楼全部淹了,只剩下店招,相比起有钱的工作室,这些穷人的生意,要恢复起来更是艰难。

这时候何鑫又下楼了,我们跟着下去看窑。他蹲在台阶上,此刻的泥浆只差一级台阶的高度,我们也不敢多说,默默上楼睡觉。

三

睡得倒是昏昏沉沉。第二天早上醒来,雨还在下,远处的群山还在黑云笼罩之下。感觉是天漏了,龙女正在远处的小山坡上恣意游玩,龙身过处,处处成河。雨水不大,像是小龙女的嬉游之态,架不住持续延绵,凡雨过处,无一幸免,不远处的水塘已经无限扩大,整个世界存在于水中:水边的树,只露出尖顶,像古人的水景图。

好在天亮了许多,院子里,平时放在外面的木头茶桌,小盆景都漂浮着,还有红色的塑料袋,差点以为是锦鲤的尸体。何鑫倒是满面喜色,才知道,洪水正在下落,尽管缓慢,但是没有继续上升,意味着这一窑保住了。他说下午有可能可以出去,再请大名鼎鼎的把桩师傅胡家旺上门,照看这窑缓慢熄火,从氧化焰到还原焰,等于小火慢炖出功夫。这也是景德镇的柴窑烧制的瓷器特色,这样慢工的瓷器,才有宝光,这时候突然想起来,昨天他说雨天烧窑没什么不好,会有一些惊喜。

听说他要开车出去接师傅上门,顿时有了希望,可以出门了——我一定要走,昨晚虽然睡得很香,但是一点不舒服,梦中都是雨声,我要回到有水有电的城市里,我不是一个适应乡村生活的人,绅士们白色西装,坐在被水淹没的椅子上,喝着酒,等着救援——我不是绅士,我没有那样悠闲的心态,尽管没有惊慌失措,但不能气定神闲,我只想离开。

上海朋友们并不想离开,她们觉得自己来这个花园度假,那就留在这里好了,景德镇市区也好不到哪里去,我还是劝了劝,至少那里有电有水,可以洗澡,浅薄的现代人,可能会总结洗澡是人生重要的"二十件事情"

之一,我也信奉。可她俩有了执念,坚持不离开,觉得那里花园里是净土,下午三点,院子里水退尽,我们冲留在三楼的她们打招呼,走到门廊处,还在挥手致意。

有厂里的工人带着我们走小路回市区,大路上还是有积水,但这条山间小路说是水退完了,可以进市区。如果不是何鑫主动说要接昨天下午离开的把桩师傅来看窑,可能我也不好意思提要求——这条所谓退完了水的小路,依然还是水势浩荡,不时有没腿的水坑,幸亏我们车的底盘高,前面两个一般的轿车,每遇积水处,哪怕是小水洼,也特别迟疑。何鑫害怕还会下雨,接到胡师傅后进不来,那就白出去了,一咬牙,车开得飞快,我们像坐在冲锋舟里往前冲。

路旁的水田虽然也被黄泥汤淹没,但山间林木,郁郁葱葱,不时有白鹭飞过,美得惊人,第一次感觉到景德镇郊野的脆弱的美,山谷里安静极了,简直像东山魁夷笔下的世界。

以至于何鑫望着远处的山林说,有机会在这里建个厂房,也不会再被淹没了。

终于到了市区,不少道路也在积水中,不能不绕路,我们被扔下,他心急如焚地接师傅,那些出来的山间道路脆弱不堪,不知道会不会再次被洪水吞噬。终于能坐在有水有电的房间里，打开朋友圈，看着这个月四处到访的朋友的工作室，一个个被淹没，主人们只能被隔离在外面发呆，甚至一些餐厅和酒吧，也被淤泥封锁，洪水就像怪物，一个个吞食这些美好的地方。

傍晚又下起了瓢泼大雨，心里惦记着何鑫的窑，单方面地觉得，熬过了昨夜，今天总算好了吧？可是大雨又让人实在乐观不起来，终于看到何鑫的朋友圈，半夜十点，上游再次开闸防洪，昨天淹到了一层，而此时此刻，洪水已经没过二层，那些锦鲤终于窒息在泥水中，无一幸免。而窑里的瓷器，还是没逃过这次洪水的劫难，本来已经进入了高温向降温走的过程，但温度还是不低，经过急速上升冷水的浸泡，热胀冷缩，应该是有一声被压抑住的脆响，窑爆，集体死掉了。

感觉自己的灵魂也轰鸣了一声，一下子瘫软了。这些精美的瓷器，本来与自己毫无关系，可是此时此刻，不知道怎么也共情起来。

一切有为法，如梦幻泡影。

此刻唯一可以念诵的，也就是佛经了。

望野眼

一

小龙虾的美名和恶名始终共同生长，这种外来有害物种中排名甚高的稳定蛋白质提供者，原产于美国南部和墨西哥北部，迄今我都不知道在一九九〇年代初期它们是如何漂洋过海进入中国普通人家的厨房的，谁在其中贡献巨大，一定是某个人，或者某一群人，在商议之后，将之引进了中国农田，长江中下游的广袤田园神速被攻占，几乎每个区域，都开张出品这种"甲壳纲十足目螯虾科水生动物"，引进外来物种的这群人，倒成了无名英雄。

古老的玩笑是，中国人什么都吃，用到这个外来物种上，没说错。

一直觉得，与动物相比，它更像是一种植物，是种植出来的，就像麦苗一样使劲蹿，产量实在是大，也沾染了中国农业这几年集约生产的速度，古老的散漫养殖可能都不会提供这么大产量，繁殖速度惊人。这种错觉有个不好的联想，蟑螂的繁殖，也是这样批量化的。

小龙虾之前，地处江汉平原边缘地带的我们习惯的是小河虾，经常被父亲和叔叔们携带着去乡村的河沟捞虾，真的只能用捞来形容，大约是那时候生态好，还有就是两湖地带的人不像长三角的人们热爱小河虾，不值钱；不像当下苏州的名餐厅，一盆剥出来的清炒虾仁，轻易好几百，点菜的经理矜持地笑，你们上海人就喜欢这个。

父亲带着我，用棉纺厂多余的白纱布做成的小网，里面放点骨头之类的东西，一网下去放置半小时，拿出来都是活蹦乱跳的小虾。

最开始，市场上刚有小龙虾的时候，并不像今天这样，小龙虾成为夜市里最具风采的红袍小将——当然那时候夜市也少，现在的南北夜市，要是缺少了小龙虾的存在，几乎是不合格的。灯光下的不锈钢盘子里，堆满了这种朱红色的虾，威风凛凛的头颅，下面是孱弱的身躯，像戏台上的装扮老道的名角，外表是光鲜的，里面是否饱满结实，全靠老天。挑选龙虾的人，据说是摸虾尾能确定饱满度，真的需要多年经验。

可我第一次，并非在夜市，而是在厨房里，接触到小龙虾的,那是在一九九〇年的酷暑的宜昌,显然江汉平原的广袤水田,是适合这种外来物种的生存的,湖北大概比很多地方领小龙虾的风气之先,先见识到这种肥美丰腴的外来物种——那时候这玩意儿还便宜得很,一大网兜,也就是几毛钱的价格。

当年夜市还不流行,居民的厨房成了它们的命运终结之地,大家还不太挑剔这些生猛的活物是不是饱满,大约也真不懂,就光顾着看它们张牙舞爪舞动着钳子的样儿,那模样着实喜庆,鲜活的东西总是让人觉得生气勃勃。各家厨房经常有漏网之虾,在地面上乱爬,害怕的不敢靠近,感觉那钳子比起螃蟹不相上下,带着我们买虾的居委会主任,又笑又嚷,快抓快抓,异常地活泼,不明白这件事情怎么这么可笑。

还是大学刚开始有实践课程的年代,我们几个工厂子弟,也找不到单位去实习,被统一安排在社区的居委会里。刚开展的社区工作也实在无聊,无事可干,负责的主任姓江,是个微微发福的美人,有张严肃的脸,但她不厌烦我们,安排出来的社会实践,就是每天带着我们几个人轮流买菜做饭,第一次见识到小龙虾的鲜活,是我没顺利把网兜里的它们倒在盆子里,跑出来的好多只漏网之虾,满地乱爬,窄小的工厂宿舍区的厨房,现在想想,大约只有两三平方米,不知道怎么腾挪得开,那时候的人也不挑剔厨房面积?

多年之后,回到湖北去卖曾经的房子,瞬间惊奇于厨房和厕所的仅可容身,也不知道这么多年怎么过去的,上世纪八十年代的厂区宿舍楼,大约有独立的厨卫已经是好房子,不计较面积,外面也黑漆漆,陈旧得像一个片场里蓄意造就的街区,周星驰的电影《功夫》里面的场面,一阵子家家户户都流行改造厨房,在厨房外面加装了铁皮屋,凌空的存在,可以多出一平方米,陈设煤气灶,外墙只显得更加扑朔迷离的破败——我是真的遗忘了自己小时候的居住之所的模样,只觉得目瞪口呆。

再后来,这片厂区宿舍都被推倒,成了一片廉价的居住小区,土黄色的外墙,耸立在江边,什么都没有剩下,就是各个城市常见的那种小区。

回到那间窄小的厨房,她叫我用手捏住头的两侧,怎么都夹不到手,迅速控制了虚张声势的大家伙。

不仅买来,还教给我们如何剥壳,用大量的蒜片和花椒快速下锅翻炒。"否则有毒,你记得,一定用大量的花椒和大蒜。"这个关于小龙虾的谣言,先于报刊上的,是我听到的第一个关于小龙虾的故事。迄今为止,都习惯于在自己烹饪小龙虾的时候,放很多雪白的大蒜头，估计是少年记忆起作用。我们几个大学生家的厨房她都一一上门，美其名曰"实践"——是最快乐的社会实践课程了，不知道如今还有哪个大学生会像我们那样无聊和自由。

到现在，还是能很熟练地拆掉小龙虾的虾线。虾尾有三瓣，抓住中间一瓣，左右互扭一下，轻微一抽，尾巴连着黑乎乎的虾线，一起出来了，这样吃，可以保证虾肉的清洁，不过，夜市里的小龙虾做法中几乎没有这一出。最常见的场景是，夜市雪亮的灯泡下，几百只鲜活的小龙虾在大澡盆里趴着，越蠕动越好，只等有客点单，舀一勺活物直接下锅。

现在想来，是她喜欢在厨房忙碌，特意把这项活动安排了进来。

知道她是个能干的车间干部，很早就在我们那个几千人的棉纺厂受到了重视，被提拔出来。听家里的大人说，她老公去厂办公室闹过，控诉她作风不好，丧失了竞选厂长的机会，成了厂里的中层力量。不知道后来她为什么从工厂出来做了刚开张的社区工作，仅仅是喜欢新鲜事物？最后一次听到她的名字，是我们家到上海很多年后，我妈和她的老同事们打电话说闲话，里面提到她。"早就去深圳了，把老公一个人扔在老家，和女儿隐姓埋名，完全不让他找到。"

和她要好的人多，大家都对她老公封锁消息，知道深圳地址也不说。"女儿也和妈妈好，不和爸爸联系。现在她老公还在宜昌摆摊，倒是精神还好。"我在旁边听着，内心觉得是个精彩的故事，不过没有追问。

工厂还没有开始衰败，尤其是我们位于长江岸边的棉纺厂，大片的职工宿舍顺着江岸延绵开来，全是楼房，高高低低，夏天发洪水的季节，位处低矮的江边的房子就会被淹没，也没有什么值钱的东西，大家镇定自若地坐着木排和救生艇，把破烂的桌椅板凳、棉被、书包搬运出来，跑到亲戚家，或者工厂的招待所去住十几天，等水退了再回去居住，也没听说谁家就此坐在厂长办公室里撒泼上吊，要求改善居住环境的，也许只是我年纪小，什么都不知道。

住在高处楼房里的居民没有这样的烦恼，照旧生活做饭。小龙虾做好了，家里人都谨慎地吃着，觉得壳硬，又觉得不入味，是我主动做饭，都不好批评，赞美还行之类，之后，好像也没怎么买过这种东西，可能觉得麻烦，这是天然属于餐馆的食物。

也不用每天做饭，大部分时间还是父母做的多，我负责吃，吃夏天小城的各种食物。野生的枇杷，便宜得几乎白送,江边的旷野里全是,农民们摘下来卖,只是赚了个力气钱,非常少的果肉,但是甜,在那里密集地剥开,就吃一点甜水,直到手指甲都被剥黑,不是脏,是枇杷蒂处的颜色;雨后松树下红通通的蘑菇,一大股土腥气味,还是掩藏不住本质的鲜,尤其是撕成片,用大蒜片和辣椒炒了吃;长江里肥美的只有一根主刺的鱼,脂肪奇怪地多,煮食最好,要用油煎,则觉得过于腻了。

伴随着外面电视机年复一年电视剧《西游记》的主题曲声音,那个年代暑假的最强音。

二

之后也没怎么在家烹饪小龙虾,江湖一直流行着小龙虾肮脏的传说,让人提不起兴致。各种小报流行的年代,我妈很严肃地拿着各种小块文章让我读,大概是下水道里养殖小龙虾之类的传闻,之后还有什么日本人用小龙虾监测污水的八卦,其实没爱上过这种食物,看她这么严肃认真,忍不住逆反,说,你信这些干吗?照你这么说,北京的簋街上的餐厅早就该全部倒闭了?簋街的"麻小"从几块一只,涨价到几十块一只,只是一瞬间,流年里的食物价格变迁,本来是很好的社会学选题,至少也是能进入"食物志"的一个调查单项,但也没人有兴趣去做,否则也是个厉害的题目。

真的有点奇怪,普通的一种食物,何以被这么多人所爱?

说来说去,大概因"龙虾"这个词语带来的虚荣感,冠以了"小"之定语,后面的两字主语足够让这种食物流行开来,且越来越昂贵。尤其是夜市兴盛之后,小龙虾成了当之无愧的主角,再平庸的舞台上也有光鲜的小姐,穿着闪亮的蓬蓬裙,左支右开地撑起一台场面,这个主角让舞台变得多了些豪气,小龙虾就是这位主角,让夜市多了豪气和妖娆。夜市刚兴起的年代,和朋友去南京,灯红酒绿的招牌乱闪,上面写着盱眙小龙虾,霓虹光乱窜,不知道语文很好的他为什么犯了大错,于台小龙虾,哦哦,不对,虚台小龙虾,我大笑,小龙虾刚成名的二十年前的事情,大家热爱江苏小龙虾,而江苏人民则盛赞盱眙小龙虾。

去延安出差,逛夜市看到一种食物叫"虾尾",是去头的小龙虾,那时物流不像今天发达,小龙虾无法鲜活运输到西北,索性去头后运输,实在是不再鲜美,不可吃,不知道为什么还要吃,还是归因为流行吧。

像是现在流行的一个猥琐的词语,把很多身材好而长相不佳的人称为"虾男"，去头可食。

食物流行到一种程度，自然是焦点，每个人都不可避免地遇见。并不热爱这种食物，大约还是早年间以过于平常的姿态出现在我的生命里，一直不够好食，后面知道了这食物已经昂贵到一定地步，三四人吃一顿小龙虾需要破费千元，才大惊，原来吃小龙虾在很多城市已经是招待贵宾的一项节目。

十几年后又去南京，被朋友请去一个做季节菜闻名的餐厅，据说是照着"随园食单"来出品的，没研究过袁枚的菜谱，但吃他们的韭菜炒螺蛳，菊花脑米糊，还有江团狮子头，均觉得丰美华赡，果然是六朝金粉之地流传的菜肴。老板出来，没几句又说到小龙虾，原来她好不容易培养的大厨要辞职，专门去做小龙虾，那个才赚钱，说着说着，就丧气起来。

老板是从北京被请来管理这家高尚餐厅的，照着随园食单出品菜肴，为了培养厨师也是煞费苦心。她是位五十左右的戴眼镜的职业妇女，看得出颇为利落，抛家舍业来南京，是有事业心的人，据说带着大厨吃了不少好餐厅，让他开眼界，还教他学文化，可想而知，袁枚的菜肴也没那么容易复刻，没想到餐厅刚做出点样子，大厨就要私奔去小龙虾领域，难怪伤心。

虽然伤心，可大姐重礼，除了她们餐厅，还要带我们去尝尝南京的小龙虾，索性就去大厨私下开的这家，原来人还没辞职，餐厅已经准备好了，本不感兴趣，也只能随同而去。这时候才见到大厨，高大是高大，油光满面，可是又有点说不出的不那么上品，眉眼之间有点贼相。"难怪去做小龙虾。"不像我平常见的厨子，戴上雪白的高帽子，高大上可以上时尚杂志，也是事先的功课让我有了分别心。

小店不大，只卖小龙虾一味，倒有七八种口味，我也不知道好吃在哪，也不知道为什么大家都要来南京吃小龙虾，这个昂扬的名声，有几分可疑。贵是真的，一桌人也就吃了三四种口味，结账足足千元，叛逃的大厨一点没有对前老板假以情面，没有打折这个意思。

还是不喜欢小龙虾，始终觉得这个食物说不出什么趣味，大概留给我的一点好感，还是"实践课"上初次接触的印象。炎热的厨房里，小龙虾满地乱爬，江主任笑得开心得很。

真觉得小龙虾是种美味，还是回到了湖北。去年因为闲散，借着宣传新书的名目回了宜昌，也是酷暑天气，待了几天就想着离开，结果新认识的一位摄影师执意要带我去荆州玩，这位摄影师也颇为奇特，是我高中的师兄，比我高个几届，是他们那届的高考状元，高中北大生物系，一听他的履历，脑子里想象出了一定听说过他，记忆常常是会暗示我们一些莫名其妙的画面的。在我们那个盛开着茉莉花的炎热的校园里，我想象着校园挂出的有着他名字的横幅，以及他在下面骄傲的留影——当然一切都是想象。

现在他是一位圆头圆脑的中年人，早年的北大经历确实让他活得与众不同。很早就从北京回到宜昌，开了自己的医院，摄影只是他的爱好，但恰恰因为开办医院的缘故，他能够拍摄一些特殊题材，比如"大体"，这是他的成名作。是一组被切除下来的人体器官，均有病灶，本来是标本的物品，被他拍出一种日常的恐怖，恐怖中含有深意。

我们在他的工作室里天南海北地畅快聊天，没多大兴趣去见高中同学，他虽然是我的学长，也生活在宜昌，也是非常独立于当地的小社会，都没什么社会关系。但两人又情不自禁聊到宜昌风物，比如附近的当阳长坂坡。"你居然没有去过？那不是春游必去场地吗？"他追问我，是真没去过，结果他义不容辞在酷暑里带我前往了。

晚饭安排在荆州，吃小龙虾，我犹豫了一下，毕竟是对这种食物没爱好的人，但也不便于反驳，我没去过长坂坡,也没有去过近在咫尺的荆州,成了他一路上的段子。对于这个曾经度过童年的城市,我已是完全的异乡人,在炎热之中,拼命寻找着童年的记忆,然而付之杳然。

傍晚车在荆州古城内走,漫天的霞光,照耀着满城碧树,处处水塘,显得凄美极了。

古城内比较残破,大概旅游的人也不多,都是老房子,老人,有着一种被时间抛光的温润感。车子慢慢地缓行,感觉自己走在一段废弃的时光里,没有目的,幻境一般。

水塘均不大,也不成片,浮萍盖满,映射出矮楼、高树、拆迁的店铺,和漫天的红色天光,真是如一面天然的镜子,照出老城市的沧桑之态。我们在这个城市里寻找着小龙虾,因而也有一种梦幻之感,最终决定不管哪家好吃不好吃,就在能看见城墙的地方吃一顿小龙虾吧。

摄影师的天性,让他对画面的追求放在了对美味的追求的前面,没有想到,这家看得见城墙的小龙虾馆提供的小龙虾,居然是我吃过最美味的小龙虾,壮观豪华,这一点不用质疑,光是看餐具就了然了。在日本见过的装生鱼片的豪华旋转木架上,放了大约三十多只硕大的酒醉小龙虾,一只只的全须全尾,表示没有受过摧残的生命。我在宜昌学会的小龙虾处理方法,早已经成了前朝遗迹，完全消失了。

每一只都是巨大的满足，可能还是沾了食物新鲜的光，加上古城盛行吃小龙虾，甚至有专门的烹虾比赛，我们碰上的这家，就有一块金闪闪的大赛冠军招牌挂在门口，也不知真伪。我们在傍晚的霞光里吃着小龙虾，看着破败的或真或假的城墙，也没什么话说。据说楚国亡国之时，当时的郢都（荆州）城坡，万鸟悲鸣，密集成群，现在偶尔望向天空，还是能看到斜飞的燕子，大概是气压够低，歪扭着划了一道曲线，过去了。

吃着小龙虾，忽然有了一种依恋的感动。

三

没想到被人言之凿凿地告知，最好吃的小龙虾，在他的家乡，鄱阳。

是在景德镇的一个豪华社交场合见到这位鄱阳人的，相比起一般的江湖人士，戴着眼镜，要文雅许多，是附近某个古镇的开发商，显然也是人情练达的人物。我们都在某个官员的茶室里喝着茶，他打听着我的职业，正好桌上有本我的新书，翻开来看了看，说他自己眼神一亮——我宁愿相信是真的一"亮"，然后邀请我和茶室里喝茶的一些朋友们去他家乡吃小龙虾,配茅台酒。"全国最好吃的小龙虾",他轻描淡写地说。

我们无聊地说起各地小龙虾的好与不好,江苏的、湖北的、湖南的,当然北京、上海是排不上名次的,但湖北的,总能排得上吧? 尤其是湖北潜江,几百张桌子摆开的龙虾阵,没有多好也震慑于声威,但他摇头,差远了,差远了;南京的呢? 号称有最复杂的小龙虾的吃法,蒜蓉、麻辣、香辣、五香,还有外地见不到的花雕酒醉,江浙的独门秘法,差远了,差远了,仍是摇头。

莫非好吃在鄱阳湖的小龙虾格外肥硕? 他也很快否定,说这些龙虾未必是本地产的,但本地做的就是格外好,反正景德镇和鄱阳县也就是一个多小时的路程,怎么去都去了,明天安排一路豪车,专门接我们一众人等,去鄱阳吃小龙虾——万万没想到,吃小龙虾,都能成为一个聚餐的由头,当然,前面有"全国最好吃"的名目。

清醒地意识到我不是主客,这番做作,要紧的不是我,而是茶室里某几位更重要的社会关系,只不过我在此地,也就成了请客的一个幌子,再不去,也说不过去了。一旦定下来,这位年轻的开发商就是一番操作,明天接送我们的车,要用宾利,明天的酒,要安排茅台,不仅仅是他出面,自己另外一个在景德镇的鄱阳老乡也要出场,作为主嘉宾之一,一会儿要提前来见我们,总之阵仗铺陈开来,是一般人会震惊而被邀请的人觉得心中暗喜的,"排场"两个字,切身体会,是这么回事。

到了此刻,索性把自己当了道具,本来也是道具,和今晚要出场的宾利车一样。

院子里,一会儿开进一台浅蓝色的宾利,说是浅蓝也不尽然,应是马卡龙色,风骚到了有趣的地步。开车的,正是老板刚才介绍的老乡,他们说了半天,我才明白,原来古镇开发商的老总,还有这位老乡,都是跟着一位在广州做游戏项目的鄱阳老大,老大代理某个著名的游戏大发横财,完全属于新时代的财富传奇,于是各种项目由这些小老乡把持,是替他看家护院的。开宾利的这位小老乡,姓氏少见,面相粗横,分管着江西的一家米粉公司,还有游戏公司的江西分部,也是大权在握。听着几位细细安排明天的吃喝,像看古典小说里漏下的章节,《红楼梦》里的乌进孝的那章差可比拟,不过远不如眼前的精打细算,中国人的请客,大概是有这些坚实的人做底子支持的,否则面子怎么撑得起来?几个人窃窃私语,车怎么安排,餐馆怎么定,才知道小龙虾馆子过于粗糙。"待不了你们这些贵客",需要带到一家餐馆去坐着,从那边把小龙虾端过来吃,听起来就是麻烦,但我也都内心明确了,我这个名义上的被请的贵宾只是道具,随他们安排去——真正的主宾,是在座的某位大人物的太太。

太太看着粗豪,抽烟喝酒样样都来,也是烟酒嗓,宾利车送我们几个回家的时候,才发现她的细致,对明天的安排一一过问,一点都不放松,饶是一顿小龙虾,也要吃出章法来。明天的酒是十五年的茅台,菜是需要有本地特色一二三,除了我,明天的小龙虾宴还有太太的同事们,不能出错。正在细细考虑,刺啦一声,送我们的豪华宾利和旁边的车小蹭了一下,慌得姓氏少见的老板赶紧下车,细细端详了半日,开豪车是个负担。

第二天接我们去的不是宾利,是少见的一台加长别克,无比的宽敞。我大概是最没有心事的宾客,只想着等着我们的龙虾什么样,究竟全国最好吃的能多好吃,心知是一句虚妄的广告,也还是有点期待。在荆州吃的小龙虾过于美好,更想知道这次的是何种模样。

餐厅的外表未免朴素了一点,县城新城区的朴素楼房的底商,到了鄱阳县,但是也没见到鄱阳湖,只见个寻常县城。餐馆进去也照着时髦样式,放了个宽大的茶桌,放了些不三不四的茶叶,麻将桌渐渐不见了。我不觉得这是县城摆脱了麻将趣味,而是手机流行的结果,大家都在网上玩手游——也难怪传说中的大老板发财,游戏才是时代最强音。坐在桌边等吃饭的时候,人人都在手机上玩着游戏,闲散地喝几口红茶,没想到滋味不错,泡茶女孩小眼细眉,见惯了来客。他们这家店,已是县城好的装修了,有种小城的矜持感,开始还努力介绍了一下茶,看我们无人认真搭理,也就随意,暗自替她委屈。

等人很无聊,整个县城有一种巨大的宁静感,像是个饱食终日的中年人,在那里静静午睡,鼓胀着小肚子,细微地出着气,这方土地上,是岁月静好的意思。

好不容易两位主人都到了,古镇开发商做主席,瞬间铺张开来的宴席的主题小龙虾却是用塑料盒装的,这就是打包来的遗憾。撑场面的还是十五年的茅台酒,巨大的棕色锦盒,烫着金的大字,这是姓氏古怪的米粉厂老板拿来的酒。四个盒子,兽类一样蹲伏在桌子上,足够大,不够还有,面子都在这些细节里面。大家纷纷议论要多少钱之类,很多时候议论价钱不合适,这个场面下,大约是合适的。

我不爱酒,早年间去过不少酒厂,尤其是当记者的时候,酒厂特别爱在我们杂志投放广告,总有机缘去酒厂仓库,随便参观随便喝,好酒喝了不少,包括在茅台酒厂的宾馆里,酒池肉林的场面,也是见惯了。酒打动不了我,我真成了最随意的客人,只是剥小龙虾吃,是小时候在江主任那里学来的剥法,先把头整个撕掉,然后尾巴中间的那截一拧,一根虾线就出来了,雪白的肉身,倒是肥嫩,说不出怎么高明,要说全国最好吃,更是夸张。

暗自心想,哪里全国最好吃了?这话说出来,是惊人之语,随即明白,这个"最好吃",是招我们来的幌子,吃就是了。

虽是塑料打包盒,才知道是从县城里两家他们以为最好的龙虾馆子运来的。一家又有几个口味,简直是小龙虾的迷魂阵,分辨哪家好吃,也真是难,我觉得倒是不辣的可口,也许仅仅是不喜欢过于猛辣的口味。江西菜重油重辣,有种生猛扑腾的感觉,有几个辣口味的龙虾,光是接触了壳,就觉得手肿了似的,到了嘴里,整个口腔冒烟。

这种口味,还是冰啤酒更合适,几个不喝白酒的人要冰啤酒,我也加入其中,不知不觉已经剥了一堆壳。我们家吃饭,一直有句话,把这种东西都叫"闲食"。"一车骨头半车皮"的东西,大概是我妈的东北老家的俗话,和螃蟹、贝类一样,在我家餐桌上,不当正经菜,有种北方人过日子的正确感。大概也正因此,一般的小龙虾餐桌上,人人吃得骁勇,不怕这玩意儿占了肚子。这个时候,我倒有点明白吃小龙虾的意义了,就像《红楼梦》

里那顿刘姥姥称奇的螃蟹宴。小龙虾宴现在在广大的县城区域这么时髦，是得了中国人吃喝的精髓：吃出了缤纷多彩的滋味，但又不过度地饱腹，让吃饭的时间尽量地延长，打发掉无聊的人生，才是酒桌的硬道理。

金光灿烂的茅台酒转眼开了几瓶，我是真不爱喝白酒，喝了两口，觉得刺激得很，索性倒给了旁边的陌生人。大家都喝得开心，每喝一口，必赞一句：这么好的酒，喝；这么贵的酒，喝。这次来景德镇，酒局经历了几次，次次都有茅台，这是第三次的茅台登场，对我已经完全构不成刺激，就看大家东倒西歪，纵情酒桌，古老的一塌糊涂的喝酒活动，大概在中国延绵了几百年？也不觉得烦，是人间常态——常，总比无常好。

在茅台酒厂的宾馆见的场面，远比这个喧嚣：几十张桌子上，几百人举起酒杯，放肆狂饮，大概本质还是茅台酒的珍贵，突然有了放量豪饮的可能性，爱白酒的几人能忍住？这桌也是如此，我座位旁边的交通警察，是古镇开发商的中学同桌，连连举杯，喝到十来杯的时候，已经忍不住低头不语了，趴在桌上，睡得像个中学生，县城常见这样的年轻人，瘦小的身躯，中间突出的小腹，这个交警有个英俊的面孔。当他忍不住低头狂吐的时候，不禁开始有点怜悯他，同时又有点怀疑，十五年的茅台,不至于醉成这样,莫非他如此容易醉倒?

小龙虾是没有吃完的,七八个塑料大盒子,开始的时候,张牙舞爪的在桌子上,现在只显得像破烂,像垃圾,也注定是垃圾。这个酒局的主角,转眼就成了那些光辉灿烂的十五年的茅台酒,以至于酒桌上经常出现的中年人苦闷抱怨的场景都没有出现,只听到太太的某同事,在喝倒下之前,还在说,这么好的酒,一定要喝完。

谜是回到上海才解开的。我一个朋友因为负责和茅台酒厂的一些业务,在我们的一次吃饭过程中,我拿出小龙虾配十五年的茅台的照片给他看,他瞬间解答了我的疑惑——假酒,光看盒子就知道是假的。

我至今也没有弄明白,是他们买到的恰好是假酒,还是明知道是假酒还是端上了酒桌。隔着几千里路,几个月的时间,我仍然有着散漫而无聊的好奇心,但我大约是不太会和这些人再吃一次小龙虾了,所谓最好吃的小龙虾,到了最后,倒像是波洛克的那些色彩斑斓的画,就那么闪亮一现,之后黯淡消失在时间之外。

我们只能
仰仗

陌生人的
慈悲

一

以为的翻译都是电影里西装革履的跟班,是电视镜头里端坐在会议室里的小人物,可我没有出现在会议室里端坐谈判的机会,所见的翻译之千奇百怪,之触目惊心,之离经叛道,大概算是萍水相逢中的奇闻,还是想尽快忘记的奇闻。

偏记忆力好,都记了下来——如果能有一个记忆清扫系统,会努力遗忘。

当年做杂志记者的时候,我们出国采访的打法都近乎"流寇",完全属于到处流窜型,快速闪进闪退,经常在出国前一天匆匆忙忙约好电脑那边的翻译,你能说流利的俄语吗?你越南语如何,认识多少金融公司的老板?你懂茶道吗?你认识隈研吾吗?电脑那端无辜被叫上前台的翻译,估计都是一脸茫然——谁能应付我们？这些凶猛的要求甚至都没有弄明白，就被迫答应几点几分，要在机场等待作为陌生人的我的出现——看在钱的分上只能答应。偏偏那些钱还不多，采访经费太有限了。

萍水相逢处的奇缘，错只能归结为上天。

于是场面就更是尴尬，找来的翻译千奇百怪，完全没有正规军的体面——机场等待人群中扑面涌现的翻译，经常长得颇为奇特，我都犹豫带他们出现在采访对象面前，实在是《聊斋》里书生推走的丑陋女鬼，"尊范不堪承教"。

估计他们看我们也是一样，在那些荒凉的小机场里，本地人都熟门熟路拿着行李走了，只剩下一个傻傻的外来者的我，拎着箱子，一句当地语言都不会，还有各种奇怪的诉求，这时候，他们不得不挺身而出，接纳我们，带领我们，如同家长领着孩子，双方一起走向未知的旅途。不过细想，这大概也是人类历史上常见的场面。丝绸之路上的两队商团狭路相逢，哪里有那么多体面像样的精通双方语言的人，被推在前面的，往往是商队之中满脸风霜、油腔滑调之人，一种幻想中的高古场面就此出现，可安慰我那些过往的崎岖旅程。

在东南亚采访，按照道理来说，是最不缺翻译的。

华人众多的地盘，随便走走都能憋出几句华语，虽然是听不太明白白话和潮汕话，但比画一下，基本还是能明白双方的意思。在新加坡、马来西亚、越南，甚至老挝的集市上，我完全不需要任何人，吃喝买卖的事情最为简单。

可在越南采访经济危机，是让我惊魂未定，混乱至极的采访过程。

都忘了是谁帮我们找到的翻译，好像是南宁一个朋友的朋友，找人依旧是急就章，基本都是能捞到手上的稻草都得使用，很多年以后，我看到黑白的《欲望号街车》里，楚楚动人的费雯丽说出那句经典台词的时候，我一下子把自己所有的行为都看透了："我一向仰仗陌生人的慈悲。"是的，我们这么多年的四处流窜采访寻找翻译的过程，确实就是靠陌生人的慈悲啊。

夜市上闹哄哄地吃着饭，我才和这位刚认识的朋友交代，我们要去越南，采访越南最近发生的经济危机——一个如此巨大的题目，在这位朋友重托的南宁本地小老板耳朵里，却还是举重若轻，他在越南有关系网，嘴角噙着牙签，随便一个电话就打过去了。我还记得他用白话与越南的那边交代，一定要找个中文和越南语都好的，也就相信他，去了再说吧。

也只能去了再说。

采访都是急活,杂志的选题会,日常在周二开始,周三就要出门。无论是北京本地,还是异国他乡,几乎没有缓和余地,比如说采访越南经济危机作为我们的封面报道,那周三一定要出现在南宁了,否则时间肯定来不及。

糊里糊涂就约上了人,开始各种安排事项。南国的夜间集市上全是卖酸嘢的,这个奇特的字眼,把我们迅速抛到了另一个世界里。各种水果在廉价的小灯泡照耀下,闪烁着光芒,当地妇人面黑个小,但均有亮亮的眼睛,扫你一眼,似乎能看穿你的一切,你的外地人身份,你的迟疑,你对酸嘢的陌生感,都暴露了,就比较恍惚,还没有去异域,有了异域的感觉。

不少的边疆城市,都是这样的场域——在去异乡前先行触摸异乡,边境游也是这种场域的产物,而不是形式的模仿。

约好了越南本地的翻译,签证也拿到了,我居然搞定了周三夜里飞往胡志明市的机票,直接就往机场赶,胡志明市的机场长什么样子,十多年后的我毫无印象,但翻译老丁,却是极为难忘的模样。若干接机的人当中,他简直是一头大象,才二十多岁,已经是两百五十多斤的壮汉，肥硕到了一定的地步，周围的人几乎近不了身，有种众人绕着他行走的感觉，他举着牌子，无辜地站在人群之中，像大象又像河马。

吸了口长气，勇敢地走向了他，这是我在未来几天内唯一的依靠。

老丁还真不是华侨，大概是那个年代自学华语和英语的胡志明本地好青年，就是胖，不过他的胖是有来历的，全来自吃。我们尚未安排好采访工作，他就开始着急第二天带我们去吃"PHO"，"浮"，著名的越南河粉，当然是本地名店。我有点焦虑症发作，联系了半天，没有合适的采访对象。本来嘛，说是经济危机发生在越南，但本地市场一片繁荣景象，看不出任何不对的场面，约谁去？可还是馋，欣然同意第二天早上和他去吃越南米粉。

说不上特别的街坊店，临街的铁门全部卸下，穿着花红柳绿的妇女们在整理小店，南方小城都是这样的小店，来往的人群全部骑着摩托车，轰鸣如夏日之蝉，有种南国街头特殊的慵懒劲头——特别的依然是老丁。

处于陌生的环境里，和一个人如此接近的时候，且他还是你的舌头、你的眼睛、你的耳朵的时候——不是他很多地点我们看不明白，你不得不打量他。为了我们今天的采访，老丁已经是正装，上身白色衬衣，但是压根属于每个扣子都要崩开的形状，下穿长裤，要知道，昨天接我们的时候，他还是短裤，今天的场面是受到重视的。最奇怪的，是脚上的拖鞋，每块肉都要挤出来，又黑又胖，越发显得整个人脏起来，眼睛简直离不开他的拖鞋，大约也是某种紧张心态的折射，越不该看，越要看。上午约了工业园区的小姐，下午约了韩国驻越南的银行高管，看到他的样子，又不能开口指责，暗暗叫苦。

他一点不觉得，指点我们吃地道的河粉，味道并不特殊鲜美。特别之处就是伴随着河粉，给每个人都上来一大盆各式蔬菜、豆芽，还有大量不懂名目的本地绿色植物，完全不可能压在那碗河粉的热汤里，几片薄荷扔进汤里的吃法在这里完全行不通。原来这些蔬菜不是这种吃法，而是有种热带的蛮荒感，本来也是，这些绿色蔬菜甚至都不需要在菜市场购买，直接在自己家院子里采摘就是，且常年生长旺盛。这些植物要搅拌上鱼露和辣椒酱、柠檬汁生吃。随着蔬菜上来的，是本来就提供了红红黄黄的硬质塑料盘子，这点也像我们南方那些小店，甚至连盘子里洗不掉的黑色污垢都是同类——回国后吃越南河粉，凡是没有蔬菜盆的，都会在心里默念，不正宗。

一点也吃不下这些脆生生的蔬菜，还是习惯热食，也焦虑老丁到底能不能完成任务，心情不好。可他不疾不徐，视我如无物。吃完河粉，还要喝冰咖啡，也是越南的国民饮料，不管多小的街边店都有提供，何况这家名店。大型的玻璃杯下面是一层厚厚的炼乳，咖啡和冰块加进去，使劲搅拌，算得上一种热带地区的解渴饮料。

坐在靠门口的桌子上，对面马路上是汹涌的摩托人群，胡志明市的道路之上，几乎看不到过多的汽车，一片白晃晃的白衬衣摩托党，白的人群，当摩托发动之时，像一只大鸟从最低的街头角度掠过。

老丁也骑，我替他的摩托车轮胎担心，我俩的体重过大——不太敢坐上去。

阳光明晃晃地砸下来，马路上人潮汹涌，对面是殖民地式样的建筑，我和他们外貌一样，却无法互相理解，也是不得不依仗老丁的理由。

想不到上午的工业园区的采访，老丁幸运过关。工业园乏善可陈，就是最一般的园区，和中国任何一个县城的园区没什么区别，一幢幢面目模糊的白楼，接待我们的负责女生，却是时髦的，肤色白皙，在越南本地人里面尤其显眼。她有种自豪的劲头，一开口，就是流利的中文，笑得前仰后合的，原来也是小时候就学中文的越南人，老丁自然是乐得不劳动。

下午就没那么幸运了，我们去了市中心的金融区，韩国银行的胡志明办事处，相比起他们的北京办事处要宽广很多，气派很多，肯定是租金便宜的结果。北京办事处我也去过，蜗居在半新不旧的办公楼里，这次就是通过北京办事处联系的他们越南办公室，想象得出来新兴国家对这类金融区的重视程度，市中心小街陋巷彻底消失。这里是金属化的，一切锃亮，街道有着不停喷洒清洁剂的味道，一个理想的金融区样板间。

新崭崭的大楼，我和老丁两个人是所有新崭崭的办公人员中的异类，他庞大，我随意，有种完全不属于这里的气质，和周遭齐刷刷的西装人群完全两个类型。有点心虚地找到韩国银行的办公室，与走廊里强做出来的东南亚新兴发展经济体的感觉两样。里面的屋子倒是有种安全感，一屋子的韩国人，说着流利的韩文和蹩脚的英语，暗沉的、拘束的气氛，属于特有的韩国气氛，倒是与大街上万马千军穿着白衬衫骑摩托的人群感觉迥异。

轮到老丁傻眼，他的英文完全应付不来，我也完全来不及生气，只能挺身而出，用同样蹩脚的英语开始采访，勉强混过关。在这样的气氛里，老丁还自有逍遥之态，居然脱了鞋，跷脚放在沙发上，对面的韩国经理看着我,镜片后白愣愣的眼睛,分明是觉得太欠妥。我心一横,装作看不见,又想,你们都在胡志明,你莫非没有看过越南人光脚? 又不是我常驻。

出门,西装笔挺的韩国人对我们鞠躬告别,老丁热情起来,一样鞠躬还礼,我眼睛简直就离不开他的拖鞋,灰溜溜地走了。照说翻译永远比外国人懂得当地的文化,我就心存疑惑,莫非我的老丁在这样的场合从没出现过? 要怎么和他说? 还没等我问,老丁热情地让我坐上他的摩托后座,要带我去喝猫屎咖啡,所有的尴尬、不堪和失礼,在他这里都不存在。

二

老丁再不堪,我发现还是和他一体的,不仅因为他是我廉价雇佣的翻译,还因为我们是周围这光鲜环境里的异类。

还真的买了两包昂贵的猫屎咖啡。那时国内还没有这么普及咖啡常识,听起来很稀奇。拿回家也一直没有喝,灰尘落满的时候还是扔掉了。磨成了粉末,也不经留存。就记得老丁在咖啡馆里高谈阔论的样子,他,在我的眼睛、耳朵之外,还要管理我的舌头。

同样是东南亚,我在缅甸找的翻译,在外貌上胜过老丁十倍,遭遇却比和老丁同行还惨淡,可能源于缅甸政府的严苛?整个人是烈日下打蔫的植物,在太阳下面晒久了,没精打采。那次去采访远征军和远征军的后代,是二〇一〇年,昂山素季还没上台的时候,处处是军人管理。

翻译是本地华人的后代,我从仰光飞过去,也是通过仰光华人旅行社的人介绍找到了他。当地人总觉得,翻译嘛,就是能说双方语言的人,和他们认知上的不同,后来导致了系列问题。对一个采访者来说,翻译绝不仅仅是翻译,而是导游,是联络人,是暗夜里的灯,甚至是救命稻草——我们的记者工作永远靠运气,而不是靠专业的支持,肯定有我说的那种专业帮助者的存在,但那个应该是长期的稳定的关系,大量的金钱,以及逐渐形成的友谊,不是我们这种短期采访者轻易能遇到的。

在旅行中获得好的翻译,纯属老天爷赏饭,我这种急就章,只能靠运气。

他个子不高,英俊被木讷遮蔽了,也是长期的贫困生活造成的。是华人血统,可完全认同自己是缅甸人,密支那在缅甸不算小城,且靠近中国,当地的华人却住得憋屈，在郊区的一个地块上，简直是南方城中村的概念，需要走过几片旷野之地，才到了这片窝棚一般的建筑群。阴湿的地里，一片矮小的楼房，像是临水而成的野生植物群落，只见得杂乱，但也有生机。

也不完全是华人受歧视的结果，还是那个阶段缅甸的经济实力的具体体现，即使在仰光，也看不到新楼，都是饱含着雨水痕迹的六层楼，一个熟悉缅甸的人说，仰光像是上世纪五十年代的广州，这么一说倒瞬间明白了。

密支那大约像上世纪五十年代的广东小县城。周围都是潮湿的绿意，低矮的窝棚建筑是主流，三层楼的小木屋就已经是豪宅了。偶尔有卖翡翠的铺子，里面是胡子满面的孟加拉人，这是他们的固有生意，也有卖中药的华人草药店，里面有虎牙，有切成灰白小块的犀牛角，一点都不生猛，但是碎屑的骨头渣，还是带来一种蛮荒的气息，丝丝入扣，穿过这些文明的末梢居留地而来，本来这里也是，当年远征军来的时候，应该更加荒凉。

华人的窝棚外表简陋，里面还是干净的，也学缅甸原住民那样进门脱鞋，柚木的地板甚是一尘不染，越是贫寒的生活，越有种努力感，是种东亚民族固有的生命力？后面去的各个远征军的房子，也大率类此。家具减少到极致，包括有些家庭的床都是因陋就简的草垫子，但都有书架，里面有老人们看的几本书，华语的、缅甸文的，还有他们写的回忆文章。

小翻译二十多岁，照说土生土长，可各种事情的处理让我非常紧张，远方的我，虽是他的挣钱机会，但更多的，是一个麻烦。一大早去火车站，我作为少有的外国人，只能买头等座的票，似乎是两美金？本地人只要相当于人民币两块钱的票价，这个倒也是能忍；不能忍耐的是，缅甸的火车站，要求所有的外国人不但只能用美金，还不能找零钱，最荒谬的是，纸币必须无折叠，无污痕，我拿着十美金，他们压根不接受，我翻出来两美金的旧钱，还是不接受。

我也不懂，小翻译被推上前台，狭窄的窗口一番讨价还价，依然不接受。他木讷的脸上波澜不惊，只是告诉我，无论如何十美金不会找零，旧钱也不会被接纳，我们必须去站前的小店找印度人去换美金的崭新零钱——这种对崭新美金的执念，完全不能理解，莫非担心旧钱有假？还是某种神秘的处女币的迷恋，崭新的钱才值得收？

前提也是缅甸有印度人提供换新美金的生意，显然是固定的产业链条。也不觉得印度人会给车站工作人员纳贡。车站的小窗口里，端坐的制服女性如佛，脸黄而圆,恍惚满脸飞着金,表情凝滞,一点不松口,是一种上世纪八十年代的国营脸,倒也是我小时候见识过的,并不觉得奇异,许久未见,以为已经从我的世界消失。

印度人垄断了缅甸的换钱生意,所谓两替店,离开车站只有几百米,窄小到变态的柜台,大玻璃隔断了我们的呼吸,只在下面有极窄细的缝隙传递钱,也是大胡子的脸,丝毫没有耐心地递给我七张崭新的一元美金和若干缅甸的钱,毫无疑问是被宰割的,我也不知道如何应对,叫嚷了两句,小翻译依然是恪守职责,只会传话,不会抗争,当然抗争也是我的妄念——人家的规矩如此,我就是一个孤独的异乡人。

买了票,到了车站,晃来了肥大的警察,特别不喜欢那个时期缅甸警察的黄绿色制服,觉得简直是缅甸服饰中最难看的颜色,其实很喜欢缅甸街头的行人着装,成人和孩子都穿着简单的格子隆基和白衬衫,隆基是长裙,孩子脸上涂着黄色的花粉,偶尔三三两两的黄袍僧侣走过,异域的简直是清洁的代名词,在雨季偶尔的晴天里,是风景明信片里的异域模样。

看到我是外国人,警察显然觉得机会到了,开始查护照,查行程,用他糟糕的英语盘问。我的小翻译躲在后面,暗示我给钱,我没好气地问,人民币可以吗?

可以。都可以。急切地回答。想尽快脱身，我拿了二十元，塞到了警察手里，才上了火车。

说是头等座，可照样简陋得如同国内的绿皮火车。我旁边挤着两三个人，对面的僧侣却是独自坐一个宽大的座位。我问他们为什么不过去，原来是尊敬僧人，不能与他们同坐。晃晃荡荡的火车缓慢地往前开，窗外是荒凉的农田和原野，惨淡的窝棚建筑，路过一座小桥，桥下蜷缩着士兵，同样是黄绿色的军服，连个休息的地方都没有，只能屈身在桥下躲雨，简直是动物的待遇。我一惊，随即原谅了刚才索贿的警察，日子都不好过。

我们是去附近一座小城找远征军的后代，因我既不会独自坐火车，又不知道交通路线，只能死死揪着我的翻译。到了车站，还需要叫摩托，路上全是军警，说是这两天地面上不太平。旷野中的道路，一无躲藏之地，远远地就能看到大路边检查的军警，哪像电影里还能翻身下车躲藏在田野里？我觉得一下车，子弹就会飞过来，只能硬撑着胆子往前。

被拦下来，军警晃荡着，检查护照，盘问行程，看着他们背的长枪瑟瑟发抖，觉得这就是真实的枪弹，哪里是我这种从太平地方来的人配看见的？这次小翻译倒是挺身而出，规矩答话，大约军队不比警察，人民币贿赂的招数使出来也没有用处，倒是没有多刁难，就被放行了。

终于到了远征军的后代的家，小城其实规模不大，整个也就是横横竖竖几条街道，全是整齐的三层楼，路上有着稀疏的棕榈树，南国特有的荒凉感开始弥漫。午后的街道上，也没有什么人，不知道为什么，总觉得像《百年孤独》里的马孔多，也是这样简陋、单纯。去的人家正在修建房子，当年的远征军已经去世，只留下会说几句华语的儿子，本地人的妻子。儿子四五十岁，正在奋力修建自己的房子，全木建筑，蓝色的屋顶，有种童话感，却是一个千疮百孔的童话，不完美。

在没建好的木质长廊上坐着，谈论着他们的生活，包括新建的房子的价格。他爆出一个惊人的数字，大约是人民币几百万元？我再次确认，没有错，是这个价。他把一辈子的积蓄都用在了这里，盖好房子，是为了结婚。和小翻译一样，他也有张木讷的脸，加上年纪，这木讷看上去格外的惨淡。我立刻感受到了那种远离故土的悲哀——当然是我自作多情，他们并不代表自己远离故国的父辈，都是生长在这里的本地人，这里就是他们的家园。

三

在俄罗斯采访中,与翻译的战斗经历激烈许多。回头想想,相比起东南亚温和、木讷、无能的翻译,确实在俄罗斯遭遇的是"战斗",只不过我们的翻译不是俄罗斯人,是地道的华人大学生,也是匆促约下的急就章。

事后理性地回想,还是那些糟心的原因,不能全怪对方。

是采访波兰总统坠机的突发事件,二〇一〇年四月,前去俄罗斯参加卡廷森林惨案纪念活动的波兰总统卡钦斯基在飞机刚飞入俄罗斯境内不久,飞机在降落中被树枝剐蹭,机毁人亡。我们是周日听到这个消息,我还记得我和同事被叫到办公室,要求下周一个去俄罗斯,一个去波兰,我俩面面相觑,就算身经百战,这也还是太难。

也都知道任务艰难,很可能没有收获,对我们的要求是,只要能到现场,带回一些现场的状态就可以,勉强给自己打了定心针。我定下来了俄罗斯,满心的恐慌,签证还没办妥,就在俄罗斯的中国留学生里寻找能帮助我们的翻译。这次更艰难,要求对方帮我们联系可能的采访对象,要带着我们去飞机坠毁的现场,还要去卡廷惨案的发生地点,找当地居民闲聊,进行一番地毯式的搜寻采访，没想到网络对面的莫斯科大学的一位中国博士满口答应，说什么都能做，放心吧。

惴惴不安地在周三拿到了签证，留给我们的工作时间有三天。到了莫斯科机场，坐着破拉达，见识了我的翻译，哲学系的中国博士，江苏人，胖得平淡无奇，如果在国内的大街上，我无论如何不能把"哲学博士"几个字和他联想到一起，一张没有过多内容的脸。

满大街的拉达，在尚未化干净的雪地里肃穆地行走，自有一番美感，像是某个年代的北京，沿街的很多楼也像北京，狭窄的窗户像挖出来的洞眼，大约是抵抗北方的严寒，贪看野眼，居然一时忘记了接下来的繁杂任务。

果然行程都安排好了。第一天，来不及约任何人，我们可以去著名的公墓和博物馆看看。第二天，可以见见他的同学，某个科学院的研究人员，以及看看还有什么别的采访对象可以约见。第三天，安排我们去斯摩棱斯克，也就是飞机的坠毁地点，翻译费是每天一百美金，公价不打折。

我只能被安排。

对博士的怀疑，在第一天的博物馆里开始发生。他显然对国内的游客们有充足的对付经验，径直带我们去几张最出名的列宾油画跟前，不容置疑地解说，快看世界名画的技术，少女脸上的毫毛，狗的惊愕状态，看看看，窗户外面的光，觉得这种解说低级无聊，但更无趣的解说在后面。你们知道油画为什么比中国画值钱吗？因为画得仔细。你看这个桃子，至少要画几天，花费了更多的时间，所以油画比国画要贵多了。

如果仅仅用无聊来形容给我的博士翻译，那显然还是糟蹋了这个词。他无聊地别开生面，异常活泼，带我们看公墓，也是同样的解说模式。你知道俄罗斯人的大理石公墓多少钱吗？但最不可忍受的，还是第二天的采访，被采访的某个研究人员，简直是赶鸭子上架。黄头发的阿廖沙，是博士的无辜的同学，此刻他无辜地看着我们。他的头衔显然是被博士安上的，他的智慧应对不来这种场面，他的礼貌又让他不能拒绝，既说不出来波兰的情况，也无法解释俄罗斯的民众的看法，就是嗫嚅着应对。

他在一所中学上课，周围都是闹哄哄的俄罗斯少女，胖的瘦的，吵闹着，如一切地区的女中学生一样，黄灿灿的金发，倒是偶尔分散着我的注意力。我看着他，看着那些混乱的学生们，突然对自己充满了怀疑，我在这里干吗？我为什么要对着这些人提着他们根本回答不了的问题？我是不是太强人所难了？博士翻译大概带惯了国内的商务考察团,对我这个古怪的人,一时间也不知道如何面对。

他大约也心虚,带我们离开了现场,引领着我们去火车站买票,非靠他不可。当时的莫斯科几乎没有英文导引装置——地铁站和火车站都没有,坐地铁,完全靠数字统计,几站几站到达目的地,心里一直在计数。火车站的窗口里的俄罗斯售票员很是彪悍,叽里咕噜一串话飞出来,已经半傻,只能靠他。

买了票才告诉我们,明天的斯摩棱斯克不能陪我们前往,自己很忙,让一位留学的本科生和我们一起去,那个姑娘俄语不错,做过商务会议的翻译云云。事已至此,压根也不能反抗,跟着他的节奏走,也模糊知道,一个读大学本科的中国女孩很可能不能帮我完成任务。担心显然是正常的,这位姑娘不仅不帮我完成任务,甚至还阻挠我们采访——翻译的故事,到这个阶段,才进入高潮。

同样是来自江苏大地的姑娘,憨态可喜,刚到莫斯科两年,据说参加过若干商务活动的翻译,看外表真看不出来,就是大学生的破旧着装,偏旧的大衣,袖口的纽扣都有点晃悠,说是父母用尽了积蓄,供应她到这里留学,所以她能挣外快的时候要尽量挣,哪怕是出差这种苦活——和我们去斯摩棱斯克,等于下乡。

还没说完这些情节,我的同情心还没有用上,突然话题变成了叮嘱我与俄罗斯友人交谈礼仪。不能在对方不理你的时候强硬说话,不能随地吐痰,不能轻易打断对方的话,不能说与主题无关的话——主题?"主题似乎是我们定吧",我终于说。

她大概真的是那种商务场合的翻译吧。心里嘀咕,但愿如此。

光是这些礼仪我还行,结果车厢里,当我拿一本俄罗斯新闻杂志让她给我翻译一些段落的时候,悲剧才正式开演。姑娘看着这个文章,说,太难了,我的水平根本不够啊,你怎么能找这么难的给我?我目瞪口呆,她诚恳的脸,愣愣的眼神,都表明她说的是真话无疑,绝对不是敷衍我。但是那个杂志正是报道波兰总统坠机事件的,我实在是想要看看,最后她勉强说,那我晚上拿电脑翻译看看——顿时明白,还是要靠万能的谷歌。

周围的人,完全没有我的烦恼,端庄的俄罗斯夫妇,拿出银色的大餐盘,里面放着红艳艳的番茄沙拉,还有几根小黄瓜,火车上的红茶,都提供银质的杯托,俄罗斯人的古旧传统;长得像陀思妥耶夫斯基的老人,拿着一本书严肃地读着;当然也有接吻的情侣,黄头发的姑娘，瘫倒的姿势，这一些都与我无关，我在一个自己制造的焦虑气场中，猜想着我的翻译姑娘到底是何等角色。

信任只要丧失，就很难重新建立。春天的斯摩棱斯克还是寒冷，我们到了当地车站，也找不到什么人可以问，只能找了出租车去空难发生地。一路上，姑娘还在说多少中国人喜欢随地吐痰，看来这点一定曾经伤害过她，她究竟帮什么商务团干过活？

到了空难发生地点，完全不像我想象的森林密布，一片黄色的农田，只有几十棵不高的小树，马路边的一小块区域已经被开辟成了纪念地点，很多俄罗斯人在遇难地点摆放鲜花，生命的离去猝不及防，只能用花束，暂时的安慰，冷清的春天，那些纪念物也是惨淡的模样，被周遭的荒凉也衬托得荒凉。我冲下车，叫姑娘，快去帮我找人聊聊，她小声说，我不去，我害怕看到这种场面——这大概是遭遇翻译历史上最奇葩的人物。

啊？没有她我怎么办？都傻了，这可是完全没有料到的事情。唯一可做的，就是着急地对她说，叫你来是干翻译的，不是让你来害怕的。她这才忸怩着走了过来。幸亏遇见了几位有意思的纪念者，一位来放置纪念花束的飞行员还告诉我们他对事故的分析，没白费，连着聊了几位，姑娘恢复了正常，无论是神态还是语速，

我们只能仰仗陌生人的慈悲

但她永远是如此别扭,接下来干的事,又让我对她充满了愤怒。刚结束采访,她拿着手机,站在那些堆放的花束前,说,你帮我拍张纪念照吧。

想转身就走,心里是愤怒,这是要干吗?刚不是还害怕?还是帮她敷衍了一张。为人的基本礼貌还在,尚未崩溃,斯摩棱斯克有空旷的马路,还有没有化开的残雪,两个人各走一边,马路边只有非常简陋的小商店,我看着里面的冷鸡和大红肠,馋着,但是也不想叫她来帮着买,也是发愁接下来的采访怎么办。

四月的俄罗斯,寒意十足,我幸亏穿了羽绒服,像个孤儿一样晃悠在街上。

如此别扭的翻译,不仅不是左膀右臂,还是障碍物。随时警惕这个二十岁女孩抛出的下一个障碍是什么,果不其然,当我们去到卡廷森林寻找本地居民采访的时候,她的老生常谈又开始了。俄罗斯人很讨厌别人不经介绍就上去拦着他们说话,你要注意礼貌,诸如此类,恍如《大话西游》里的罗家英的唐僧附体。迎面正好来了一位居住在卡廷纪念碑附近的胖妇女,挎着大包,挣巴着,从泥泞的地面走过来,我急着走上去,询问她对卡廷的记忆。

这位俄罗斯妇女非常友好,告诉我她是来自西伯利亚的移民，这里气候相比起西伯利亚温和多了，她对卡廷惨案丝毫不了解，对她而言，就是一片温暖的森林，物产丰富，无论养牛羊还是采摘蘑菇，都不错。提到西伯利亚，来自异国他乡的我也瞬间了解了她的生活，我的翻译姑娘大概也没有接触过这么善良的俄罗斯民间人士，开始自信了起来，在我的气场的压迫下，我问什么，她翻译什么，再也不敢说这句话不要问了诸如此类的话。

我不得不在这个采访结束后再次告诉她，翻译的活，就是我说什么，你翻译什么，对方说什么，你翻译什么，我们不是来做礼仪大使的，她似懂非懂地点着头，显然是被我的怒气所震撼，而并非这些话压迫了她。突然明白，和哲学博士一样，这些异国的留学生，哪里是什么翻译，他们不过是最普通的学生，上着一份平庸的学，找着机会挣点外快，大约以为我们的活也就是礼貌性的你好，吃点什么，买点什么，去博物馆已经是他们所能经历的最复杂活动，没想到一下子就要进阶到俄罗斯与波兰的历史伤口如何弥补的艰深话题上——用句难听的话来说，我干的属于逼良为娼的事情，这个活，真不是人人都能做到的。

回到莫斯科的时候，哲学博士非要送我去机场，我说不用了，我们可以自己去。聊了半天才知道，他的好意来源于送机场可以多要一百美金，在我们那个寒酸的新闻单位里，这个几乎不可能报销，直截了当拒绝了他。他勃然大怒，你知道你在哪里吗？你给我小心点。你知道我们家在北京很有势力吗？你知道我妈妈是谁吗？一串串的威胁话语，转眼变脸，电话这端的我气得脸色惨白，挂断了电话。

还是国内的商务考察团多，出手大概大方，他们的钱，挣得也容易，也从没有碰到过像我们一样寒酸的系统，各种能省则省。

说回卡廷森林，剩下的时间，变成了我押送着女大学生，一家家地去敲门，询问对方有没有兴趣接受我们的采访，如果愿意，则可以进门聊一下，居住在卡廷对他们的意义，了解卡廷惨案吗？森林的村落，真的像那些古老的俄罗斯油画里的小房子，简单的木头围栏，野花从院子里挣扎出来，推开屋门，和主人喝杯茶，聊聊天，是本地人的日常吧？可是我，不得不借助这个笨拙的姑娘，帮我完成这一爱好。

找到一位住在村里的工程师，彬彬有礼，从大城市移居到村里，邀请我们坐下，暖和的房间里还有火炉，柔软的、肮脏的大椅子，进入到屠格涅夫的世界里，才瞬间安定了一下。他和我们说卡廷非常值得看，因为这里面不仅仅有卡廷惨案的纪念碑，还有一个小博物馆，可以参观，博物馆并不精致，小小的房间，军服，生锈的武器，一些模糊的照片，代表着某个年代这里发生过的悲剧，没有英文，只有俄文——但我已经没有兴趣去逼迫我的笨姑娘帮我翻译，自己努力看，希望能记住——她没有道理和我一起焦灼，随便去吧。

可以想象这些被临时抓差的小翻译们的世界，狭窄简单的框架里，肯定有某个雄赳赳气昂昂的吐痰中方男子引起过她的小烦恼，以至于她觉得凡是国内来的中年男人，一定有随地吐痰的爱好，不得不反复叮嘱我。

卡廷森林的采访，一方面来自我孜孜不倦地抓住路人询问，另一方面则是卡廷的纪念碑击中了我。森林里下着小雨，我们穿过杂乱的白桦林，来到了卡廷惨案的纪念碑前，才知道，卡廷森林的纪念碑有两处，一块巨大的十字架，倾倒于地，这是纪念在战争中牺牲的苏联战士的；更震撼的，还是纪念我们所知的卡廷惨案中死亡的波兰士兵的，远远地在森林中开辟出一片空地，全部是微小的金属方块，一块块排列成四方的墙，无论出生在何年何月，所有的人，死亡的年月全部一样，那是波兰士兵集体死亡的日子。

四周的森林，应该也都是次生林木，显得张牙舞爪，有种油画里的质感,触手可及的冷漠。

没有见过这么多金属纪念碑组成的巨大方阵,完全超越了日常的悼亡,共同的死亡日期,形成了一个强大的天外来客般的意志力,在默默控诉着当年的惨案。悲痛扑面而来,所有的语言都是多余的,应该自己来凭吊,来观看,来沉思,我确实不需要带着这个别扭的姑娘前来说这些不咸不淡的话。

避暑

一

二〇二二年的六月十九号，我从上海飞往成都去隔离。当时选择成都的唯一理由，因为研判了各地的隔离政策，选择了成都，发现这里最简单利落，七天，不管你来自哪个区域，一律七天，结束后拉倒，"鱼翔浅底"。

此时的上海，若干高风险地区的帽子还没有摘掉，在众人眼中，大概还属于疫区。有的省份政策波动颇大，恍如不讲道理的乡村悍妇，她说怎么的就得怎么的，只有她有理。比如你是低风险区出去的，到达后如果你离开的区域升级，隔离政策也要加码，都知道，这种时期没有道理可以讲。还是要找个表面讲道理的，至少可以有申辩权，讲道理，成了我们唯一的希望。

眼前都是那些网络上流传的噼里啪啦地讲道理视频，看足了三个月。

成都也是这样讲道理，大概也属于自古富庶的平原地区，任何事情都可以坐下来拉话许久，要不怎么有丰厚的茶馆系统，里面坐着的，都是讲道理的达人，"吃讲茶"的来源所在。此刻从上海出去的居民，就渴望讲道理，来言去语，就把话说通透了，大家都不那么横眉立目，不蛮。

我这个阶段出去的上海人还没有那么多，走到哪里都会被格外看重，冷眼加呵斥。上海机场里人烟稀少，尽管之前已经看到很多新闻，但目中所及，几乎是从未见过的惨淡，偌大的虹桥机场，只开了一个柜台，星星点点的几个人在柜台前排队，是宣纸上误洒的几点墨汁，恍惚都是鬼祟的偷渡客人。藏在防护服后面的人，压根不想和你对视，人人都一副心虚的样子。

但穿着白色防护服的高大威猛的天府机场小哥就不这样，显然他近期的工作就是给上海来的人分流，一遍遍重复着，带点厌烦的语气，不过基本还是礼貌的。天府看门人，防护镜后一双冷淡的眼睛，不期然想到了进庙山门里的韦驮。

"你们要离开机场我们不阻拦，但你需要自己有社区报备，需要酒店接受。"一次次机械的重复，如科幻电影里外星人的广播。

确实没有地方去，开放的酒店都不接受上海来的客人，只能去集中隔离七天的酒店。我和伙伴在机场徒劳电话一小时，各种找市区里的酒店，唯一可以接受的是希尔顿，只提供早餐，不能外卖，不能出房间，也算奇招，莫非在门口有磁条封禁？不过这个时期，什么奇特设备都应有尽有。最后发现无处可去，今天的运送大巴要离开，赶紧扑上去，等等，等等，小哥还是彬彬有礼地拒绝，刚才没有登记的，请你们等待下一波的安排。

并不是完美的闭环，大概机场员工也觉得这只是公务，有宽松度。你们可以去溜达，可以去逛一逛，但我们也知道上海来客是没有地方居住的，最后还是得去我们的指定酒店。

知道今天的隔离酒店在成都的郊区新津，也就认命了，到哪里都是隔离的话，我宁愿去郊区，至少空气和蔬菜新鲜。"我们可以自己去酒店隔离吗？""酒店接收可以。"

联系好酒店，打着车，凄惶地拖曳着行李，我和朋友一起去新津。记得小时候超市里永远有塑料袋真空装的新津泡菜，也不好吃，酸菜，辣椒，黑暗的一大袋，像是一条永久的抹布，哪里有四川本地的洗澡泡菜那么娇嫩？吃饭时候上一碟，红的辣椒油，白生生的萝卜，舒展的莲花白，碧绿的芹菜梗，还有酸辛的藠头，后者是西南地区常见的植物的根茎，雪白晶莹。新津这个地名就因为袋装泡菜就此在我这里埋下了根,想不到人生第一次到访,是隔离。

伙伴是苏州人,二月底在上海看房子,准备做小酒馆生意,结果困在了上海,一待就是三个月,生意尚未开张,也幸亏没有开张,否则白缴房租。此刻苏州没有接纳上海人,于是想来外地待上十四天,彻底没有记录后再回家抱孩子,说起来都是恍惚的,人人呈现呆若木鸡的状态,政策的多变性,都是走一步看一步。决定和我去新津,两个人的奇特旅行。

飞机上大约只坐了三分之一的乘客,虹桥的地勤说,没有乘客,开不起大飞机。这三分之一的人下了飞机又分了两拨,一队,回家居家隔离,这是本地有房子的人;另一队,乘大巴前往隔离酒店,哦,不对,还有我们两个漏网之鱼,无处可去,自己坐出租去酒店。

本来想司机会嫌弃两个戴着口罩从机场出来鬼祟的人,可他一点不在意,高谈阔论家国大事,外加本地风貌的介绍,说新津早就不出泡菜了,现在最著名的是鱼。"黄辣丁晓得不?野生的,一斤几百块,那个好吃哦,一入口,就没得了。"俗滥的"入口即化"的本地鲜活解说,这大约是很好的广告语,可任当地饮食推介大使。决定隔离后出来第一件事,就是去找野生的黄辣丁吃。

朋友的父亲在新津当地做渔政,知道哪家餐厅的黄辣丁是真野生,解除隔离后,招待我们吃第一顿饭,告诉我们很多本地餐厅,贴着标语,"小心鱼钩",属于故作卖力的宣传,肯定是养殖的——热闹的一桌饭,恍如隔世。还没有隔离结束的阶段,就想着吃这顿饭,最原始的欲望,在上海的几个月里,都被封闭着,人类有时候,也真的是简单。

不过此刻,还顾不上吃饭,先解决了隔离问题再说。到了宾馆,没有来之前的梦想都破碎了,我们可是在上海做了几十次核酸的人,我们真的是从没有风险地区出来的,这里会不会比较随意,就算在宾馆隔离,晚上也可以出门逛一圈,诸如此类,皆属妄念。到了新津,街景日常热闹,只有接待我们的宾馆银装素裹,大堂早就被收拾起来,铺满了白布,一直觉得四川乡野热闹,大红大绿是底色,没想到居然也有凄凉场面,简直可以进入马格利特的画,垂下的塑料布,包裹着桌椅,似乎这些物品也是有生命的,害怕被上海来的游客传染上病菌。被宾馆前台全身防护的服务员押进房间,自己出钱隔离,一人一天二百,可以不用预订酒店的盒饭,自己叫外卖。但是"送得比较慢,只能规定时间",那似乎也比吃七天盒饭要好。

朋友和我都热爱食物，我和他都毫不犹豫选择了外卖。成都郊区小县城的外卖，对于在上海关了三个多月的我们来说，想象中一定是美味佳肴，这对于刚离开封禁的我们而言尤其如此。要知道，上海刚解除隔离出门的时候，我拿着小区颁发的出门证，一路行走，当时唯一开门的餐厅，只是肯德基。

处处皆是空旷寂寥的街道，长椅上蒙着一层黑灰色，大约是几个月的厚重的积灰，这才知道，灰尘积攒多了，就会成泥。草坪里，有快递员拉的野屎，尚未被清理干净，旁边就是雪白的饭盒，上海这座城市并不像科幻电影里的末日之城，被彻底放弃，各项设施还都是崭新的，人却是被禁足的，固有此奇异之景。放眼望去，肯德基都排了几百人的长队啊，我们家附近商场楼下的肯德基，不能堂吃，于是人们漫长地铺张在粗野的花坛里，乱七八糟的盒子委顿于地，是最糟糕的纸花，沮丧疲倦的大人，孩子也未必兴高采烈，只是都被某种庸俗的日常渴望占据了心灵。

六月下旬，成都的天气尚且凉快，我们隔离酒店的外面就是居民区，属于上世纪九十年代的建筑，有高大的树木，有欢声笑语的人群，他们和我们一窗之隔，他们的世界我们触碰不到，我们的隔离，他们觉得是该着的吗？至少送饭兼做核酸的酒店大妈是这么觉得的。她们猛烈地敲开门，用棉签捅进鼻孔，说，停留十五秒，不许动，语气中流露出一种熟极而流的日常感。

饶是我在上海做过了无数次核酸，还是被惊呆，且被捅出了眼泪，怒喝，谁说一定要做鼻子？大妈说，你们看文件，网上有，专家建议。我边流泪边说，我不上网，上网里看到的就是骂你们的，没有道理，我要投诉。莫非我们在上海、北京做的咽拭子都是白费？都不准确？大妈镇定地说，你去投诉吗？我们有规定的。

愤怒打本地12345，正在投诉中，电话进来了，是隔离小组"医疗组"，质问我是不是不配合做核酸，我一边投诉着，一边和她对答着，并不是不配合，大约她也听见我在打投诉电话，轻松地说，哦，那你就做咽喉好了，不过告诉你，最后一天，还是要鼻孔的。蜀地对于插进鼻孔测病毒的爱好不知道是怎么来的，也许曾经有位专家这么要求？不查出来誓不罢休？我的伙伴关在隔壁，在我的投诉下，至少他也暂时豁免，两人在门口拿餐的时候对视傻笑，送餐的大妈恍如无闻，大约心里也是讨厌这些不服管理的人。

历史学家顾颉刚抗战时期到过新津，留下过记录，说此地"妇女的劳动分子相当多，拉车的，推车的，担物的,背物的,大都是妇女,她们真能吃苦耐劳"。果然现在也是,这几名妇女每日送餐,插鼻孔,一点不耽误,四个人包起了整个一幢楼,还要和我们对骂,现在想想,也是能人。

果然,我们的外卖送得迟了,大约是别人的盒饭都放下,才送外卖,非常疏懒,我也没有反抗,想着不是每件事反抗都能得逞,有外卖吃已经不错,后来出去才知道,当场吃和隔了两小时再吃,还是有天壤之别的,不说热菜,就是凉拌菜,差别也大。蜀地讲究现拌现吃,佐料仅仅在菜上挂着而未腌渍,保持了食材的或脆或嫩,又不过于味重——中国人也就是吃绵远流长,隔离之中,当然完全是纸上谈兵,没有可能满足。

这是后话,此刻还是在房间里折腾,看几页书,以把手机玩烂的劲头刷手机,点外卖,看外面的大树在风里摇摆。公正地说,此地的两百元一天非常合理,宾馆干净,浴室也宽大,加上本地饮食丰富多样,如果是来此地疗养,大约除了不能散步之外,别的都不错,从门到窗户,大约是十四五步,走过来,走过去,顺便跳几下操。

也没有过于苦闷,知道时间有尽头,就是七天。

没可研究之物,就研究外卖的小店,有一家本地钵钵鸡非常让我好奇,几乎每道点评都涉及对骂。例如评论为什么鸡肉这么少,回应是土鸡有多贵,你晓得不;打包的鸡汤饭汤泼洒了,没有了,老板回应,那你就不该收啊,谁让你看到没汤还要签收;买蹄花没有配饭,回应是:你太神奇了,明明电话确认过,说得清清楚楚不是套餐。

在我的概念里,小店直接明锣对干的,要不是十足十的自信,就一定是准备关门。七天隔离后出门,本来想立刻离开新津去川中游荡的,临别说,还是吃几顿再走吧。开着车在小城转悠着,从没来到过的县城居然有一丝熟悉和亲近,一个个的招牌、名目都见过,都是在点餐的时候看到的,熟极而流,一看便知。这家我点过,这家我想点不送,这家很难吃,张牛肉、番茄鱼、邛崃奶汤面、车站豆花饭,顿时明白,是在大众点评上看了无数次的店名让我产生了熟悉感。我们新时代的乡愁是电子化的,不过不充实,还是要用肉身去体验。

最后选择了那家新津钵钵鸡,最热闹的小街上,上世纪八十年代的月洞门,后面是宽阔的厨房。吃了小份的鸡,用大量的葱叶和香料搅拌,吃了热辣的鸡肾,说是绝对不是冻货,果然是饱满欲滴。几个劳动妇女都落落大方,不间断地干活,收拾桌椅,拌鸡片,拆鸭爪骨头。问时髦的中年老板娘,谁是负责大众点评网的?

俏丽的老板娘指着远处穿着黑纱裙子的姑娘，就是她，浓密的黑发，厌世的脸，啊，想象中就该这般模样。

出来前，本来想着最难过的是临别的核酸，早就被送饭大妈强调了，最后一次，要双鼻孔插棉签，为了准确度，要送两个医院检查——这里面可以驳斥的漏洞太多，可想着是最后一次，也就不反抗了。两个鼻孔插着棉签各自十五秒，自己也觉得荒诞，短暂地冒充了玩具小象？

谁知道最难的是门口保安这关。虽然手机上已经有核酸结果，但是他们不开门，说是没接到上级通知不能开，一定要到足够的七天整，不能少一分钟。我拖着箱子，隔着铁门和他们对骂。大家说来说去也没有什么结果。我要求看文件，然后是他们骂，上海人了不起吗？这么喜欢看文件？大家拿着手机对拍视频，妄图证明丑态只属于对方，最后发现，他们还不是普通的保安，而是公安局派驻的，但我的态度也并没有任何改善，还是把这么多天的怨气都发泄出来吧。街道上的人好奇地望向这边的喝骂。啊，没有人戴口罩，我兴奋地想，人人悠闲、松垮、自信，里面充满了熟悉的气氛。

一边笑着，一边吵完了架，奔着不戴口罩的大街小巷狂奔而去。

二

山下就是吃喝，即使是新津县城，也是满街的人，恍惚外面世界上的混乱，和这里有着巨大的距离，也对，无论空间上，还是时间上，西南都是大后方。本是没有具体的打算在哪里逗留，但看整个成都歌舞升平，不由得想，多留几天吧。

夏天的成都也开始燥热，尤其是午后，几乎不能出门。于是躲在乡下，附近蒲江县的明月村，有几个朋友的营业场所，民宿餐厅都有，食宿都便利，无人干扰，除了手机里不断收到疫情防控期间加入的小区群的消息，都是通知几天几检的，不想看，又不能完全退出，尽量装作事不关己，给家人日日电话询问消息。

上海家厨房的窗户向外看，就是小区核酸点，天气炎热，我都劝家人，一定要看清楚不用排队才去，否则会中暑。明月村应该也有核酸点，但如不离开本地，这个时间段是不用做核酸的，村里的朋友们恍惚这些和他们无关，每天日常生活。朋友和我说起省里领导来她的民宿视察吃饭的场景，先有县里的官员要求她，不能认出领导，属于领导的私人行动，但最后领导直接握着她的手问，你认识我吗？她只能不再伪装。

我们笑成一片。

明月村其实就是川西普通农村，但地广人稀，有大片的马尾松林，还有竹林，树木掩映之下，是漫山的茶田，都属于本地粗茶，不限于春季采摘，哪怕是酷暑，还有农民采夏茶，是给藏茶做原料。他们头上戴着巨大的帽子，伞状，属于一种新式的穿戴，我在民宿的大玻璃窗前感受不到炎热，还是觉得头顶大伞摘茶，也是一苦。自己则是傍晚才敢出门，和朋友在松林茶园之间遛狗，两只被收养的乡间土狗，在我们前面一扭一扭地跑动。此时炎热渐退，远处的松林中夹杂着晚霞，感觉到了一种在乡村生活的心愿，淡淡的，但是持久，这里无疑是适合长期居住的避世之地。

当然还是比不上到山上去，过去几年，我多次上青城山的道观里居住，和道观里的当家人和道士师兄有了交情，师兄四处寻访名医，做徒弟，十多年下来，是不错的道医。前些年在成都每周义诊一次，排队的队伍太过漫长，恍如长蛇阵，一天一百多人，挨不过，躲回了山上，说是一天最多能看十个病人，因为需要凝神静气把脉，多看效果不好，是对病人不负责，大概还是传统中医的讲究。不过搬回山上，还是有病人涌去，有宁愿爬五百多级台阶也要上山看病的，可见对他的信任。

师兄一点没有所谓仙风道骨的模样，穿着浑然如老农，平时在厨房煎药，蓬头垢面，一般有追求的病人甚至都看不上他，以为他是打杂的，多次碰到类似场景，都想在旁讪笑，一般人想见真章，真正的奇人在面前，又不认识了。

这所道观，位置在青城山景区之外，半山之间，正对着进山之山谷，整体气象非常好。每天起床，面对青山翠谷，道观还有几百棵高大的桢楠，均为明代种植的参天古树，这种环境自然引得各路人马纷纷来扰，最多的，就是各种练功班，主体为大师讲堂。几乎每次上山，都能碰到白衣飘飘的人马在此办班学习，说是这个道场极好，适合练功采气，一顿玄虚下来，只不过是租用道观若干天，而此时此刻，道观里的当家人和师兄，都变成了服务员，需要给这些人供应餐食，照拂一切。

这次也不例外，说是有个大师班，主讲人是北京中医学院来的大师，看照片，就是电视里经常会出现在神药广告里的那种，白发齐顺，对襟唐装，几乎是标配。我早上起来就听到一众学员们在对着山谷的大露台上讨论："宇宙之间充满能量，就看你能不能捕捉能量。""眼睛几乎失明，结果跟着老师练气功，没多久就好了。"

各种奇谈怪论,滚滚而来,窗户不太隔音,我又住的是一楼靠近山谷的房子,每次听得都偷笑起来。

虽然在道观里,但是当家师父和师兄的性格,都是不语怪力乱神,最多算个命,平时就是勤勤恳恳劳动。我这么不爱干活的人,在这片风水宝地里,也要扫地、择菜和洗碗,动一动,按照师兄的看法,是最能延年益寿的。

租道观上课的各种大师班层出不穷,对师兄们而言,只是日常生计,你们租房子,我们提供餐食服务,既不附和,也不参与。师兄有时候在厨房煎药,穿着黑乎乎的道袍,就经常被各种穿着汉服的练功人群呵斥。师父,这里的地扫一下。师父,再端一盆回锅肉上来。都是趾高气扬的口吻。也不知道怎么回事,人们上山进入道观之后,不仅没有变得更加自然平易,反而因为觉得自己在做着与众不同的事情,而更加高高在上,均有种"我不是一般人"的神态。

师兄的医术,大约比他们这些大师班的老师都要高明。师兄简单地看了看他们打坐练功的动作,只告诉我,很多多余动作,其实练功也不用这么繁杂,把基本动作做了就行。"可是只教基本动作,怎么收钱呢?"大家都明白这一套。

道观并不在山顶,海拔只有九百多米,但温度也比山下凉快不少，没有空调，炎热的午后，我和当家师父，还有几个义工在露台上剥蒜，一边讨论这些来练功的人。中午吃饭的时候，有个学员被师兄说了一句，不依不饶，一定要讨回公道，我们几个笑个不停。是位头盘高髻的中年女学员，白色麻布袍子，在消毒柜拿筷子的时候，一根根挑选，几乎把筷子摸了个遍。师兄正好走过，就说不要挑选，都是干净的，这位女学员就觉得自己受了侮辱。

我们都不能理解受侮辱的点是什么。后来听当家师父说，高发髻女士表示，她来之前，觉得道观是个神圣的地方，可是师兄说话的态度有点粗暴，不那么符合她的想象。啊？我们只能骇笑。"还有这个理由？对的。"当家师父是本地都江堰人，十几岁出家，在道观守了四十年，什么人都见过，说这种人很多，你住久了就能看到更多。

都不用住很久，有一天正在露台上，师兄教我脱了鞋子，光脚在露台上转圈，一会浑身的细汗，有山谷凉风起来，一丝丝吹拂过，我穿着大裤衩，和白汗衫，和当家师父正在说笑，一大群衣冠楚楚的人上来了，领头的一位染了黄发，戴着草帽，穿着麻布长裙，众人都戴着各种奇形怪状的夸张首饰，一看就不是本地人，对我们一群人喝道，"拿点糖来"，是一贯发号施令惯了的。

"嗯？"我非常茫然，确定没有旁人，不显然是对我说的？"拿点红糖，最好是天然的，实在没有，就拿白糖。"吆喝我如同店小二，不想搭理。

女人昂扬着，非常理直气壮，这哪一出？我转身就走，正好师兄旁边的义工救场，出来问，啊？有什么事？才知道这群人在山下的书院练功，禁食已经七天，每天就喝红糖水，这日上得山来，觉得此地甚好，可以一歇，看到我们一群闲人，应该服务于他们。

我和当家人抱怨，说以为我们是谁，就这么呼来唤去。师父还是那句话，这样的人很多啊，参加个什么班，搞了个辟谷，就觉得自己高大起来。

躲在露台另一个角落里，和师父喝茶，不再搭理那些人。远远的，师兄在应酬，和他们说废话，终于开始叫我，说是里面一位女士，和我过几天要去重庆见的一位文化名人是同学，听说我也和这位认识，所以很高兴，想聊聊。聊什么聊，我充耳不闻，继续和当家人聊天，这种人，果然在这儿不愁见不到。

还是只看外表，不看内在；就看外表，也看得不明不白，我也是穿着三宅一生的大裤衩好不好，怎么也不会比麻布袍子便宜。

傍晚乘凉，是一天最舒服的时刻。当家师父带着我，还有几个年轻义工，经常下到菜田里，她熟悉地形，知道哪里有风,在风口坐半小时,浑身凉透,再回到露台之上,摆开茶桌,聊道观里的客人,聊山上的植物,包括各种出家人的八卦,只觉得置身于一个奇异世界,完全与三个月之前的上海是两个天地,需要此种世界的填充和滋养,才能忘掉在上海的隔离之苦闷。

当义工的一个小道士,长相透亮干净,是宜宾来的,一问才知道还在读大三。傍晚坐在露台上喝茶,他捧着一只受伤的小鸟来找我,说是刚捡回来,二十岁的小孩,也是寂寞,找我们这些大人来闲聊,一问,才知道他的人生故事复杂极了,留守儿童、原生家庭、流动性强,各种社会热点都和他沾边,一代人的问题。

上山来见习,就是觉得宗教可以救赎自己。"喜欢各种法事"。

然而他的生命力旺盛极了,简直是无处安放的激情,感觉即使来到道观里见习,这里的仪轨也降伏不了他,完全是一个野生的小哪吒。

三

道观里的清凉之气,最是夜间弥漫。

尤其是傍晚,下一场暴雨之后,月亮从山谷的远处升上来，淡淡照着山谷，顿时觉得，这才是最真实的世界。放下了工作，进入丛林，似乎是古人某种常用的避世之法，我们当代人不再使用，还是觉得日常世界理所当然，舍不得，丢不开？

若不是有三个月的上海封闭的日子，我也会心虚，觉得这样避暑是种过分的懒散的生活。

可这里的日常不也是日常？

傍晚之时乘凉，我们几个在菜地边散步，远山近水，都往外散发着清气。道士师兄在溪边披散长发，开始梳理，状如画中之人，长发垂身，衬着远处的松树，不由得想起唐人传奇里红拂的梳头场景。当然不是，我只是在此地避暑而已，并无穿越，不过想想，与此刻的上海，确实是另一时空，倒也并非有奇迹什么的，就是最简单的日常，可这种日常，离开我们的时空距离，仔细思量，事实上也并不远，几小时的飞行旅程而已。

去建水也是这样，在上海已经难以见到的街头乘凉，在此地是家常情景，也是拜当地气温所赐。建水古城虽然在红河哈尼族彝族自治州，却不属于河谷地带，依然在云贵高原的角落之上，海拔不低，在22年普遍的酷暑之中尤显清凉，这里白天不到30度，晚上更是凉快，只有20度，当地人少用空调，保持了古老的乘凉习俗，走在街道，三三两两，尽是乘凉之人。两位光脚的老人，带着自己家养的大金毛，坐在台阶上乘凉，专门给大狗带了玩具，一只毛绒小狗，大狗摆弄着它的玩具，也不知道明白不明白这是什么，路灯之下，温柔得让人心动。

也有很多餐厅老板，八九点钟就关门歇业，大家一起坐在台阶之上，帮工的男男女女也不急着回家，坐姿甚不舒展，群体性地跌坐于地，却能感受那份畅快。

也如青城山的山麓一样，气候是每天傍晚一场暴雨，到了八九点，坐在屋顶的天台上看月亮，看古城门，遥远地传来广场舞的音乐。不过此地广场舞，多是彝族人的烟盒舞，本来是山地男女的互相挑逗之舞，不知怎么，就成了广泛流传的本地舞，在古城门外一带最是流行。此地甚至有歌曲颂扬这座古城门，名为"月上东门楼"，后来在这里喝酒的场合里，一听到这首歌，就头皮发麻，知道大杯小杯要端上来了。

古城门修建于洪武年间，本地人最喜欢的说法是，比天安门还要早几年，不过对于我们这些外地人，建水人自豪的是，最近几年，这里就没有受到疫情的影响，很多人不去外地，也不用做核酸，三年都不知道核酸是什么的大有人在。

同样是红河州的河口地区，因临近越南，就彻底封闭了。当地的干部要昼夜值班，防止人偷渡，说起这些外面的事，本地人语气也是平淡的，大概也是最简单的"运气说"起了解释作用。不止一个人对我说，我们建水，就是宝地，而此刻的我，就被迫讲述上海的遭遇，大家听着笑着，感觉是天外奇谭——回上海后，某次建水封城，说是有了病人。我心念一动，赶紧打电话给熟人，结果当地人还是不在乎，不过也确实很快散了。

　　明代初年建立于此的古城，保存了大片明清建筑。孔庙，大户人家的花园，各种寺院道观，当地人的解释是因为穷，没有赶上大拆大建的时代，结果风水轮流转，现在反而成了旅游地点。不过真有意思的，其实还是城内外近千个四合院，我所在的民宿，就是古城最早开张的民宿。四合院被整修得干干净净，主人李老师，是标准的本地人，喜欢写字画画，院子的门上墙上，被他画满了山水花卉，非常汉地的装饰风格。这是道光年间传下来的院子，二〇〇〇年代重新翻建，换了若干房梁屋顶，快七十岁的李老师在墙上写了篇小记，说祖先之不易，以及翻建之用心，"望子孙永宝之"。李老师不容易，其父姓唐，是早年黄埔军校学员，某个年代受尽了屈辱，导致家中几个孩子都不能跟随父姓，到了他的儿子辈，才认祖归宗。这座房子的意义，大约比一般的祖宅意义大。

我们住在大城市的人，每日辛苦挣钱来，换了房子，可是似乎也没有这样心境，望子孙永远维护，大概七十年的产权就是个门槛，我们和他们，是生活在两个世界的人。

可是分明，他们的世界，在我眼前坚实地存在。

谈到建水的风俗，李老师都是满腔自得的。"一年四季都喝井水，我们这里都有卖水的。冬天快过年的时候用松针铺满屋子，大家坐在松枝上吃饭，还玩骰子，大人小孩一起玩，赌输赢。"都是古老的民俗，纯净得不用质疑，这么多年也没有什么改变。

确实每天都有卖水的经过，骑着电动三轮，哐哐地在石板路上风驰电掣。卖水，卖水，悠长的电喇叭声，粗嘎的嗓音，三块钱一大桶。本地有甜井水苦井水之分，附近的一口井，只用来洗衣服，再远处的甜井取来的水，才是喝的水。卖水的是个黑胖子，穿着上衣也像没有穿，卷着擦汗，裸着黑而壮实的腰杆，井水是免费取来的，赚的是力气钱，把井水打到桶里，再把桶里的水，倒进家家户户的储存水的大缸里，全是他的力气活，看到院子里的假山和流水，他快活地说，红鱼。说的是水里养的小金鱼。

李老师还用山上的野生小黑果酿酒，不知道是什么品种，每年夏天，果子成熟的时候，乡下的彝族大妈就带着采摘的两大筐果子来了，黑沉沉的色泽，比一切水果都要黑,把这些放进当地的米酒里,果实里的糖分就浸泡出来,酒精度降低。本来野蛮的本地小锅烧酒,就也变得黑暗,芳香,喝一口,简直像泥煤味道的威士忌,还有巧克力的放肆。早上起床,溜达着去李老师的后院,无巧不巧的,正赶上彝族大妈来送今年的小黑果,两天采摘了一大筐。我好奇正宗的烟盒舞,大妈一听之下,毫不忸怩,两手扣着小手鼓,轻敲出节奏,身体自由得像鱼,她眉眼之间本来就疏远,跳起舞来,更是望着遥远的地方,并不聚焦,大家纷纷赞她身体灵活。

可惜没有人对舞。

烟盒舞是丰收季节的舞蹈,男孩子带着鸡鸭,女孩子带着烟盒,在野外吃喝之余,谈情说爱,自然发生愉快的事情,肢体之曼妙,不用多说。在杨丽萍的舞蹈团见过一个彝族的小伙子虾嘎,杨说他最会跳烟盒舞。果然,裸着上身,黑亮像闪电,一寸寸的肌肉,都是诱惑。

嚷嚷着想看正宗的烟盒舞有几天,机会来了,李老师夫妇要下乡去参加朋友的亲戚的婚礼,当地人都会跳烟盒舞,婚礼高潮一定跳,几百人的舞蹈盛况,还能吃到酒席,这么好的机会,当然要跟着。带什么礼物去吗?不用不用,都是朋友的面子。

于是一大早去和朋友会合,是个利落的短发中年妇女，说是在本地电台工作过，现已经半退休，空手带了二三十个朋友去乡间玩耍，一点也不为难，似乎也是本地习俗。但单纯用好客来解释，还是过了，尤其是看到了村里的婚房，都有点替人发窘，就是蓝色铁皮屋顶的临时房子，几间新房在二楼，顺着铁制的楼梯上去，特别像工地上的临时宿舍，新娘子穿着明艳的红色镶金的礼服，一堆人在房间里或坐或躺，明显不是有钱人家，问了人，也没人明确回答我，大概意思就是盖房子要钱，先用铁皮房子来临时替代。

但她还是漂亮的，像一只小小的金色飞蛾，在阔大简陋空间飞舞着。新郎倒是个本地人模样的矮胖小伙子，说是在村里卖化肥，收入还行，我却念念于房子的简陋。当然，也是婚礼的场面太大，让我更是心疼这家人的婚庆收支。近乎礼堂的大屋子，几百张矮桌排开，每一桌都是满满的十来个人，每个桌上都有八九道菜，有本地的牛肉，也有昂贵的马蜂蛹，是这个季节最贵的菜。收不回来的，收不回来的，同桌的人念叨，大概是乡村婚礼，邻近几个村的人都来参加，基本上不会送多少礼金，大家图的是热闹。

礼堂旁边的厨房，是村里原本的寺庙，观音寺，但现在不知道怎么就搬空了，做了婚礼的后厨。偌大的两层寺院空空荡荡，光线从天井打下来，照着几名累了的帮厨，他们靠着柱子，睡着了，婚礼要举行三天，我们今天才刚开始。

寺院外面的台阶上，一排观音和财神的小瓷像堆着，很落寞。从没有见过这样强悍的婚礼，神佛都让路，想了想也对，大约延绵不竭的生命，才是真正值得崇拜的。

我们坐在高台上，属于贵宾场地。带我们来的电台朋友，突然站了起来，开始叫上了同来的另外的七八个中年女性，开始表演歌唱节目，有正式报幕的那种。台下几百人正在吃饭，嗡嗡声盈耳，也没人抬头，但她们自己非常投入，带了自己专业的话筒，硕大，像个强硬植入的科幻武器，说是要让大家高兴一下，于是一首首唱了开来。都是过去三十年的流行歌曲，既和当地没什么关系，也和当下没什么关系，但大姐们并不在意，这种义务表演，显然让她们高兴，一种自我兴奋的劲头，弥漫在大厅里，稀稀落落的有几声掌声，还是台上的人索取的。

我非常庸俗地问李老师，她们能拿到钱吗？李老师看怪物似的看着我，说，当然没有，就是大家高兴。

但大家的高兴也没有展露出来，吃完饭，也没人跳舞。七八个新郎的朋友，乡村的瘦弱的男孩子，坐在最门口的椅子上，无聊至极的样子，看起来简直只有十七八岁，默默嗑着瓜子，吃着饼干。我打听了半天才知道，跳舞是深夜的事情，大约是熬到所有人喝多的瞬间，才能勃然地唱跳起来。

熬不到夜里的，已经觉得特别困倦，白天的乡野婚礼，有一种蔓延开的无所事事，谁都不认识，又不能走，说吃了晚饭再走，是基本的礼貌。估计是看我太无聊，大家带我去村里的富豪家去玩，本地最有钱的人，当年在附近的个旧做矿产生意。果然是有钱多了的样子，巨大的木桌，远远地把我们和他隔开，至少有一米多的距离。富豪同样是黑胖的模样，坐在桌子边昂扬泡普洱茶，我连应酬的劲头都没有，坐在椅子上，就想睡觉，后来发现，确实大家也都不怎么应酬，就放心地半梦半醒了。

本地的富豪当然也不会逐客，大家说着，睡着，古老的建水城像个梦一样耸立。我们这些过客，还真是被它短暂庇护了，逃离了酷暑，也逃离了疫情外乱纷纷的世界。

可大家还是抱怨建水不够凉快，不知道怎么说到了个旧的凉意，纷纷赞美，这个上世纪靠矿产兴旺的小城，豪华到什么地步？建水人说，一九九〇年代，个旧人买东西都去香港，本地人的穿着打扮非常时髦，只是兴起很突然，衰落也很急剧。当矿产枯竭的那天，城市被定格了，整个面貌还是九十年代，年轻人纷纷逃离，没有任何产业可言，留下了一些繁华的影子。

就为这些描绘，打了车去个旧，一下车就感觉到了秋意。虽是盛夏，可明显感觉自己穿短袖是不对的，胳膊上爬满了凉风，整个城单调乏味到了静止的地步。著名的景致就是城中心的金湖，我本来想在湖上划船，可是冷得完全不能去水面上，也并没有看到有人划船，有一种奇特的荒凉感。虽然湖边公园里，也有着咿呀歌唱的老年男女，歌喉粗老，几乎让人觉得惶恐，但是现世安稳，大概前面人说的个旧衰败，让人不自觉地有了异常感受。

我和朋友四处寻找吃饭的地方，不知不觉，就过了饭点，想着大吃一顿，但点评网之类的在这种城市基本废掉。路过一家不起眼的小店，看到有牛肝菌焖饭就进去了。老板娘是个四十多的表情不善的长脸妇女，听说我要点菜吃饭就大吃一惊的样子，大概下午两点，太晚了。

她要求我们坐楼下，不要上楼，说是楼上服务员打扫太累，为了留下我们，又赶紧打开楼下的窗户通风，其实已经凉意十足了；又说牛肝菌贵，要先和我们说好价格；点菜只许三道，太多你俩吃不完之类，觉得各种要求都不满足，但已经实在不想走了，那就这样吧。直到她穿上围裙，戴上厨师帽子，快活地说，我来给你们做饭。才发现，她其实是个快乐的人啊。

第一道酱爆鳝鱼就吃得很开心。用薄荷、韭菜爆炒土鳝鱼，咸香可口，韭菜花特嫩。当然最好吃的是牛肝菌，所谓的白葱菌，其实是斑驳的土黄色，看上去不起眼，却都是当天买市场上最好的菌子，当天买当天做完。维持老顾客，拉着我去看她弄下来的不吃的菌子的根部，又占据了一定的分量，总之是详细解释为什么这道菜贵，其实不用解释，两人份足够五六个人吃的。

鲜美到几乎怀疑自己的味觉。

个旧房产崩盘得要命，大约二十万能买一百多平方米，整个城市弥漫着破败之气，可是她的快活非常有感染力，她似乎独立于这个破败世界之外，滔滔不绝地和我们说话，平时都是熟悉的客人？偶尔来了生客，倒有种有话可说的快乐。讲自己的店，讲自己的手艺，讲怎么挑选食材。又拿别人定的晚上吃的一大锅干巴菌焖饭给我吃，然后用我们吃完的牛肝菌菌油拌了大碗面，积极劝我吃，感觉是在朋友家吃饭。

聊多了，才知道她丈夫得了不治之症，去年在上海看病去世了。三个月，她在上海陪床，可她熬过来了。她告诉我，我现在很快活，是的，她熬过来了。她高高的白色厨师帽，她炒出来的大盘牛肝菌，她整洁干净的小店，都表明她活得很好。

她还在叙说，你们上海的饭菜，太难吃了，我只能靠自己的菌子油拌面，才吃得下去。啊，这是多么奇特的对话啊！上海，在我那么想遗忘它的时刻，又迸发出现。在一个如此荒凉的城市里，它居然都是被鄙夷的。可是我突然想念上海了，我知道，我一路漂流的避暑之旅，快要结束了。

神的孩子会跳舞

一

舞蹈演员之美，是能照亮暗室的。

记得当年第一次看到李响——在湖南台的舞蹈节目中大放光彩的一个舞者，是在北京西边舞蹈学院附近的一个破败肮脏的练功房里。一如北方的那些粗暴的艺术空间，楼下是卖拉面的，修手机的，缩手缩脚的保洁在浮皮潦草地打扫着楼梯。走进二楼的练功房也是毫无惊喜，门外的招牌很像廉价招生广告，骗家长们，上了这个培训班，孩子就可如何。

是被一个舞剧的编舞者邀请来的。编舞特别自豪，觉得自己编的这个舞蹈非常曼妙，远超他在央视春晚编的那些俗物，托熟人找了记者来看。这个舞蹈"莲花"属于中国古典舞的"敦煌流派"，不错，确实有这么一个流派。中国古典舞说起来源远流长，其实多数还是意淫想象,比如"敦煌流派",就是从一九七〇年代后期一个电影《丝路花雨》生长而成的。从壁画上生吞活剥若干形象,再让他们流动起来,当年大获成功,以至于形成了中国古典舞的一个派别。

编舞想把敦煌壁画中的各种莲花形象编成舞蹈,按照壁画成型年代排演出来,先是有几分印度舞感觉的蓝莲花舞,两个女演员端坐不动,只靠上肢和腰部的小动作舞动。演员们都穿着练功服,粗服乱头,浑身大汗,看上去也没什么特别,尤其是周围环境实在是糟糕,可是手指上扬的那一刻,整个房间忽然就像洒满金沙,一下华丽非凡。我就记得其中一个女演员的上半身感觉在发光,第一次知道"艳光四射"这个词的现实含义。

李响就是接下来独舞的舞者,"红莲花",就记得他一张简单寡欲的脸,干净得像清水,结果跳起舞来,狭窄晦暗的练功房魔术般地膨胀起来。他身着灰色的紧身裤,两条腿挥舞在半空,恍如羽衣仙人——这时候,又实实在在了解了"非人角度"这个大俗词,确实,舞者的身体,延展到了极致,就不是普通人可想象出来的。他跳的是魏晋时期敦煌壁画上的"飞天"。正式演出在剧院里,再看到这个舞蹈,他穿着红绿彩衣,凝神静立,确实美丽非凡,但说到触动,还是那次练功房里的瞬间。

这次之后，我觉得舞者的一举一动，有光，能呼风唤雨。

难怪远古人类，巫师献祭，一定要歌舞伴身。

这种光，就像日本古老的茶道美学里所说的那样，灰暗的屋子里，黄金茶具的光芒，在户外微光的撩拨下，让整间屋子忽然明亮了起来。此时此刻，黄金丝毫不俗气，不再是尘世贵重之物，而是某种上天的赏赐，让人感知到美，有天赋的舞者就是黄金。

湖南台的这次舞蹈节目，几乎找到了中国最出色的舞蹈演员。他们设置了全新的舞台，找了顶尖的演员，还有惯例的一群评委的七嘴八舌，可惜最高光的所谓"风暴时刻"就是在360度的拍摄角度下看舞蹈演员飞起来，简直让人骇笑——近乎无聊，加上很多舞蹈主题过于实际，军人抢险，庄稼地里的恋爱，小清新的都市情绪，一下子让舞蹈演员的美落到了平地之上，倒真是接地气。

还不如直接打出"色相"的牌。别以为"色相"低级，最近读日本思想家九鬼周造的"色气"论文，指出日本的"色道"指向的色，不仅仅说的是色相或者情欲，而是"色气"。色之气，是色的普遍化，精神化和弥漫化，也是青春的美，还有生命之力。"色"是士农工商一切阶层和身份的人，乃至天地万物都必须具备的东西，没有"色",各阶层的人便暗淡无光,无甚客观,天地之间也死气沉沉。

娱乐节目预设各种伪崇高主题,好在那些演员的"色气"足够,弥漫在屏幕内外。一个英俊的男演员跳的卡门,身姿妖娆,气息极其悠长地流动;一个个子不高的男演员,在生硬给出的道具床上,轻巧抑郁地挪动,身体让我们窥见了灵魂的秘密,舞蹈的色气,还真就在身体之间。

有年夏天在佛罗伦萨闲逛,晚上就在新桥待着。暗暗的湖水绿色,看桥上的人接吻、喝酒、吃冰淇淋——佛罗伦萨做到了一只随便的冰淇淋都好吃。我爱开心果,一尝,浓郁的香。意大利小城的傍晚,男男女女出动,恍惚是某种古老的巡游,但是没有那么强大的目的性,抛弃了宗教,就是调情、聊天,倒也是人生大事。

身边一对接吻的男女,男孩子长发飘飘,在暗蓝色的深夜里,还能感觉到金发的穿透力。女孩子看不到脸,只听到娇笑,河对岸的宫殿、教堂,都沉浸在夜里,古老的城涵盖了它的年轻,点滴泄露。对岸的一个十五世纪的小教堂,贴出了暑假舞蹈节的广告,说是节,也就是一些学舞蹈的学生们的文艺会演,不收费,早点去就好。

那天特意去得早,发现还是当地人更早。观众们笑着、闹着,嗡嗡声充盈着整个环境,就像一个职工俱乐部的文艺现场,一点没有想象中的高级模样,地点是教堂,也不知道怎么废弃了,变成了一个文艺空间,是灰扑扑的老教堂,壁画尽皆剥落,吊灯破了若干只,非常的家常感,像是破落贵族的小家庙,不庄严,倒是亲切。也没有报幕员之类,随随便便就开始了,都是女孩子,穿着家常的裤子、T恤,于她们,舞蹈是一种身体运动的方式,尽力地延展,挥舞着四肢,像是一个个春游现场的小旗帜。

一个亚洲的女孩子,底盘很低,索性一直蹲着跳舞。有种乡野社会上的聚集感,我看她半蹲着扭胯、摆手,特别快活,最后她自己也笑了。还有两个金发纤细的女生,像钉子,立着,然后飞速旋转着,一点点,帮我们打破周围的空气,向着教堂里无数安静的小角落扎进去。我是一个完全没有舞蹈天赋的人,就连小时候的集体舞也被大家指责跟不上队伍,此刻看到这些舞者的力量和穿透力,唯有羡慕。

二

中国电视上的舞蹈,包括湖南台的舞蹈综艺,往往让人错过舞蹈的趣味，太想说教，太想崇高化。说到舞蹈的起源，哪有那么多意义。远古之时，巫师献祭会使用声音、身体，后来还有言辞，经过筛选后，特别的动作会被固定下来，成为人们心目中配给神的肢体动作——使用肉体获得神的宠爱，一种是巫师，一种是妓女（神庙里有大量的妓女），也有很多神庙里巫师和妓女混为一体的，为什么如此？因为身体不容易骗人，能做到某个极致性的踢腿、扭曲、挥舞和交缠，燃烧能量，才能让自己与芸芸众生不同，而这种形态，是完全不具备隐瞒性的。身体是神殿的话，舞蹈则是神性的展示——所以我们有佛罗伦萨的教堂里小姑娘的自在，也有杨丽萍和她的舞蹈演员们在舞台上的伸展。

很多年前去云南采访杨丽萍，同事们就托我问，她是不是完全不吃饭，为什么那么年轻，都是媒体的幼稚小把戏。她毫不留情地予以了抨击，谁年轻了？半边脸都萎缩了；谁不吃饭了？你看我吃的有多少。大概投缘，她带我去她的雕塑家朋友那吃饭。朋友在昆明附近的乡下有自己的房子和土地，养了猪，种了蚕豆，雇了好几个厨娘终日忙碌着他的饮食。自己家的猪肉做的火腿，和新鲜的刚长出来的蚕豆，混合着制作春天的火腿蚕豆焖饭，她足足吃了两碗，这时候才知道，舞蹈演员不吃饭不可能，她们是标准的重体力劳动者。

去见她之前，被要求先去看她的舞蹈演员们。云南艺术学院剧场的地下室，彝族人罗罗拔四带着我，绕开一堆堆绣着繁复花纹的花腰傣服装和庞大的原始的鼓，终于坐到了演员化妆间里。另一个头顶扎根小辫的哈尼族小伙子约他下象棋，面目有些凶悍的罗罗拔四一屁股坐在地上，开棋。

屋子里弥漫着脚臭气和脂粉味道。刚打完球的几个又黑又壮的哈尼族演员躺在地上昏睡，他们每天十四点钟开始上班，打球也是上班的必修课。杨丽萍要求他们保持体能——简单地说，就是上台一定要跳出汗，大汗淋漓最好。罗罗拔四他们偶尔也去看一些别的舞蹈，例如民族村里的招徕游客的舞蹈，可他们一概嘲笑：不出汗算什么跳舞？边笑边学着软绵绵地动动手脚。

全团观念统一，即使是看着柔软的孔雀舞，演员每晚跳下来，也浑身湿透。这是杨丽萍最基本的舞蹈观：出力，每个动作要像从地里长出来一样。排练经典的《云南映象》的时候，每个来参观的人都不懂，就见她带着几十个少数民族汉子在那里拍地，一拍两个小时，"他们都会自己模仿自然的动作"。杨丽萍不帮演员排练，最多只是排练队形，演员自己模仿植物生长，动物交尾。杨丽萍常说，我们云南，向日葵叶子都会跳舞，风一吹，那个形状，他们和我一样，都从自然里学跳舞。

四十岁的罗罗拔四跟随杨丽萍近十年，他家在大理南涧县的大山里，原来在家种地放牛。二〇〇一年，杨丽萍招演员，他从老家送侄子来选拔，结果在旁边伴唱的他被选中了。嗓子亮出来，像是寨里的巫师。即使在练功房里，罗罗拔四也基本上坐不住。他蹲在地上，随便找片花盆里的大叶子，就吹出鸟鸣般婉转的调子，任何叶子在他嘴里，都能发出乐声。

从二〇〇一年到现在，他觉得自己已经完成了从放牛农民到艺术家的转变。在台上看到他，四十岁的人了，体力超强，嗓子更是惊人，带着一大队年纪比他小得多的男演员，和女演员玩打歌。彝族民间充满了性意味的男女追求舞蹈，又像是一场凶猛的男女对抗，快速跳上八分钟，体力差的受不了。可谁也不懈怠。其实云南民间日常打歌动作更随意，这是杨丽萍编排过的，全是高潮，把演员都逼出来。

台下有舞蹈团的两个团长在记分，每个演员一举一动都在他们眼中。谁动作不对，谁下台方向错了，谁演出偷懒了，全在他们的严格记录中。根据分数扣演出津贴，异常严肃。几个团长前两年也是《云南映象》的演员，后来被杨丽萍改造成了严格的管理者。演出有多次场地变动，包括《云南映象》一直演出的昆明会堂突然被拆迁，剧团基本只花两三天时间就找到新的演出场地恢复演出，演出不受影响才能保证演员日常工资。七十多名演员，上千件演出服装，几百只从大山里找出来的神鼓，全部在严格管控下。

虽然管理严苛，但罗罗拔四，还有演出队的队长，美丽的月培，都对杨丽萍佩服得五体投地。月培也是最早的演员之一，十四岁被杨丽萍从建水的大山里带出来。她是在山寨跳丰收舞的时候被杨丽萍看中的，杨丽萍把她带到昆明，替她出中学的学费。这么多年她没有离开过杨丽萍的身边，直到和队里的彝族男演员结婚、生孩子后也没改变。"杨老师养活我，还养我的孩子，现在我妈妈从老家到昆明来帮我，还等于是杨老师养活。"在月培眼里，杨丽萍不是一个舞蹈团的负责人，更像一位母系大家族的族长。

这批最早的团员，唯一一次离开杨丽萍的，就是《云南映象》在二〇〇三年三月八日试演后的第二天。那是"非典"时期，允许上演一次，下面只有一名观众、三台摄像机。演出完，全体放假几个月，前途不明，可能就此别离了。大家去昆明饭店吃自助餐，一直没事人似的杨丽萍开始哽咽。

"那是我第一次看到杨老师哭。"罗罗拔四说,那次很多人就此失去了联系。"那个年代没有手机,电话也不通。有些人住的地方,离开有电话的街子至少要翻三四座山,谁去通知你啊?"他说,他自己也差点不想回来,家里有地,还有干不动活的父母亲,靠跳舞哪里能养活自己? 可他想起杨老师赞美他的灵活,随便拿片树叶,都能把女人引到自己怀里,"就不闹少数民族脾气了",他在二〇〇三年八月份归队。

二〇〇三年三月八日夜里宣布解散,什么时候复演,没数。演出结束,全体吃庆祝饭,其实是散伙饭,当场就有几个重要合作伙伴宣布不做了。杨丽萍拿着话筒,话还没讲就哭出声来,全团哭声一片。近百人的哭号,是悲鸣。《云南映象》从开始准备到上演,已经三年了,最艰苦的日子,投资伙伴不出钱,没有经费,杨丽萍把全部队员都养起来了,联系几个浙江的老板来拍广告,浙江人在酒吧嫌灯黑,说看不清楚她漂亮不漂亮。当时有团员就怒了,想把这几个人赶走,可是她不让,说,六十多个人等着吃饭呢。杨丽萍是个话少而天真的人。

拍广告之外还走穴,杨丽萍算账:"那时候拿起孔雀裙就出门,上午飞去晚上飞回来,十万块到手,当时一个月全团伙食费才四万块，演员们可以吃三菜一汤，高兴得很。拍广告算什么，说明我能赚钱啊。"演员们都来自偏僻山区，靠杨丽萍的广告和走穴收入，补助由最早每月五十元，涨到了三四百元。到了四百元，有些演员又想走了，不是因为钱少，是因为在老家四百块就够买头牛了。现在，骨干演员已经能每月挣几千元，他们在昆明租房居住，虽然不喜欢这个大城市，可是喜欢每晚跳舞的舞台，只要灯一亮，家乡的舞蹈就活了起来。

开始的时候，有的演员不肯天天跳，说家乡是祭天的时候才跳这个舞，不能天天跳，需要家里的长老，也就是乡里的巫师说同意才行。杨丽萍就给长老打电话，长老不知道怎么就被她说动了，告诉演员们要天天跳，卖力地跳。

她舍不得让一个人走，这些人都是她从一个个寨子里挑选回来的。很多时候她坐长途汽车去了寨子，当地人不相信她是杨丽萍，觉得杨丽萍怎么会从长途汽车上下来。"他们大概觉得我应该从天而降。"结果一遍遍问："是你吗？你怎么来的呢？"

确定是她之后，领导全都出现了，陪伴她浩浩荡荡去看各寨子里的舞蹈。彝族的阿米热还记得，有一天夜晚，杨丽萍出现在她们浪坝寨，手镯一直戴到胳膊肘上，喝着酒,像个仙女。杨丽萍看中了她,觉得她跳起舞来,手脚很松快,又很粗犷。"虽然我矮,又黑,不太像跳舞的,可她问我要去昆明吗?"阿米热当场就哭了。

这些演员,都符合她的想象,与国内约定俗成的民族舞演员不一样,没有基础技术,可手长脚长,像她自己,而且都特别能模仿自然的动作,不惜力。这个时候,《云南映象》虽然没有编排出来,可在她心目中已经成型了——这里面的舞蹈都是有灵魂的,是从云南的地里长出来的。"什么劈叉到180度,没有。"

国内舞蹈界基本不接受这类型的演员。中央民族歌舞团的老编导张苛,也是杨丽萍的朋友,现在已经去世,我在他家里见到他。那时候国内舞蹈界都觉得,未受训练的少数民族上台,就是笑话。他和杨丽萍下过乡一次,那些演员在他眼中都是地道农民。张苛上世纪五十年代就进入云南山区采风,他觉得现在的条件和他那时候没区别,唯一的不同是他去的那时候需要带枪。

不仅是国内舞蹈界不接受,合作者也不接受。当时的合作者之一是云南旅游舞蹈团的负责人,他和朋友请杨丽萍做艺术总监,本来是想让杨丽萍编出一台"土风舞",演员在台上跳婚礼舞,台下有观众被邀请上台,一起加入,那是他心目中的云南舞蹈,也是流行于旅游点的舞蹈，他觉得自己很有道理，夏威夷也这样。可是杨丽萍编的舞蹈把他吓住了，充满了性意味的烟盒舞、打歌，还有女人被扔进火里祭神。双方谈不到一起，他不再投资，于是，担任艺术指导的杨丽萍就要养活所有演员。

她带着这群演员，一直编排了两年，舞蹈团的台柱子虾嘎说，那时候每月只有五十元的生活费，大家也不抱怨，年轻，无所谓。痛苦的是编舞，杨丽萍编舞的方式非同一般，着急了就骂演员，他是唯一没有被骂过的。"她把内容告诉我们，喊我们自己先跳，跳到精疲力竭，然后她再想一些动作喊我们做。没有标准动作，就是告诉我们，这是祭祀的，这是动物交尾的，自己体会。"

很多人怎么做也做不出来，虾嘎慢慢出来了，他天生就是独舞演员，在杨丽萍看来，独舞演员要用四肢说话。

这种舞蹈，和传统的寨子舞蹈有什么不同？

虾嘎那年才十七岁，本来是寨子里跳铓鼓舞最好的，一次清晨赶牛的路上，洪亮的嗓子被杨丽萍听到了。他说："寨子的舞蹈不一样，一个动作重复很多遍，有时候跳上几天，都是几个动作的重复。我们自己说，就是快乐，快乐的。在杨老师这里，什么情绪都要表现出来，她告诉我，打鼓实际象征着男女交欢的动作。后来我编出来一套步子，飘飘忽忽，结果有人说我抄袭杰克逊。杨老师才厉害呢，面对那人把整套动作分解开来，示范给他看，结果每个动作都是我们哈尼族的。"

他跳得像闪电，动起来，黑色的身体流动，光芒闪烁。

现在每个进剧团的人，都要模仿这套动作，看他们的感觉是不是正确。虾嘎已经不用每天上舞台，他是杨丽萍唯一给了创作假的舞者，让他闲着，靠思考来跳舞。他的B角，哈尼族人阿山木子，在台上的巨鼓前表演，一刹那让人恍惚，脚步飘浮确实如杰克逊。

张苛在排练时候去过现场，他不明白这些农民是如何爆发生命力的。花腰彝的舞，本来是拍手拍脚游戏式的，被杨丽萍破常规地一大横排在台口，动作速度都强化到了极限。比较奇妙的是，演员的情绪也到了极致，虾嘎说，那几年编舞、学舞，痛苦而快乐。"现在这种动作跳惯了，大剧团民族舞演员那种模式化的动作，看着特别别扭。"《云南映象》所有的舞蹈里，只有杨丽萍的几个舞蹈《月光》《雀之灵》是过去演过的，别的都是创作，不过，她每次跳都不一样，演员们就没看见她有重复动作。

最初的团员们还记得整个舞蹈团在演出前期的兴奋之情。"其实那时候都不知道未来会怎么样，没有固定演出的先例,不过整个团都觉得自己创造了有灵魂的东西,从生到死都在里面。"

这种兴奋,使杨丽萍碰到什么苦难都不抱怨,她本也是话少的人。公演前七天,一直事无巨细地忙,从灯光到裙子都靠她张罗,忙到嗓子沙哑。她在台下喊"再高点儿"的时候,嗓子完全说不出话了。可是就在公演当天,因为非典,突然接到通知,只能演一场,消息不知道怎么传了出去。当天下午,若干老板冲进剧院,围着杨丽萍大叫,"骗子,还钱来","狗屁艺术家"。可是杨丽萍心里似乎不受影响,被若干人包围着,很自如地指挥台上的灯光安装。

大家还担心的是杨丽萍跳《月光》的时候会从桌子上掉下来。台下没观众,定不了位,她的几个动作都跳反了,加上她又穿了极高的高跟鞋,熟悉的朋友一直取笑她脚太小,不是舞蹈演员的料,特怕她失误。杨丽萍的妹妹,小四也特别害怕姐姐从桌上掉下来。"其实她作为舞蹈演员的天赋条件不算好,从小就是这样,无论在西双版纳歌舞团还是中央民族歌舞团,她一直都很边缘。"

小四她童年特别羡慕十一岁就进了西双版纳歌舞团的姐姐,她也想跳舞,可杨丽萍毫不犹豫地说,你不行,你是平足,跳不高。后来小四成了画家,画的对象不少就是姐姐的舞蹈,现在她在洱海双廊镇开了一家度假酒店。"其实姐姐也并不是天生的舞者,她也跳不高,别人劈叉能到180度,她跳起来,怎么也拉不平。"

"她做出来的动作,真没有中央民族歌舞团那些学院毕业的女孩子漂亮。"杨丽萍在民族歌舞团住仓库的时候,小四被她带在身边,她亲眼看见姐姐是如何因练功动作不标准而受委屈的。

三

杨丽萍十一岁的时候,在西双版纳农场学校的桌子上领操,被歌舞团的军代表看中——个子比同龄女孩高,这是改变了她命运的特点。当年她父亲失踪,母亲一个人带四个孩子,生活窘迫。小四觉得姐姐身上有高原女人的特征,听说一个月有三十元钱,二话没说就去了。母亲不愿意,觉得那不是正途,领她回来,她自己再次去了。

很多团员有和她共同的命运。杨丽萍的一个合作者二〇〇〇年去临沧一个寨里,夜里十二点才到,结果安排迎接他们的一个十一岁的小女孩在门口昏过去了,合作者说:"我学过点医学。赶紧救那小女孩,救活了,才知道她营养太缺,只有二十公斤重。我很想助养她,走的那天村长宣布,这个女孩要和我回昆明,做我干女儿。"合作者就把这个叫阿秀的女孩带到杨丽萍的舞蹈团里,问她可不可以收下她。他记得杨丽萍当时声音冷冷地说:"我十一岁的时候,要不是被军代表看中带进歌舞团,现在早就被卖到缅甸当童养媳了,可能天天在种地。这个女孩,我要了。"

似乎杨丽萍有做农民的天性,她进了歌舞团后,还在团周围找了块荒地种菜,收割后拿回家给母亲,养家意识特别强。她到现在还常说,要是退休不跳舞了,她就找个地方种菜,菜的生命力旺盛。

在小四印象里,姐姐天生就是独舞的料。不是因为她跳得好,是因为她做动作有力。群舞的时候,别人一个动作已经收回来了,她却非要做到头,收回来的时候已经慢了半拍,和大家不一致。群舞讲究的是整齐划一,"她是异类"。

异类要付出代价。小四那时候去剧团的宿舍看姐姐,发现剧团的女孩子们并不喜欢她,觉得她"自我表现",跳不好群舞,可独舞也轮不到她。剧团竞争是最厉害的,加上她家出身不好,杨丽萍对那种排挤应该感触更深,她独自排练的习惯在那个时代就养成了。

多年后,张苛在北京见到她,第一感觉她像松鼠,极度敏感。

比杨丽萍晚一年进歌舞团的哈尼族人杨洪安对当年的杨丽萍印象很深。同时进团的七个女演员中,她很爱看书,喜欢穿短裙,腿显得又瘦又长,所以外号叫"秧鸡",一种类似鹭鸶的鸟。

一九七九年,西双版纳州歌舞团排练《召树屯与喃木诺娜》,这是西双版纳歌舞团的新编舞剧,因为州歌舞团出过舞蹈家刀美兰,孔雀舞是强项,杨丽萍作为七公主的B角参加巡回演出。小四还记得,A角演员生病了,临时由杨丽萍上场,当时是在国外演出,杨丽萍一跳后,A角演员回不来了,"观众的眼睛多毒啊"。又是一个老套故事,不过却是真实的。

杨丽萍并非蓄意盼望A角生病,电影《黑天鹅》里演过的故事大家都熟悉,觉得自己肯定不是竞争者。"如果别人要跳,那我就躲在一边,你跳好了。各跳各的嘛。"

那是大家第一次发现了杨丽萍的舞蹈具备动人之处。传统孔雀舞的动作,象征孔雀飞翔。可是杨丽萍在公主被迫离开皇宫的那一场里,双手一舞动,下面的人就看哭了。因为,她"用自己的心在跳舞"。那一年出国演出回来，杨丽萍带给家里人四个苹果——西双版纳没有的水果。小四的苹果藏在枕头下面，结果被哥哥吃了。

杨丽萍的出众，在演出后，被西双版纳重新认识了。"挂历上都是她，五官标准得挑不出毛病。"于是，追求她的人甚多，包括州领导的子弟，晚上几方面的追求者还能在歌舞团外打起来，有的人把刀放在她床上，表示谁要追求就和谁火拼。在小四印象里，送花的特别多；杨丽萍演出的时候，买票送人的也特别多。不过她们都害怕，不觉得是优美的传奇。当时姐姐已经和一位歌舞团的北京知青好上了，那人不久突然回了北京。这就使杨丽萍更加敏感地逃避外界的追求。

杨丽萍对男人是一种近乎害怕的逃避态度。

一九八一年，杨丽萍被中央民族歌舞团调往北京，当时西双版纳歌舞团不放人，老团长把档案锁起来。也有一种说法，是州里不少子弟说杨丽萍要是离开，就要生事。一九八一年的西双版纳仍然是一个边疆小城，杨洪安还记得，当时歌舞团与外面的隔离就是竹篱笆，年轻人一天到晚在外面唱情歌。杨丽萍坚持走，她对小四说："我站稳脚跟就接你去北京，你等我。"小四大哭，她那时候爱写诗，姐姐是她唯一忠实的读者。

没几年，住在民族歌舞团仓库的杨丽萍把高考没考上的妹妹接到北京，请人教她画画。小四眼中的姐姐，已经有了明显的自闭症特征。她几乎不和别人交流，内心很自信，可是境况和在州歌舞团一样，周围人都瞧不起她，觉得她基本功很糟糕。当时民族歌舞团人才济济，周洁、刘敏都是科班出身，一下腰，一个大跳，技术惊人。身材条件比杨丽萍好的演员也很多，小四还记得团里的维吾尔族姑娘，艳丽非凡。

好在姐姐极度自恋。小四记得，杨丽萍并不觉得自己就跳不出来了。"练功跟不上趟，晚上自己在练功房，点蜡烛，怕管理员教训她。"因白天不参加练功，练功服和补助费都没有，杨丽萍还记得是每月七块五，在那时不是小数。

张苛也感觉得到杨丽萍的奇怪：谁要是想让她模仿一段舞，她极差，完全学不会。你要是告诉她，这段舞要表达什么，不限制这限制那，两天后，奇迹能出现，她的表现会超越想象。

张苛是舞蹈团的编舞，有一次教演员们一个国外舞蹈动作时，杨丽萍找到他，想让他指导。张苛开始和她不太融合，他认为，民族舞有自己的范式，比如害羞是什么动作，惊恐是什么动作，而且要学很多芭蕾舞的练功法。杨丽萍干脆地说:"我们民族姑娘谈恋爱是不害羞的,开放得很,这个动作不对,是你们汉人改造的。"

张苛无话可说,不过他记得自己在云南见过的舞蹈。有一次去采风,一个背柴的姑娘带我们爬到高山上,晚上跳起舞来,那姑娘的脚动得像火苗似的,我们起名叫蜻蜓舞。后来舞蹈学院教授去了,跟这姑娘学了三小时,一段也没学会。她的动作太自由了,学院的教授惯于总结规律,不能接受没规律的东西。后来专业团队招聘这姑娘,本来她心动了,结果寨子里人一唱歌,她又回去了。

所以他对杨丽萍的总结也就是——怪云南人。

虽然觉得她怪,张苛家还是成为杨的练功地点之一,另两处是杨丽萍的宿舍和练功房。前两处狭窄,仅能容身,张苛家的一面陈旧的穿衣镜还在,就是在那跟前跳的。"人的创造力是被逼出来的,当时我们教舞都是西方办法,要求流动,跳来跳去,可是地方小流动不了,于是她发明了一种定点舞蹈,定在一个点上,让力量在身上流来流去,流出各种姿态。你看她后来的《月光》就是这么个创意。"

在黑暗中练功的杨丽萍让人印象深刻:她坐在那里一动不动,忽然起来比画两下,她的技巧,不是规范化的技巧，而是自己创造出来的。胳膊长，结果背着手旋转；手长，于是模仿鸟冠。这个动作成为之后孔雀舞的一个符号。小四还记得她第一次看姐姐的《雀之灵》，和一般的民族舞迥异，看得浑身起鸡皮疙瘩，"事后很难过"。

全国舞蹈大赛的时候，团里没有选送她的节目，杨丽萍自己骑车去送录像带给当时的组委会，负责收带子的文艺干事告诉她已经过了截止期，而且基本上是单位选送，她哭了。干事同情她，告诉她可以在评委休息的时候放给他们看看，结果，《雀之灵》是那年全国舞蹈大赛的第一名。

四

小四记得在中央民族歌舞团仓库住着时候的那些冷漠眼光。得奖对杨丽萍在团里的境遇改变不太大，外面给了些荣誉，团里占主流的还是学院派，她听到最多的一句话是：一点技巧都没有，腿都拉不直。

不过《雀之灵》给了杨丽萍自信。她觉得可以把自己心里的那些挣扎通过舞蹈表现出来。杨丽萍的父母亲都是云南洱源人，白族，对歌对上了。父亲家里富裕，当时反对她父母生活在一起,两人后来去临沧参加革命,是一对浪漫的夫妻。不过结局不好,"文革"开始后,本来在农场担任领导的父亲被揭发是地主后代后失踪。杨丽萍对于自己奶奶印象更深,奶奶是村里的跳舞高手,腰弯成弓状,还去跳。她告诉杨丽萍,跳舞是件快乐的事情,能和神说话,特别好。

到了她这里,杨丽萍发展到自己就是舞台上的神。小四记得,姐姐特别不爱说话,表达方式很奇怪,有时候别人说一,她说四五六,话接不上,舞蹈对于她,是自我表达的一种。"她觉得自己是神,不过,神也没什么了不起,神不过就是有一技之长的人,寨子里有很多这种灵魂附体的人。"

《月光》和《两棵树》是杨丽萍接下来的作品。她不和外面交流,很自傲;可对外面说法还是在意。她告诉小四,拉直腿的练功没什么了不起,就是吃苦练出来的,我的练功不伤筋骨,到六十岁我还能跳。

怎么跳?那时候有很多人慕名来看她练功,杨丽萍就"装腔作势"比画两下,更多时候静坐,大家于是说杨丽萍发明了舞蹈气功。《月光》和《两棵树》就是她西双版纳的生活演绎。小四是那时候发现姐姐的模仿才能的,一般人觉得《月光》是孔雀舞,小四不觉得。"是丛林里那些乱长的热带植物，原始植物的生长和攀援，孔雀舞只是其中一点，藤蔓疯长，她手臂长，能模仿。《两棵树》其实是少数民族的性舞蹈，纠缠，互相往上面攀。"小四学美术，给姐姐设计了服装，她说："看惯了人体，我设计出来的服装希望像长在她身上一样，突出胸和臀，有种少女初长成的效果。"

那时代舞蹈没有配乐，都是自己乱找。《月光》用的是美国电影《雨人》的配乐，也就是这个激发了杨丽萍不断回云南的愿望，她要找云南的素材，舞蹈的、音乐的。二〇〇〇年下定决心放弃北京的生活回云南，是因为一个新的机会在等待她。音乐家田丰搞的"民间传习所"破产，他搜罗来的民间艺术家面临马上回家种田的局面，而云南旅游歌舞团希望把自己的演员和这批民间演员结合起来搞一出"旅游节目"，请杨丽萍来做艺术总监，这就是《云南映象》的起源。

田丰是上世纪五十年代就成名的作曲家，擅长把民间素材积攒到自己的作品中。当时"传习所"因为几次经济纠纷已经奄奄一息，几十个民间艺人住在租来的小房子里，一间屋子睡几十个人，有资助者找到杨丽萍，说这些人得来不易，能不能请杨丽萍利用机会，把这些民间艺人的东西弄上舞台，海菜腔一唱，人就头皮发麻。

找她的人跟杨丽萍说，到时候编舞成功，她不能把东西占为己有，还是要突出少数民族的原创。杨丽萍沉默一会儿，答应了。

这就是"原生态"最初的由来，杨丽萍是个重承诺的人。

因"非典"停演后，合作者找到机会重新开演，希望找省政府支持。先是请省里的宣传部门来看，结果恰恰是"原生态"坏事。有四个节目要下，当初设计的《云南映象》是"生""老""病""死"四个主题，开天辟地地敲鼓，象征男女欢合，是"生"；"家园"一幕的狂风暴雨，是杨丽萍对西双版纳童年印象，也代表"病"；"天葬、火葬"代表"死亡"，结果这一场受批判最多，说妇女不能登神山，又说宗教题材不能演，包括前面所谓色情的打歌，全要下，这么一下，整个《云南映象》就支离破碎了。

合作者快急死了，托关系找来省委宣传部部长，也是个女同志，希望杨丽萍能求情。那天更是气人，部长来了，杨丽萍坐在桌子对面，也不起身，也不说话。部长问："你们有什么困难？""没困难。""没困难你叫我来干什么？""我没叫你来啊。"部长被气走了。

杨丽萍不是不懂人情世故。小四说，歌舞团出来的，什么不明白？可她同时也太清楚自己该要什么了。她只要舞蹈，只要上台，剩下的总能解决。"一等一的聪明人，太明白周围人想利用她做什么了。排《云南映象》的时候，她身边总是簇拥着男人，她很明白他们对她的好感，该让他们做什么就让他们做什么。可想近身，没门，对男人的态度别提多警惕了。"

合作者后来托关系找到了云南新到的省委副书记丹增，报纸上写了一篇《云南映象》的报道，送到了丹增家里，夫人卓玛边看边哭，觉得杨丽萍太苦了。丹增主动买票看了演出。"他看了'天葬'那一场，黑暗的场景里，一个红色的姑娘升天了。他懂，觉得一点都不用改，直接上。"看到舞台上藏族演员都穿布鞋，说这是怎么回事？杨丽萍这次说对话了："舞团穷，靴子都买不起。"结果政府给钱买靴子。

不过并不是一点都没有改。在"火葬"这幕，本来是一个裸体的木雕女人和杨丽萍一起从天而降，负责雕刻的是拉祜族的雕刻家李燕军，他是杨丽萍认的干弟弟，现在在云南民族村继续雕刻面具和人像，本来设计的木雕女像就是杨丽萍的替身，今天还在角落里蒙受灰尘。雕像是裸体，生殖部位凸出。她先是从天而降，然后被扔到火中，是彝族的一种母系遗风。"总不能让杨丽萍裸体吧?"所以找了这么个替身,结果,这个构思还是被否定了,模仿动物交尾的"烟盒舞"也改了不少。

那是杨丽萍最艰难的时代,即使丹增在省内发话,号召大家都去买票看《云南映象》,也并没有改变普遍观念。真正改变的,是《云南映象》去上海参加当年"荷花杯",一去就是一等奖,结果"书记看中"的说法才慢慢平息。《云南映象》还带来一个改变,就是杨丽萍能驾驭舞蹈大场面的名声确立了,不再是一个个体的舞者。整个团队也被文化界所承认,成为国内目前唯一能靠一台节目养活自己的舞蹈团。

不过舞蹈的审查照样存在。后来编的《云南的响声》里,有老虎调情的戏,母老虎说:"管好你自己的雀。"雀是生殖器的当地口语,结果被说成是宣扬"低级下流"的格调,不得不删除。

五

杨丽萍在《云南的响声》里面,自己跳两段,一个是孕妇生产,一个是戴着牛铃铛的公牛,颠覆早年的形象。除了舞者自我求变外,还隐藏着她的深厚的心思:年轻时,她就和小四她们商量要不要生孩子,那时候她还是真想做母亲,后来还是登台跳舞的想法占了上风。"生孩子肯定会脂肪堆积,她说,没人要看一只胖孔雀吧。"

小四说,《云南映象》给了她强大的自信,从自闭里走出来。外面的评论她也不听了,自己的舞是随心所欲,自由自在的,和外面那些追求技巧和观念的东西有本质不同。

她对自己的身材有近乎苛刻的控制。见到她的时候,她头戴一顶瓜皮帽,因为头发很长,打理麻烦,所以戴帽子解决。身穿红色的长袍,下面的脚踝异常消瘦,不过还是有力的。手上指甲透明,有两三厘米长,为了好看,她戴的手套都是露着指头的,那双手,绝对是"十指不沾阳春水"。她的神气,带了许多少女特征,扭头的动作,感觉像鹿,也像张苛说的松鼠。

她给人一种不染尘埃的感觉,难怪有这么多传说。

小四嫁给了洱海边的白族村民,那是二〇〇四年,她结婚的时候告诉姐姐,不想再在她身边受气——整个《云南映象》编排下来,他们几兄妹都是杨丽萍的出气筒。"她有气不能朝别人发作,只能冲我们吼,虽然明白情况,还是生气,就对吵,精疲力竭。"

因为一直跟着杨丽萍,杨丽萍有"长姐如母"的架势。出嫁的时候,小四向姐姐撒娇,说她现在想有独立的生活了，不想再跟着杨丽萍了。杨丽萍给了她一百万元，用于建造小四在洱海边的小酒店，并且说："好，从此后你要自立。"可是小四是个任性的人，孩子彩旗生下来后，仍然不养，扔给杨丽萍养。杨丽萍很喜欢彩旗，小四说，姐姐其实比很多人会做母亲，高原女人的特征在她身上特别明显，撑大梁，养活家，哥哥当时读书，姐姐从每月三十元的工资里拿出一半供他。高原的男人倒是往往在家坐着打麻将。

杨丽萍比较爱才，彩旗三岁的时候，特别能转圈，热爱跳舞，当时一群画家朋友们说，呀，你家又出了一个人才。于是彩旗三岁就和杨丽萍上台了，发烧了也不吭声，在台上旋转十几个圈没问题，大家发现彩旗有韧性。"我和彩旗都像她女儿，没生育不妨碍她做母亲。彩旗生病，她总是能比我先注意到，照顾也是她的事情，所以，彩旗干脆就放在她身边了。"小四说。

杨丽萍跳的是催生舞，孕妇难产，全寨子里的人带着鼓来敲击，给她鼓劲，助生；整个节目尾声，难产死去的母亲的魂魄又飞回来，看望彩旗演的小女儿，有人称赞她把孕妇生孩子都跳得美，杨丽萍说美不美和她没关系。她向我发明新词：我就是一个"表现主义者"，民间怎么生，我就用舞蹈动作把它表现出来。

杨丽萍强调"催生鼓"的神奇,都是中缅边境的寨子里找来的,当地巫师把鸡蛋扔在树上,鸡蛋不破的木材被选中做鼓,现在云南乡间找这么一面鼓也很难了。鼓买来不贵,贵的是运到昆明的费用,不管再怎么难也运来了。这种催生鼓的鼓点里,她跳的孕妇舞带上了神秘色彩。杨丽萍特反对别人说她装神弄鬼,她觉得她不过是跳舞跳得好,能够模仿大自然。"动物植物我都能模仿,云南就是这样的嘛,我从来不装。"

这个模仿如何完成?拿"牛铃舞"来说,这个场景,是杨丽萍不久前去红河州的公路边上看到的。清晨,山间大雾里几百头牛缓慢前行,因为害怕走失,每头牛的牛角上都挂着铃铛。随着她去拍纪录片的两个摄像一直在等她起床,她大发脾气:"这么好看的东西你们不拍,你们拍我干什么!"虾嘎他们都参与了"牛铃舞"的创作。"杨老师把全舞蹈团的男演员都喊出来,让他们各自跳舞,模仿大雾里走出来的牛的动作。完全没有套路,反正大家在老家都看见过类似场景,那就根据个人的体会去表现。"

人的舞蹈动作,不少是和当地地理环境有关的,比如上山怎么迈步,不同的山,就有不同的动作,云南很多舞蹈动作来自生活环境。这也是这些演员们能表现的原因。

虾嘎记得，她也不做评价，就在那里默默看着，看到一定时候，自己上去跳了一段，大家一看，傻了，完全是领头的大公牛在雾中走过来的样子。边跳边改，甚至每天上台前都还修改，这在别的舞团，是不可想象的。虾嘎开玩笑："就因为我们是少数民族，没进过国营团。"

虾嘎有意和杨丽萍竞技，两人上台前开玩笑，看谁的掌声多，虾嘎真不觉得自己掌声会少，这个俊俏的哈尼族人在团里已十多年，脑子动得多，动作都是自己编出来的，天生就是独舞演员的料。"结果不算她名字亮在灯箱上的那一次掌声，她九次，我七次，我还是输掉了。"

杨丽萍最大的对手，还是她自己。她并不在乎别人，只是偷偷问过熟人，你看我显不显老？显老我就不上台了。

虾嘎还是不服，骨子里有种好勇斗狠之气。"反正她也跳不到什么时候了，跳完孔雀，你看嘛，肯定跳不动了。"

李燕军还记得十七岁第一次在西双版纳看见杨丽萍跳孔雀公主的场景。当地有种习俗，只有傣族女孩才能跳最重要的孔雀七公主，谁都知道杨丽萍是白族人，可是现在又恰恰由她跳喃木诺娜，惊讶、好奇和不服几种因素，吸引着一批批的当地观众。"她一出场，下面就不吭声了。美得惊人，动作无可挑剔。"孔雀公主确实是杨丽萍的成名作，只是她多年不跳这种传统范畴的孔雀舞了，也不愿意跳。

西双版纳的孔雀舞有两种，最传统孔雀舞是戴着架子面具的舞蹈，用于重要仪式；另外一种，是以刀美兰为代表的歌舞团改造过的民间舞蹈，带有情节和段落感，孔雀更柔美，杨丽萍的"孔雀公主"也属于此类型。刀美兰不喜欢杨丽萍，在西双版纳是公开的秘密。杨丽萍是白族，更加上她跳的《雀之灵》的动作完全和刀美兰创立的孔雀舞不同，基本上没有关联。

许多西双版纳的人，对杨丽萍态度也很暧昧。她上电视，只讲自己是白族，也不讲是在我们这里长大的。只有走在傣族的村寨里，才知道孔雀对于生活在这里的人意味着什么，也能明白这段经历对于杨的重要性。杨洪安和杨丽萍共同见证了上世纪七十年代的西双版纳。当年歌舞团一年要有三四个月在乡下，主要是因为当地没有广播，交通又不便利，团员们职责之一就是下乡传播"革命文化"，可是十几岁的孩子没什么传播能力，下去就是和寨子里的傣族人一起跳舞。当时各寨之间没有公路，只能靠步行，所以见到的全是最原始的荒野景色。最好的寨子，会派遣牛车，在离寨口十余里的地方接送他们。

走在寨子间的小路上,猴子、鹿、野象都出没不穷,野象热腾腾的粪便就在脚边。不过最美的是孔雀,西双版纳的孔雀是绿孔雀,比我们现在常见的蓝孔雀体形小,可是更美丽,一群群从头顶上飞过,开屏时,光线是从尾巴上一点点嘎嘎地放射出来。杨丽萍说,最让她目眩的是孔雀交配时候的情景,大群孔雀在荷花池塘边,慢慢地展开尾巴,尖叫声轰鸣,让耳朵不得休息。

民间的孔雀舞无处不在,寨子里的人很少跳专门的孔雀舞,却会在章哈(傣族民间歌手)唱完贝叶经《召树屯与喃木诺娜》之后,开始各种舞蹈。这些舞蹈都能让人看得热血沸腾,舞蹈人肢体放肆,一会有孔雀的动作,一会又是老虎的动作,这些动物都是傣族民间的神灵化身。表现孔雀,是用手臂一点一点地延伸,舞动起来特别用力。"文革"并没有中断傣族民间的种种娱乐形式,在他们看来,歌舞团的舞蹈就是好看,他们自己的舞蹈更有力量。

傣族的孔雀舞中,孔雀不仅是美丽的象征,也不能仅仅表现其柔软,更得表现智慧和力量。尤其是孔雀落足的时候,舞蹈者的脚部一定要有力,嚓嚓,像是踩在火盆上的感觉。杨丽萍的孔雀舞直接抛弃了歌舞团套路，反倒和最原始的孔雀舞相通。无论是《雀之灵》还是《月光》，里面展现的，不如说是森林里的公孔雀。

在橄榄坝一个小寨子的章哈波双家里，喝着他家自己酿造的药酒，听他给我唱孔雀公主被迫离开人间的段落，用十分细小的竹笛伴奏，六十多岁的波双从十几岁开始学唱这段，歌声婉转，又有种奇怪上飘的感觉。奇异的是，他记得歌舞团里的杨丽萍，那已经是三十多年前的事情了。"那个女孩子，跳起舞来特别有劲，腰特别长，每次跳完，像从水里出来的。"

原来要求舞蹈演员们出大汗，是她自己青春的重复演习。

力量始终是杨丽萍想要的东西。她在台上和台下完全是两个人。大家都觉得她在台下就是疯子，精神紧张，骂人，骂灯光师。有次在武汉演出，因为灯光没调整好，舞台就是大白光，她索性号啕大哭起来，那时候离演出只有半小时了。

可是上台后，她立刻变了。劲道十足，神灵附体。这么多年，杨洪安和小四还是都记得第一次看她跳《雀之灵》的感受，杨洪安说，就是一只孔雀，在森林里无所顾忌地生活，那种骄傲、野蛮，到最后哀伤地死亡，却又超越传统傣族民间孔雀舞。杨洪安觉得，提升太多了，是不是傣族舞蹈已经不关键，她的舞蹈是云南山林里的。这就是杨丽萍告别之作选择《孔雀》的原因，孔雀是种骄傲和智慧的动物。

在西双版纳州歌舞团的排练厅里，一点不见当年简陋木地板和四处疯长的草木了。现在的西双版纳州歌舞团位于一座新建成的商业大厦的上面，他们提供地皮，双方合作，这就保证了演员们收入不错，只是偶尔完成一下州里的演出任务，以及代表州去昆明或者外地参加比赛。一群白净漂亮的少男少女们在重新排练有西双版纳特色的孔雀舞，如果不说他们是少数民族，一点也看不出这群时髦孩子全部是当地少数民族。孔雀在他们身体的表现下，还是柔软和抒情的。团长说，这是西双版纳歌舞团孔雀舞的特征，不过这些年，他们也吸收了一些杨丽萍舞蹈的动作，例如用手指头做出雀冠。

为什么演员的挑选和杨丽萍的挑选如此不同？那边的演员，彪悍为主，即使是女孩子，也睁着野性的大眼睛。团长告诉我，因为州歌舞团和杨丽萍的剧团截然不同，任务不同，必须如此选择演员。舞蹈之路上，各自越走越远了。

六

杨丽萍和她的舞蹈演员们，在舞台上肆意展现着身体的快乐，在下面的观众，除了所谓的美之外，还是通过演员们的身体，获得了更多的东西，神秘感、力量、伤心，以及更深的与幽深之地的沟通。

最近看一个《舞影随行》的电影，其实是美国编舞家乔那·伯克的编舞集锦，五个参加艺术节开幕式的男男女女，不断在身体的触碰、协调、缠绵上发生关系，结果有了有性的爱，有了无爱的性，非常简单的电影，但纯粹是编舞者的诠释，所以我们可以更多地明白一些身体的本质。两个漂亮的男演员，本来有潜在的竞争之心，可是在合作中，肢体缠绵，从敌对到疑惑，最后到了睡在一起，通过身体的最亲密接触，明白了彼此之间的可能——肉体先行的爱情。舞蹈编导和一个已经结婚的女性也发生了关系，爱情始终没有发生，在现场，两人终于发作，另外一种身体不肯屈服的性。

当身体触碰和缠绵，只有明白人，才能找到最里面一点真情。

舞蹈真是属于身体的，任何添加的道具、服装，乃至文化属性，脱离了身体这个神器，就什么都没有了。

中国当下最著名的舞团，就是陶身体，还有云门舞集，去看他们的专场演出，名为"交换作"，也就是陶身体为云门的舞者编舞，而云门为陶身体的演员编舞。第二个舞蹈，陶身体为云门舞者编的"12"——陶身体的舞蹈作品都用数字编号，这次的"12"也是如此，不过也真的有十二个舞者依次出场，舞蹈的动作几乎是重复的，并没有根据每个人的特殊性编舞，追求刻意变化，但因为每个人自己舞蹈语言的特殊性，加上身体质感的不同，十二段舞蹈，完全是不同的观感。

毫无线性线索，虽是断开的，还是感觉到延绵不绝，山连着山，云连着云，每个人上台也就是贴着地板起伏、折叠、打开，明亮的地面上，一个个灰衣素服的舞者脱离了云门的故事性本体，回到了身体最本能的那一步，只有这时候才能发现每个人的身体方式是如此不同，有的柔韧，有的坚定，有的如暮鼓晨钟，有的像雨中一个无辜的孩子。

有一个光头的男孩子上台两次，两次同样的动作，在不同的节奏下，呈现出完全不同的质地，一个粗粝，一个细柔，这个时候，真切感到身体的可贵——人类还有什么能献给神呢？除了自己渺小的身体——但这一个个的卑微的、可怜的奉献，才是最珍贵的。

恍惚有一条柔润的白丝线贯穿了整个舞台，慢慢地，线缠绕成球，成柳絮，成为空间的细密之物，自然之物，把整个舞台填满了。这些年已经不太看云门，总觉得太故事，太饱满，没有可以想象的空间，可是此次陶身体为云门编的这段舞，让我发现云门舞者的身体训练实在是好，已经非常完整地可以用身体在任何空间创作了——把身体变成笔，在大地上写作。

林怀民先生说，他的舞是好看，陶冶的舞是好。"陶身体"的舞是属于新世纪的，是看腻了《天鹅湖》、玛莎·葛兰姆的观众需要的那种舞，充满新意。舞蹈渐渐脱去了虚饰的伪装，回归到身体的动作——身体是什么就是什么吧。

可光是身体，光是色相，还是不够。前些年皮娜·鲍什到中国演出《穆勒咖啡馆》，一群秃顶的、肥胖的、憔悴的中年男女在舞台上跌跌撞撞，我在下面看得泪如雨下。身体——也就是动作和色相必须构成了某种神性，才能真正感动人。这段舞蹈，在西班牙导演阿莫多瓦的《对她说》的开头也有，整段舞蹈全部收进，可以在电影镜头里看。

前一段看捷克国家芭蕾舞团的 gala，无意之中，再次窥见了某种神性。

宣传单上写的花里胡哨，什么欧洲芭蕾之星，什么俄罗斯学派，现场还是一目了然：捷克国家芭蕾舞团的gala，一如这个国家别的艺术门类，靠尖锐和不管不顾，在世界的芭蕾舞台上占据了自己的一席之地，没有华丽到顶的群舞，也没有一出场就迷死人的公主和王子，他们靠慢慢渗透占据你，就像布拉格的小说家卡夫卡，开始看不进去，等看进去的时候，就已经被征服了。

开场和结束，是最经典的古典芭蕾，《天鹅湖》《堂吉诃德》，尤其是结尾的堂吉诃德，男女演员炫技到了无以复加的地步，我这么不爱看热闹的人，都开始自动统计女演员的旋转数目，男演员满场大跳，刚健无比，但就是感动不了我。古典芭蕾那些精致的程式化，让人头晕目眩的技术，全在表面，像是水面上的宫殿，你知道是童话里才有的，可是并没有动力走进去。

倒是几个直给，坦荡的现代芭蕾印象深刻。第三曲《不安灵魂的回响》，一个穿白衬衣黑内裤的女人，拍打着自己的身体，忧郁地走出来，同样穿着的男人随即跟出，两人身体都美，但这个美似乎一点不带给他们人生快乐。两人犹豫、摸索，相互获得身体快乐，一会放下，一会冲出，但哪里冲得出去，像是午夜一个炎热的梦，明知道身边有人躺着，安全的、温热的，但就是不满足，也不知道哪一点不满足,醒了,怔忪了一会,看窗外还是沉沉的夜色,于是只能睡去。

清晨醒来,穿上雪白衬衫和黑色的内裤,发愣,不知道该怎么办。这个舞蹈就是一种大都市里的年轻人的茫然之态,很让人喜欢。

又一幕《带我走》,穿着闪亮片的男女演员同样是扭手扭脚地出来,像深海里的鱼,摸索着,两人小心翼翼往前走,害怕惊醒了什么。相比起前面的那一支舞蹈,这支要严肃得多,似乎是更深的关系,两人不可解脱地缠在一起,探险。

也许是看毛姆的热带岛屿小说过多,总觉得这里面的男女,像是毛姆小说里写的那些种植园里疑心病重重的夫妻,本来都是奔着稳定安乐的日子去的,结果被自己旁逸斜出的欲望毁掉了。比如一个戏剧团体里走投无路的美貌女配角,嫁了之后又有外遇,外遇男子被丈夫一枪打死在她怀里,这对夫妻倒是再也不能分开——她已经被刺激得面部扭曲,肢体抽搐,可还是害怕离开丈夫,最基本的恐惧感作祟,离开会让自己陷入沉底的贫困,饥寒交迫而死;丈夫只能留她在身边,害怕她离开就证实了自己的谋杀罪。彼此憎恨的两个人,从此挨在一起等死。

这舞蹈就像这样,男女关系本来也未必都是一帆风顺,可是像这两位健硕的男女跳得那么扭曲,互相折磨的,还是少有——是我多想,不过是一种动作,一种梦中的动作。

最后的一段,完全没有伴奏,于是越发像陷落于梦。一举一动,无端生出很多联想。

倒数第二首《眩晕》,两名舞者都高,捷克这个芭蕾舞团,看介绍是吸收了全世界的舞者,完全无法判断人种,但两人都有种端凝之态,出场动作一模一样。他们像是风中的孤儿,沉默地、快速地移动着,带来了身边的气象流动,风来了,雨下来了,雷霆电击了,他们还是努力保持着一样的步调和动作,像是某种奉献给神的东西——基督教本也要求夫妻一体,共同伺候你的主,妻子的责任就是帮助丈夫,可漫长的人生,持续不断的苦难,让他们不时地脱轨,总有一个人脱离了稳定的系统,倒下,摸爬滚打,然后靠另一个的帮助,站起来,重新开始。

失衡与平衡,构成了主题,多数人的一生也是这样,两个人陪伴着一起走,可是有一天,一个人离开了,生出了异心,另一个轻松放下还好,就怕放不下。

纠缠了几年,运气好的,重新开始,运气不好的,彼此憎恨，这个舞蹈的编舞大概特别明白这个道理，让这对男女没有离开彼此的控制，不离不弃，倒也未必是什么好词儿，但是用在这里，还是有种庄重而幼稚的努力感。结尾处，两人动作重归一致，亦步亦趋，这时候，又有感动，对普通人那种挣扎着努力的同情，也是在同情自己，也明白自己也逃离不掉这个罗网。

两人在舞台上挣扎和翻腾，死亡的脚步一步步走近，只剩下最无奈的完结——就是，哪有白得的快乐，上帝掌握了我们的生命奥义，尽管没有说透，我们也都知道，苦难是无边的，一切双人舞中的爱情，只是生命中的小甜点。

这大概就是舞蹈中微妙的神示。

大小谎言

一

对于喝茶已经是老手的我来说，任何一次喝茶，都是对真相的无穷尽接近，对谎言的无情揭穿，充满智斗、讽刺、轻视和甄别。原因当然在我，喝茶已经有十多年的历史，研究茶学的结果甚至出版了一本专著，实在是见惯了外面招摇撞骗的众生，中国传统文化的很多领域，喝茶之外，比如古琴、中医，因没有相应的客观评价体系出现——类似钢琴的严格的考级，导致各种骗术层出不穷，夸大其词只是其中最轻微的一种，茶桌上永远是漫无边际的谎言。

甚至因此不愿意和陌生人喝茶。

凝视当然是最主要的，默默坐在桌子对面，看着对方夸张的动作，在心里给他一个等级评分，尽量不将一切显露于脸上，认真喝下对方递过来的那杯茶，不是挑剔，而是对方有无数的自吹在这杯茶汤里。比如自己精研茶学多少年，比如自己这盏茶汤直追唐宋，比如天下的茶都不如自己这杯"阳"，"性暖，不伤胃，其他都是阴的"。

夸张到排山倒海的话语体系迸发出来，不由得不给对方一个评判，否则真对不起这杯茶。

眼前就坐着一位，莫名的机缘，和她对坐喝茶，观看了一会，才想起她是谁。曾经上过不太热门的电视节目的评委，热情、高大，有几丝年华流去但尚存的美，但就是这点姿色，让她做张做致，不肯安静。半辈子这么过来，已经用熟了自己的那套处世的技巧，过去的电视节目已经过去，留不下什么东西，不得不找到新方向进军，这个新方向，她几经考虑后，觉得应该是茶。既然现在已经有这么多"茶人"，终日打扮得美美的，喝起茶来仙气飘飘，有的茶教师教授一年茶课程，甚至能收一人十万的学费，那她有什么理由置身事外，不加入到这个行业之中呢？

是我的揣测，未免不够公平。但看到很多半路出家，发誓要做茶人的人，很多都是出自对这个行业的误解。这个事情的时髦程度，正在把喝茶变成了一件可以摆拍完成的事情，似乎学会了拍照，做"茶人"就成了一件相对简单的事情,说白了,是社交媒体的功劳。

这次来上海郊区她的家里,事先我也没有想到会是她,一点没想到朋友带我去喝茶的人家,是曾经在屏幕上看到过的某位评委。那个比赛节目不知名,却比较专业,她是几位评委中最不专业的那位,柔软、多变,每次节目一结束,她就迫不及待地站立起来,面对选手做出各种夸张的姿态,表示自己情难自控,隔着屏幕都能感觉到她的努力——在这个时代,做评委也只是在表演评委。

在别的评委都还坐着的时候,她经常站着扭动自己的身体,这是一个舞蹈节目,站起来也理所当然,但是她的站立、起舞,包括故作欢欣姿态的动作,都带着几丝让人怀疑的夸大成分,即使不在现场,也能感觉到她的紧张——必须如此,她的专业度不够,这样才能引人注意。

同座的有国际知名舞蹈家,她呢,有自己的招牌动作,半倚靠着桌子,毕竟跳过舞,腰细腿长,这样的姿势,才越发显得身姿曼妙。倚靠之余,往往冲出去又坐回来,拍着手说,啊,我太喜欢你了,你来加入我的战队吧。当然都知道,一举一动近乎表演,要把这表演做到十足十才能加分,毕竟声名不够显赫,要格外地卖力。

这种努力，在我们这些旁观者看来，有些可笑了。这个节目完全没有引起人们的注意，观看者多数是专业观众，这些虚浮的表演，做作的表达，既没有掌声也没遭受批评。我以为这个人，是另一个世界的，从没有想过，有一天会相逢。

几个月前，我的中医师兄从外地来，带着我们一堆人，说去上海的郊区玩一下，有个朋友的工作室，可以喝到现打的抹茶，是古法相传。工作室靠近上海郊区的淀山湖，非常美。经不住朋友的鼓动，我带了母亲去散心，那阵子母亲身体不好，也借此让中医朋友看一下。

淀山湖畔的别墅半新不旧，窗外不远就是湖泊，湖水温柔地拍打着岸边，不时有突突的船舶的马达声传来。穿着环卫衣服的清洁工在船头耸立，专门去捞湖面的水草和落叶。我和母亲站在长廊上向湖面看去，这并不是一片清洁的水面，附近的这些住宅，也偏于老旧，这属于上海早期的豪宅，现在看起来有点过去时，甚至会觉得，这片别墅区，并不比周围的农民住宅高尚，尤其是很多幢明显年久失修，无人居住，就有点尴尬了。

这里实际是她的住所，布置得体面，不中不西的几件家具上，堆满了茶具。那时候她并不知道我是谁，我是不是懂茶，只知道我是那位中医朋友的朋友，于是很愉快地展现她的茶艺给我们——真的是刻苦学来的，甚至有打印出来的纸张，上面抄录的是宋徽宗的《大观茶论》中的相关章节。我多次见识过打抹茶，并不新鲜，但师兄却很喜欢，说喝起来舒服，"比你们那些泡的茶舒服，胃舒服"。大概率也是被她灌输的结果。师兄本质是位老实人。

打抹茶的动作，带点生涩的劲头，更加显得她有点小学生的笨拙，与评委席上的她有距离，倒是可爱了一些，至少不像屏幕上那么"做张做致"，多一点妩媚之姿。抹茶这套玩法，说是传自宋，但事实上，明朝就已经断绝，眼下的这套功夫，最早是台湾茶圈兴起，应是参考了日本茶道和中国典籍一起参研的结果。我在台北喝过数次，一次是一位学茶十多年的茶老师给我打，真的是泡沫汹涌，看着黑盏里的茶汤，依稀能想起宋徽宗的茶书里描绘"咬盏"的感觉；另一次，是位头发花白的老先生用建阳生长的野生小白茶为原料，经过几道细致的打磨，成了碎末，打出来的茶汤，汤色乳白，满口沉郁的香，也是美好的体验，但都是喝茶到一定阶段，玩出来的一个小花招，没听说以此为专业，她怎么专门学了这个？

我内心疑惑着。就没想到，真的江湖，大约就是这么虚妄的。

兴致勃勃打着抹茶，分发给大家打印出来的宋徽宗语录，对于她，这是个系统工程。

这时才知道，师兄一方面是来见识她打抹茶的茶艺，另一方面，是给她儿子看病，她在美国生活的大儿子最近回来了，身体很不好，严重的时候，甚至有自杀倾向。"抑郁症"，师兄却很轻松地说。这次来上海，他已经给四五个孩子看过抑郁症，是这个时代的流行病，我一直陪师兄晃荡，确实看到过几个焦躁的父母亲，带着他们倨傲的、寂寞的、阴暗的孩子，紧张迫切地追着师兄看病。有时候时间紧，甚至在上海仓促狭窄的街道上匆匆把脉，在旁看着，心惊肉跳。

每个体面的生活后面都拖曳着阴影，我们并没有看到她的孩子，中午的饭桌上，也没有出现，院子里似乎有位阴郁的青年闪过，事后想，那应该是她的大儿子。

老实说，刚到时，并没有认出她就是屏幕上的那位评委，师兄又是简单的性格，介绍人从来都不说清楚，专门来她家喝抹茶，我以为她是研究茶的，而事实上，我才算是研究茶的。

真没有想到，这种陌生至极的相遇，也能让人窥探到人性深处的一些琐屑之处。

听了名字而互相不认识,大约她和我,没有到家喻户晓的地步,也非常茫然地萍水相逢,非常茫然地不知道对方是谁。

坐在桌前,准备拌面时,她用某种夸张的语气姿势介绍:"这是我们老家的菜码拌面,你们吃了才知道多好吃。"是炒制的黄花菜、木耳、鸡蛋和若干瘦肉片的菜码,典型的北方菜,有点像我在北京的小餐馆里无菜可点时候偶然想起的木须肉。果然,她说自己是天津人,这种拌面,是天津人过生日时候的"盛宴",夸张的语气。她家的菜码里,多了些青椒之类,更加浓郁,说得上好吃。

但和她阔气的家庭装饰比起来,这顿午饭无疑有点寒酸——是我的问题,素不相识来别人家吃饭喝茶,还要讲究好坏。

听了口吻,见识了挥舞手势的姿态,觉得似曾相识,一想,原来是电视上的她,名字也符合。

这顿饭吃得稀里糊涂,尤其是我没见过世面的老母亲,看到这个家既不像普通家庭,也不像办公空间,吃完饭偷偷问我,要不要付钱给人家。她误会这个湖边的别墅,以为是茶馆,我使劲地捏我妈的手,才让她没有把话说完,回家后细细和我妈介绍,现在喝茶的高尚人家,很多装修成这种风格。

她打抹茶时,有机会听她滔滔不绝诉说自己的理想。近些年她爱上了茶,四处寻访高人求教。有位北京的老师,也是我们都认识的那位学费高达十万的茶教学老师,她也去接触过,可大概彼此完全没有火花,放弃了跟随这位学习,去了别处。辗转了几个地方,见了"无数的茶人",终于在四川的蒙顶山,找到了一位她觉得可以学习的人,她热情地说:"我一定要让你们认识我的老师。"

她形容自己的老师,依然是她在评委席上的夸张风度。"天下的茶,都是阴寒之性,只有我老师在四川蒙顶山上做的茶,才是温性的茶。"

"你看过《本草纲目》吗?"我没有看过——"你看过《本草纲目》就知道了,李时珍就是这么写蒙顶山茶的。"原谅我没文化,丝毫不想去翻开《本草纲目》研究这个无聊话题。听起来太不符合逻辑了,且明代的制茶工艺与今日的制茶之法,相去已远,我们当代人喝茶的制作工艺,多是清代才出现。

她不需要我们去理解她,这是她的世界。自己也越说越快乐,本来说是只有蒙顶山上那片地出产的茶叶属于温性茶,接着,她的老师又开始在云南茶山上找到一片土地,结果那里的茶,也是温性,然后在武夷山上找到一块土地,也做出了温性的茶。我在茶叶圈鬼混也算有年头了,但是这么令人惊奇的说法,还真是第一次听说。不太有人会用自己做的茶,去否定所有其他的茶,从逻辑上来说,这里面有巨大的谬误,几乎属于江湖传说,不知道她的老师,为什么要弄出这种说法?为了卖高价?

确实一点不想认识她的老师。

不是我傲慢,是真的,胡说听起来都差不多。

二

茶圈的谎言,一种是骗别人,为了牟利;更多的还是骗自己,尤其是阔太太学茶,很容易把自己学成一种定式,就是讲究器物的昂贵,讲究茶的天价,讲究茶桌上的交际,完全是名利场上的茶风。认识一位泡茶的阔太,很端庄地泡着茶,一边絮语:"昨天我给某位泡茶的时候,这位怎么说。"谈到的这位是一位正当红的大明星。越是轻描淡写,越能证实自己的社交地位。茶桌成了社交场,坐在对面的人,非富即贵,才是所爱的场域。

至于茶汤滋味如何,则并不在她们的系统里。不讲究茶汤,及茶汤背后的实际问题,是通病,也没什么特殊。这位做过评委，现在是专业"茶人"，所谓的"温性茶"，大约也是一种话术，也并未在意。我觉得和这位相信故事的"茶人"，仅是一面之缘，没什么机会日后再见。

可世事就是这么巧合，见面没多久，大概是朋友圈里我自己出版不久的茶书的推广活动被她看到了，知道我也懂茶，于是热情邀请我和师兄一起去她的另一个工作室。

想起我妈把她家当成茶馆的事，想笑，不太想去，预感喝不到什么好茶。她的抹茶着实一般，比起在台湾喝的滋味单薄很多。茶是温性还是寒性，我也漠不关心——从没听说喝茶寒死的。但她的热情邀约，让人觉得拒绝是件很不礼貌的事情，最终还是半推半就地去了她位于朱家角的茶室。这次是明显的营业空间了，楼下有货架，堆满了"温性"的茶，她是深深沉迷在这个故事之中了。

朱家角政府大概是急于推广文化旅游，把很多空房免费拿出来给了文化名人做空间，评委"茶人"老师熟稔于这个系统，她的茶空间，位置尤其好，正临河道。这次倒是没打抹茶给我们，开始讲岩茶，又是一堆惊人的理论。什么现在岩茶做的都不对，只有她老师的做法奉行古法，非常讲究诸如此类。泡了几杯不尴不尬的茶汤出来，勉为其难喝了下去，毕竟不熟悉，没有办法和她讨论，也并不想在陌生人跟前卖弄自己的茶学知识，默默听着就好。

茶圈一般的这种讲述，就是为了卖茶，但我们显然不是她的顾客。师兄是她家的座上宾，我是她刚认识不久的"茶人"，我们的拜访，是她对师兄给自己儿子看病所表示感谢的招待。

喝好了茶，她兴高采烈地说起了今天的午餐，说有人会划船给我们从河对面送来，不由得让我有了期待，茶不行，吃的希望别致？

期待是错误的，一个沉默的中年男人，划拉着一个近乎澡盆大小的划艇，从河对面拿来一个大塑料袋。我们在岸边打开放好，原来是凉皮和肉夹馍，都不知道为什么要在朱家角吃凉皮和肉夹馍。当然，还是我不对，太贪嘴了。不过最尴尬的，还是她的兴奋之情，激发了我的期待，期待落空之后，自然会想到她的表情，从没有见过宣传肉夹馍宣传得这么兴高采烈，就像她在评委席上的表演，习惯表演的人，不会放过任何一个机会。

大老远跑来，还是希望吃点河虾河鱼什么的，所费也不多。

有段时间我很喜欢看明清世情小说，比如《醒世姻缘传》,里面有个贪嘴的小厮,跑到主人亲戚家传话。厨房里正烙着滚烫的羊肉盒子,炒着喷香的韭菜豆腐,可亲戚家正忙,顾不上打发他吃。小厮回家后越想越生气,终于找到机会,传播谣言,让亲戚家里人生了一场大矛盾。大吵闹事件后,大家研究谁是传播消息的祸端,终于想到了这个小厮。"那天听他回家就嘟嘟囔囔,说是现烙着滚烫的羊肉盒子,也不招呼人吃,就拿稀饭和老咸菜灌揉人。"

这段描写印象深刻,但也没让我警醒。碰到有人招待寒薄的饮食,还是不开心,总觉得还不如自己找地方吃饭。也许是中年人能摄入的热量有限,总希望吃好食物,反正热量指标就那么多,真是贪嘴之人。

就这么结束了也好。再次觉得,今后不用再和这位茶人打交道,不是一路人。

可没多久,她又充满热情地发来一张海报,说是她的老师到她朱家角的茶室讲课,希望我也能去听。倒真的要出差,和她说时间凑不上,婉拒了。那海报印象深刻,主讲人上只写了"某老师"三个大字,没有真姓名的海报,也是首次得见。

茶的江湖,一方面是波涛汹涌,一方面是贫乏可笑,就那么多陈年故智。我是能不出门就不出门,除非对方是真熟悉的朋友,或者是久闻大名的茶人,毕竟已经在这里打滚了十多年,见过的人委实过多。少约成了我的原则,和这位茶人的缘分,也就到此为止吧。

努力避免的事情,总是避免不掉。隔了半年,热情的她又邀请我们参加她们在苏州的一次茶会。事先我的师兄就跑来叮嘱我日子,告诉我到日子不要安排别的事。我是满心不情愿,但拒绝人一向也不利索,据说是我们这个星座的人的特点,只能模糊答应了。到了日子,事先一个月就通知的事情,临到头再逃走也不合适,何况我师兄热情洋溢地安排了住宿酒店——当然我知道,都是她的主意,把我当成某类专家了。

和师兄开玩笑,你收了人家什么贿赂?非要我到场。师兄说贿赂啥,她和她先生,在我们那里住了半个月,天天喝酒,算是很熟悉。她虽然不懂茶,可是爱学习,我郑重其事和她说,应该向你学习。

我说这也属于贿赂,是你熟人,就把我卖了。

对她的印象,都是肤浅的,就像地方书画家协会画家画的中国画,划拉两笔,就是一幅山水。我完全不懂得山水、人物,云山雾罩的,却是时下最流行的中国画,也许,她就是时下最流行的茶人。

鼓舞自己,反正一次茶会,去了也就是喝几杯茶,还能如何？哪想得到，这次茶会，真的是糟糕的记忆，现在在这儿回忆，都有点懊恼的意思。苏州的这个茶会，早有耳闻，是某个过去的知名的酒吧老板的新兴产业，看过一些照片，漫天垂着的纱帘之下，各种穿着汉服的茶人，动作夸张，照片深修，弥漫着一种做作之气，一直拒绝前往。

这次没有拒绝成功，去了现场，倒也布置得卖力。河边全是集市，卖茶叶的，卖各种茶人服装的，当然还有吃的，各路或真或假的有机食物。隔着河岸，对面坐着两位唱评弹的苏州演员，喇叭里生硬放大了的琵琶三弦有种扭曲过的苏州情调，是浓眉大眼的江南。

昔日的舞者，现在的茶人老师让我们一定要去喝一个奶茶，说是她喝过的最好喝的奶茶。小茶摊的样子做到了十足，萃取咖啡的机器被挪来萃取茶汤，热气腾腾地冒着蒸汽。煮奶茶的中年男人带着小礼帽，气派是有的，结果却不佳，异常平庸，奶甚至都是无菌包装的常温奶，捧场地喝了。在她询问我们好不好喝的瞬间，师兄脱口而出：非常一般。算了了她的话头。

现在都难以说清这次茶会给我的感受。我也算见惯了茶圈的所谓世面，就拿茶会来说，在凌晨的杭州，净慈寺的庭院里，看着烧水的陶炉中缓慢舒展着热气，慢慢醒来的茶会让我印象深刻;在景德镇的废弃厂房改造的展览空间里,黑暗中穿过月洞门,来到特意制作的雪白茶桌前,喝一杯存放了二十年的老乌龙茶所萃取出来的茶汤;在冬日的苏州艺圃的傍晚,穿着厚重的棉袄,闻着桌子上紫砂壶里的茶飘出了活泼泼的香气,都难忘。苏州的这次茶会,像那些茶会的模仿品,不上不下,充满了各种玄机和谬误,让我尴尬——她的茶桌,一如既往的华丽,放上了刚在潮汕打制好的金银盒子,用来装她的茶粉。我顺手拿起来称赞华丽,她娇嗔地看了眼师兄,说:"把你发过去学习一年,这样你就会做手工了,你不是号称喜欢做手工吗?"一如她在评委席上的俏皮,大约这是她某种姿势的日常,女性的、娇嗔的、柔媚的。

她大概真的是习惯相信传奇故事的人,隆重地向我们介绍她旁边一桌的茶主人,昔日的酒吧老板,也是这个茶会的创办者。"老先生开始不喝茶,怎么喝上了?是因为自己得了癌症,到了晚期,很焦虑,碰到一位有缘人,说不用治疗了,去茶山喝茶吧,于是喝了五十多天的茶,病就消失了,进而开始创办茶会,创办这个市集。"天方夜谭的故事,讲得津津有味,可见是真的相信。这种民间传奇,一向有其市场,她的灵魂里,大概渴望这种传奇故事，故事就这么一波又一波地在放大。

茶会属于预约制，轮转坐到了这位老先生茶桌之上，满头白发，望之俨然。上来就给我们喝一泡据说老得不能再老的白茶，价格高昂，那白茶掺杂了隐约的尘土气息，些微的霉味儿，说是从马来西亚回流的茶叶，但茶汤又没有真正老茶的醇厚度。朴实的中医师兄直接小声问我，这茶没有老茶味儿啊，恨不得像掐我妈的手一样，去掐师兄的手。不幸的是，他的声音还是传到老先生的耳朵里，先生倨傲地说："你们喝不惯吗？这是药，这不是茶，我们潮汕人最明白这种老茶的好，不看重香味儿，都是拿这个当药的。"

我只能说，害怕茶叶存贮中的仓味儿。

那个味儿太重，喝了不舒服，发霉茶是非常可怕的，曾有在潮汕地区喝了发霉的老茶之后，腹胀如鼓，难受三四天的经历，确实是畏之如虎豹，妄图含混过关。老先生骄傲地叹了口气，拿了些放了陈皮的煮好的白茶给我，说："喝不惯这种价格昂贵的老茶，那么喝点便宜的吧。"

至少这个茶汤没有霉味，可接受。老先生略有鄙意地看着我，继续发表自己的理论，一般人喝不懂药汤般的老白茶，但我们潮汕人，是真的把这个当药啊。其实这老白茶的问题,不在于像不像药汤,而是明显被人做了手脚,在里面添加了水,加速了陈化过程,基本可以算假茶,我到现在也不知道,他是被卖茶的人骗了,还是味觉迟钝到喝不出茶汤中的异味?当然这茶,也是没法喝下去了。勉强的敷衍着,我是宁愿喝他煮出来的茶,也不想再喝一口所谓的"老茶",彼此对对方的不满,但又无从表达。

茶会结束,轻盈的评委茶人走过来,斜靠着桌子,说,好喝吧?我和中医师兄含糊地表示着。她热情向老先生介绍了我,老先生的倨傲一点没有减少,话倒是多了起来。我知道你,我看过你写的文章,你的朋友谁谁谁不是个好人,语速多而密集。我们仓促地离开,尽量礼貌地告别——没多久,这位评委茶人就向我的中医师兄宣布,我不是个好人,因为我不尊重人,在老先生的茶席上,不认真品茶,还在那里看手机。师兄直接把这话向我转述了,哈哈大笑。以他的直率性格,觉得这属于地道的茶杯里的风波,他甚至以更猛烈的方式回击了评委茶人:"那桌茶,喝起来像洗脚水。"

我倒是深深舒了一口气,从此之后,她大约不会再来找我了。一直反思自己,是不是真的傲慢心太重,以自己有知识为自傲,瞧不上那些半路出家的人,后来一想，还真不是。

她应该是某种简单的人，热情也未必都是出自造作，但过于"躯壳起念"，这种思维体系的人，对各种谎言，就是不加分辨地接受了。

三

茶杯风波，大抵还是因为很多喝茶之人，并非真的喝茶，身处名利场中，需要一些超越茶本身的东西去装饰，比如金钱，比如谎言。谎言可说轻微不足道，但能让茶桌活色生香，这套招数，近来越来越流行。

在台北的茶桌上，喝到过所谓活佛加持过的茶。我们同座的一位小姐，一边喝，一边说，能量超级大，喝得都浑身发抖。我是生性喜欢真相的，对于谎言有习惯性戳破的爱好，就像小孩子去戳肥皂泡——茶汤这么清简的东西，加故事是对它的伤害。

人类的习惯，大概还是忍不住要添油加醋的。最近去云南的普洱茶山，从北京来的茶桌贵妇，一个劲儿和我强调，大金壶煮开水，小金壶泡茶，加上金杯喝茶，茶汤会变得如何美妙，似乎黄金的加持能让茶汤更美好，成了一个正在流行的茶桌新"三金"的故事，也不知道会不会流行开来,成为一种彻底的霸权式的茶汤新知。

传统中国的各种享乐事物因为缺乏评判标准,所以多传奇,多故事,倒也并非虚言。去新疆看木卡姆,到莎车县城的乡下,有宣传部的人带路,避开了一路的旅游景点,最后在叶尔羌河边,四周八乡的人们,拿着各种乐器,缓缓走来。各路乐手都齐全的时候,一声弦响,众人半齐整地放声唱起来。旁边的叶尔羌河十分峻急,流淌着刚融化的雪水,自然是寒气逼人。夏日里,我们席地而坐,一点也不觉得暖,但缤纷的木卡姆乐声,却是能把人包围得紧紧的。

结束后告别,高鼻深目的乡村歌手和我们聊天,他家就在附近,原来家里也有玉石销售,我们一听就激动不已,赶紧跟着他去买和田美玉。硕大的乡村院落,门口还有两块重达几十吨重的黑色玉石的原料,放在荒野里,也不会不安全,要偷走需要一番功夫的,有种好莱坞电影里的传奇感,流落于古墓里的珠光宝气,几千年也不会变化。

掌心里窝着的白色玉石,润泽而温暖,一块也就两千,沉甸甸的,赶紧买下。把玩了半天,美梦在吃午饭时破灭,跟随我们的陪同的一位支边妇女,来自内地省份的支边干部,有着黄灿灿的染过的发色,红扑扑的脸蛋,强硬要我们出示手中刚买的和田玉,在桌上当着一群人郑重其事地告诉我们:你们被骗了。

"这不是玉,这是卡瓦石,哈哈哈。"随即是一串粗俗快活的大笑,大约是远方来客的不懂行,让她觉得智力上比我们高了一等。这时才明白,卡瓦石是戈壁滩上普遍的石头,在新疆也常见。刚才我们购买的时候,不告诉我们,大概是怕与本地乡村的人们起冲突,毕竟她在这里支边。彼时新疆支边政策特殊,很多退伍军人只要愿意留在新疆,就可到政府部门担任公职。大约还是本地人才匮乏的缘故,很多初中文化水平的退伍军人也在这里做了官,他们的家属也充当了干部,可能这位快活的河南妇女,就是家属之一。

说不清为什么,我对她的印象深刻,大约戳破了谎言的人,往往招人恨意,虚伪的生活倒有种平安喜乐的劲头,像河水温柔缓慢地流动——我们喝酒、吃饭,听她继续嘲笑着我们,直到她吃多了急忙去厕所。"我去拉屎了。"她带几分快活地说。

这些谎言,都是无伤大雅的小事,一次买卖,一个虚空中的吹牛,一个往脸上贴的金片子,像古代仕女装束里,往脸上贴上的"花黄",虚空中的一点光亮,真的不紧要。而当谎言真需要尽力去弥补的时候,往往意味着惊天丑闻的诞生。职业生涯中，不可避免遇见无数的撒谎者，有时候是事不关己，有的却是尽力弥补一个丑闻，事关家庭毁灭的丑闻 —— 可以原谅。

十余年前去云南昆明，采访一个轰动的"小学生卖淫案"，名字起得惊悚，但事实，却又贫乏到几句话可以说清楚。一个住在昆明的底层人家，住在破败的贫民区里。丈夫和前妻生的大女儿独居，被怀疑是妓女，因此被公安盯上。布控几日之后，破门而入，结果那天抓到的一群人里，有两位，是这家人的两个小女儿。两个个头不小，丰满可见的女孩子，后来一查才发现，女孩子还是小学生，也没有卖淫的任何迹象，显然抓错了对象，之后迅速释放。

这事可大可小，媒体报道出来之后，这家人抓着"小学生这么会卖淫"这个由头，一直在找公安赔偿，并且请了律师，律师则将这件事，进一步扩大，增加对公安的压力，寻求国家赔偿的可能性。

那是媒体普遍追逐正义感的年代，帮扶弱者为己任，当然是同情她们，去了昆明就着急忙慌去她家。这次去的昆明如此陌生，不是游客的昆明，没有翠湖公园，没有一只只从遥远的西伯利亚飞来叼走手中面包的红嘴海鸥，甚至也不是自以为见多识广的我的昆明。我的昆明是隐秘的菜市场，深山里的寺院，藏在花鸟市场里的咖啡馆。城乡接合部的昆明并没有晴天丽日的美，是局促，是破烂的集合体，与任何一个城市的城乡接合部没有两样。

全是出租房屋的集合体，让这里的人们显得急就章，无所谓，都是将就的局面，似乎这里的人没有固定住所，到处都张贴着出租屋的广告，街道上破败不堪，只有成片的低矮建筑群，上世纪八十年代的单位宿舍一路铺开，旁边是大片的农民自建小楼，用途无外是洗头房，廉价物品的小超市，以及简陋的KTV，这也是这家人家十多年前来昆明时候的落脚之地，之后就一直没有搬家。这个家庭的四十出头的母亲告诉我，十多年前第一次来，是来这里开采小土方，挖沙挣钱，当时的她，受不了家乡原来老公的打，就带着孩子逃了出来。

她弱，小眼睛眯着，云南山地人的瘦小，但又有着体力劳动者的强悍劲头，同时，脸上总有种凄然的表情，让人不由自主生出同情。

小街满是洗头房和洗脚屋，丰满的女人们像草丛里的花朵，勃然盛放，摄影记者随手抓拍，街头都是各种暴露的女性，难怪公安会在这里布控。母亲现在做的工作，是一家公厕的看管员，他们家距离这片主要的街道，有点距离，这是她十多年未曾搬离的家，农民自建楼的两层，尽力美化却依然寒酸，贴着赠送的明星画片，电视机和DVD，是最值钱的财产。

大女儿并不是这位母亲的亲生孩子，而是她现在跟的男人之前生的女儿，住在自建楼另一边的单间，号称"混社会"，并不和家里人住，说是常夜不归宿，也打过很多次，没有用，索性让她自己住。

公安盯上的，也是这位大女儿。但是那天不知道怎么回事，跟踪大女儿回来的联防队员，砸开的却是这位母亲家的门，带走的，是全家人，大女儿和她带回家耍的那男人，母亲和她多病的丈夫，以及两位还未成年的女儿，其中一个女儿穿着一件十九块钱的崭新的白裙子，两个女孩打开门准备去吃烧烤的瞬间，正好被闯进门的联防队员们摁倒在地。

摁倒全家人这件事，对于这位母亲来说，是奇耻大辱，一家人被摁倒在院落里，跪倒了一片。我记得她神色惨淡的脸，"没有脸了"。三个女儿被分开询问，关在不同房间里，母亲的记忆深刻，如何被羞辱，被指着说"你这样的人，死一个少一个"。直到天亮才明白弄错了，被释放出来，因为要证实女儿的清白身份，之后她还安排了女儿的体检。

我特意请了他们一家人在附近餐馆吃饭，也不知道怎么来了很多人，她的全家，她的亲眷们，包括一些她的小姐妹，弄得像家族聚会，可能也是平时少有来餐厅吃饭的机会，等于一次牙祭。我明显有点利用吃饭来放轻松谈话的盘算，毕竟是个敏感的话题，边吃饭边聊的过程中，大家越来越话多。选择的是街道上的小餐馆，扎实的肉和蔬菜，还有不知名的小蘑菇，带有雨季昆明的特殊气息，这大概是这个偏僻角落里唯一和美好的昆明能沾边的东西。母亲神色惨淡，说话凄厉，一边诅咒着社会，一边恶狠狠地和我说，要是公安不赔礼道歉，她就带着自己亲生的两个女儿回老家，同时把自己和现任刚出生不满一岁的小孩送到福利院去，弥漫着凄凉感的表达，也不知道真假。我是之后才觉得，这位母亲，是有她的各种脾性的。

那位被错认为妓女的大女儿一直没有见到，究竟有没有过卖淫行为，真的是难以判断，警方和母亲各执一词，这件事关系到整个案件的进展，在母亲的叙述中，大女儿并不是乖巧的女孩。"很早就不上学了，天天和社会上的人在外面混，有年春节，我们骑着自行车满街找她，结果发现她在别人摩托车的后座，打她爸爸给她的那个烂手机也不接，不过就算接了，估计也是谎话。"

母亲说,让大女儿出去单独住的理由,是她总是带不同的男男女女回家,找家里要钱,就索性安排她出去住了。"后来有人来采访,我才知道她有时候和一些男人睡觉,并且他们给她钱和东西,但是我翻过她的书包,里面都是五毛、一块的钱,就这么点钱,怎么会做妓女?"

很难自圆其说,不过当时还是同情她,种种道德加分:贫民窟里的一家人,被误抓的小学生女儿,满屋子的破败景象。对于一个年轻记者的我来说,都是同情项,我也就顺着她的话去记录了,但没多久我就明白了,这位并不衰老的母亲,其实充满了她的机智,绝对不能承认大女儿是妓女的事实,这样她才能打赢官司——但其实她什么都明白,否则哪个贫民家庭,会再花几百块钱,给女儿单独租房子?

并不是自己的亲生女儿,这大概是她能够公然默许女儿的卖淫,也是人性中恶劣的一点。

"怕她把我两个女儿带坏了。"这句话,表达出了她不仅知道,且了然这女儿的一切,当然还是我对真实社会没有观察,当了几年社会记者,可是真正的底层的生活经验,并不是我的强项,总觉得世界蒙着一层温情的面纱,三十年代左翼电影里宣传的道德爱好者。

有一年去东北采访矿难，有位妇女刚在矿难中丧失了丈夫，拿到了三十万的赔偿款，兴高采烈的，在厨房里和我说她准备未来搬迁到附近大城市的打算，完全看不出哀痛。我记得我满是疑惑地打电话给我的领导，她怎么一点不难过？厨房的地上，堆满了大白菜，那些白菜带着长长的根须，估计是当地市场的因陋就简，这样的苦难之地，可能确实没多少希望，我却是一点不懂她们的盘算。

这个案件里，律师当然也顺着母亲去说，告诉我他见过的这个女孩，就像个"不良少女"，和她两个妹妹一样，简单、无知，就是爱买点新衣服，每天在街道上晃，"这是这边女孩子最普通的行为"。多年后，看过一个记录南美贫民窟的电影，才知道，在生存环境恶劣的街区，很多行为并没有那么多清晰的定义，很多司法场景，也并不需要那么准确的判断——这才是更大一层的事实，而谎言算是什么呢？是家常便饭，是每个生存在这里的个体保护自己的武器，如蜥蜴般的变色技巧，毫无负罪感的一种言辞。

我到现在还记得，一个绝望而脾气恶劣的母亲气急败坏的脸。

还有一件在公安局采访的时候，无心听到的事实更奇特。这个复杂的母亲，在逃离早期的家庭后，在昆明找到这个准备共度余生的男人，年轻时候有犯罪记录，因为在山区偷了一匹马。听起来几乎带点浪漫色彩，但我知道，一定不浪漫，是贫困生活里坚硬的事实——我能原谅她的谎言。也很好奇她们一家的现状，两个她拿来做武器的小女儿，现在一定已经长大了，她们在哪里啊？

多年之后重返昆明，我不是一个心思重的人，并没有想故地重游，但乘车路过的时候，那个曾经的地名扑面而来，一下子又让我恍惚，她们在哪里呢？此地已经被改造成成片的住宅区，高楼林立，无数的窗，无数的人，无数的性生活在各个楼宇里随意发生，秽亵而疏懒，兴奋而平常，没有人会记得，当年这里的街道模样。

跋

地球上的陌生人

时代的变幻莫测，在我们这代人心中大概已有了定论。只有童年才觉得日子是一成不变的，懒洋洋的。夏日午后阳光普照，映在地面的黑色人影，户外蝉鸣喈喈，电视里播放着《西游记》，那个年代暑假永恒的连续剧。我躲在饭桌旁吃一毛钱一斤的野枇杷，剥枇杷皮剥到指甲里发黑，都是枇杷蒂的黑色素，觉得时间怎么都过不去。

对中年人来说，不要期待时代的一成不变，一定是变，变动中有沉浮，有生死，当令人惊悚的一幕幕揭开，就像葛饰北斋的那幅浮世绘《神奈川冲浪里》，个体只能静默观看巨浪滔天。大浪冲击下，大约每个人都是无能为力的，很难掌握自己的命运。

就拿职业来说，之前所在的媒体行业的变动，至少令我目瞪口呆，眼看着逐渐消亡，或者用漂亮的词，"日新月异"，但结果是一样的，从繁花似锦到了冷雨萧瑟的此时，也不过短短几年。大概是五六年前离开工作了十余年的新闻行业，短暂地在出版行业游离了一段，但很快发现这一行业并不适合我，于是彻底离开组织，或体系。回望整个媒体和出版从业生涯，简直就觉得是在波浪中游泳，见识了不少，但更多的，是呛水的瞬间，直到上岸，才发现，哦，原来是这样被弄得狼狈不堪的——当然我不是要总结媒体消亡的历史，那个留给比我更重要的媒体人去写，也不是写自己的媒体从业史，没到写自传的时候，不过这些年，总有些东西留了下来。

留下来的，是一些忘不了的人和事。钱穆说过"忘不了的人与事，才是我们的真生命"，我觉得这些生命中积攒下来的体验，比起我工作时期写的大量文章更重要。

那些文章制式化，尽管很多人是通过那些认识我的，但无趣，中国人崇尚印刷出来的东西，一直到现在，还有一种生意，是帮助退休老人自费出版书籍。真有人收藏我主编的某期杂志，在淘宝上，主编过的茶杂志能卖出高价，大约有些读者觉得扎实，但相比起自己的生命体验来说，媒体类型写作，是很快会丧失在时间流里的东西。

十多年前，我在一家杂志做记者，我们的杂志是当年中国的"顶流"，在时间的洪流即将淹没"杂志""媒体"这些字眼的时候，我需要解释一下我工作过的《三联生活周刊》。那是新闻类周刊流行的年代，当年的主编朱伟从《人民文学》的编辑岗位下来之后，一直立志要创办一家新闻类的周刊，终于找到了机会，时代给予的机会，那个时候，不仅仅是受众的新闻深度阅读的需求已经被激发，且印刷厂提速，可快速印刷轻型铜版纸的杂志了，时代变革，无一不是靠技术进步做底托的。

杂志越办越好，大江南北的有志青年纷纷投奔。因为主编曾经的经历，导致我们的周刊不仅仅要求新闻的事实，更要求文字的节奏感和舒展度，任何稿件都需要体面——文章的体面是件很难说清楚的事情，可能可以与之类比的，就是服装，有的品牌的服装，花哨而廉价，而我们的文章，至少是用料精致，裁剪讲究的，当然还要追求款式的时髦，算是轻时尚，但至少不是穿后即弃的"快时尚"，也可以努力登上一回国外的时装周。办公室隔一段就要讨论下新闻写作的方法论，实在是并不敷衍的文化产品，在那个年代，给众人提供了无数的闲聊材料。机场里的书店，卖得最好的，是我们，央视的主持人，装作有文化的明星，还有大大小小的名人，临上飞机前，总要买一本我们的杂志，打发掉机上的时间。

我是误打误撞进入这家杂志的，不是主编朱伟面试的我，而是社会部的管理者李鸿谷，我跟着众人叫他

"李大人"。当年徐克的"黄飞鸿"系列刚流行，有同事给了他这个外号，众人一叫就是这么多年，外号含义丰富，有人褒有人贬，但也气派，就此流行开来，以至于外单位的人也跟着叫。我第一次去应聘就是见他，那时候周刊还在三联书店的楼下，压低的天花板，老化的日光灯时亮时灭，弥漫着某种暧昧不明的气氛，但又稀松日常，不够拍香港流行的办公室鬼片的质地。李大人约了两位同事面试我，她们刚从包头空难的现场回来，说大家一起问我问题。他用近乎不耐烦的语气说，如果是你，怎么去采访吧？大概又看出我的迟疑，安慰我说，不就是个沙盘推演吗？我历来不是个雄赳赳气势的人，也没有经历过什么面试场面，只会怀疑自己，这样的架势，更让我嗫嚅起来。

比如说是你，如何去现场？如何找到那些遇难者的亲属？见了面，聊什么？问题倒是惊人的常规，有点小儿科的滑稽。我也有点不耐烦了，直截了当地说，打车去啊，哪家宾馆家属多，就去哪家啊。几个人都尴尬地笑了，大概觉得这个沙盘实在是有点简单。没有想到，我今后的命运，倒有无数次是和灾难采访的设定紧密相连，《三联》那个阶段的灾难报道，我亲历了一大半，杂志社本来就男丁稀少，还有几个花花公子型的男丁固定采访IT和汽车，属于肥差，其中有个夸夸其谈的北京小哥，负责IT行业，在业内小有名声，但声名狼藉，他平时在办公室张口闭口就是斥责采访对象不懂行的，只因众多的采访对象想在《三联》上免费露脸，就给了他这等机遇——最终他以收取贿赂过多而被公关公司举报，进了监狱，甚至上了当晚的新闻联播，这可是我们杂志少有的上新闻联播的机会，一件小事，暴露了周刊鼎盛期的场面。

社会部阴盛阳衰，每逢灾难，虽然是新手，我不得不被驱逐出门担此大任，去到陌生的城市，去乘坐各种稀奇古怪的交通工具，去目击陌生人的苦难，去听取他们的哭泣无助，最终把他们的哭泣写成了文章，这属于最本质的非虚构写作，没有花招可以玩。其实这个职业由来已久，最古老的时候，他们是两军阵前的探子，骑着马，飞驰到自己军前，一声长嚎的"报"。

联合国教科文组织有本刊物，叫《信使》，也在中国发行过，"信使"这个名字倒是比探子好听许多，我就是二十一世纪的信使，在各地游弋、浪荡，写下一篇篇的见闻，换取谋生的微薄薪水。当然在《三联》立足是有难度的，那个时候主编朱伟审稿，《三联》没有编辑层，所有的人，包括实习生，写完稿件直接交给朱伟，他不发的稿件,一定是有问题的,而被枪毙了稿件的人,真的嗒然若丧,一星期,或者更久的时间之内抬不起头。

传说中他把某人的稿件揉成团掷到对方脸上,对方颇有唾面自干的能力,没有反抗。我们办公的时代已经用电脑写稿,都是发邮件给他,没有类似的境遇。总不至于冲出办公室砸掉我们的电脑,那可是公家财产。砸电脑的情况,只发生了一次,是某个女同事的男友发现了她的外遇,颇为骁勇地冲到办公室,砸了她的办公电脑,后来办公室还把账单寄给了他,当然不会有下文——一种莫名其妙的喜剧。

我也有数次被他威胁要立时三刻辞退,不知道怎么混下来了,还是靠文章吧,我想。尽管我不是他心目中的好记者,但显然也有足够的自我,在那个狭窄、局促、荒诞的杂志舞台上,时不时唱几次主角,有几年的封面报道我参与颇多,年终总结上发稿量都排在前十,但这个一点不值得骄傲,其实是类似民工的工作。那几年,略带自嘲鄙夷的"新闻民工"说法已经流行开了,在办公室熬夜赶稿子的时候,正在装修房子的同事经常一声轻叹,半个马桶到手了,那是写完文章的自我鼓励。只是没有想到,有一天,整个行业都被弃若敝屣。

回忆下去会变成"三联回忆录",但恰恰现在我写的这些专栏文章,和三联的职业生涯关系不大。如果说有,就是微薄的财务支持,正是那一次次的游荡打底,有了多年以后这些文章产生的基础。如果没有采访的名目,谁会去冰天雪地的俄罗斯,在波兰总统坠机的现场,和一个幼稚的不肯下车的翻译吵闹?谁会去青城山寻觅"四川人的道教精神"?谁会在泥石流刚刚淹没的甘肃县城泥潭里艰难跋涉,半夜三更被叫醒去爬山,去高山上避难,避免"更大的泥石流"的冲击?

这些采访提供了我去各地浪荡旅行的基础条件。

信使的今日使命,是把搜集来的信息辗转成文,卖给大众。但新闻往往是浮于表面的东西,足够表皮,印刷出来的那一刻,对于记者来说,就完成了所有的任务,剩下的事情交给读者。我在很长时间内,养成了以周为计时单位的心情晴雨表,这周任务完成的好,被朱伟表扬,就兴高采烈,这周如果被毙稿,就沮丧得很。

整个人都单薄得可笑,人被工作所控制,是每个社会都会存在的现象,但所谓的顶级杂志的新闻从业者,也如此卑微,还是让人诧异——也不知道是不是我的逆反心理发挥作用,从那个时代开始,就逐渐明白,新闻之外,一定有我存在的理由。现在想想,其实新闻行业也是现代性体制下的一环,在某种程度上,有其虚假性。虚假的工作，是现代性体制化产业化生产环节的一种——现在在各个大厂工作的年轻人，应该比我有体会。

为新闻活着的人，有，但未必是我。

当时整个周刊的人走火入魔，还是归功于朱伟的控制有方，作为新闻类周刊的领导，他足够强，把每个人都安插得当。但更多新闻所不需要的丰富的世界缩影，在我心中悄悄滋长出来。已经记不清楚，是哪一个时刻，更多的细腻心思喷薄而出？开始在新闻之外，训练自己的写作。

是在多年之前的地震采访之中？那一夜回到了成都，已到了地震区里的绵阳、北川五六天，回成都是为了休养生息，也是只能留在此地。整个成都买不到回北京的机票，机场全是准备离开的人，一周后的机票甚至都售罄。交给朱伟几万字的稿件，工作是暂时结束，可余震频频，想休息也难。同事已经四散，我单独选择了天府广场的一家四星级宾馆，厚重夯实的大楼，那个年代的豪华建筑笨重老成，不像今天的时髦民宿般纤细，门外的天府广场还没有完全改造，也就是个普通的大球场的样子，正对面是四川科技馆，门外有毛主席像，挥着手，在地震时期的成都是个醒目的存在。整个广场空阔到了极致，成都人大约都躲藏在家中默默恐惧，有点像安哲罗普洛斯的《时间的灰烬》里的场面。

除了科技馆，周围都是些小城市的时髦大楼，正对面的一幢楼上有家餐馆叫"欧洲房子"，我曾经去吃过饭，是那时候成都少见的西餐厅，一个在国外奋斗多年后回国的女性开办的。她满脸的红色血丝，自己有点不好意思，说是在厨房被熏得——那时成都最好的西餐厅，地震前，我去吃过饭，转角则是几家名牌，哪里像今天的成都处处繁华。

成都远没有今日这么多酒店，这家就算是堂皇的，楼下大厅高大轩朗，刚从死人堆里爬出来的我，只想安稳睡觉，宁愿自己超过标准花钱。是的，即使在这个余震不断的时刻，考虑的还是报销不了怎么办，信使的卑微际遇。沿着天府广场的一圈建筑，多是新大楼，但后面就是八十年代流行的单位宿舍，酒店的后面，是某单位古旧的宿舍楼，楼前有棵三层楼高的大树，没有风，那棵树剧烈颤抖起来，整个树的末梢都在神经质地抖动，像是癫痫发作的人类，此刻知道，余震来了。

刚到震区的时候，并不知道余震是什么样子。从绵阳往北川进发，临行前在街头吃红油火锅，满大街的人都在吃喝，害怕房子垮塌，不敢在房子里面吹牛。沿街铺开了一条吃喝的河流，我和莫名其妙认识的人一桌，有当地消防局的，有央视的，都是临时碰上的，都准备第二天去北川，还不知道真实的灾区是何等样貌，吃着喝着，突然看到火锅里的红油泼洒了出来，微观的海啸，余震。但不知道害怕，坐在那里，腿突然弹跳了几下，才了解余震是间歇不断的，一旦晃动起来，就是无数次。

真到了北川，从无数垮掉的钢筋水泥的废墟上爬过去的瞬间，目击着断掉的残躯、模糊的血迹、破损的证件照和飘在半空中的成绩单的时候，才知道地震的可怕。喘息未定和救援者坐在斜坡上休息的时候，余震又来了，像是大地与你开玩笑，两条腿被弹到半空，又被放了下来，接触死亡，人才会恐惧死亡。

可是没地方说去。

周围都是死亡与苦难，你的恐惧不值一提。只有自己回到成都，把自己放置在窄小的房间里，窗门闭紧，可余震还是根本不管不顾再次袭击而来的时候，你才知道，这时候，你可以有自己的恐惧了，个体的、微弱的、不中断的、无辜的恐惧袭来，整个人开始在床上发抖——而此时，你的杂志，你的主编，你的新闻事业都与此无关，宏大新闻的叙事中，不需要这些微观渺小的情绪碎屑。

我还记得那夜闪电照亮窗外的那棵大树；我还记得第二天上街觅食时只有青椒芽菜没有鸡肉粒的"芽菜鸡丝锅盔"；我还记得在街头的按摩店里，沿街摆满了按摩椅上坐着的妖艳中年妇女缓慢抬起的鲜红指甲的手；我还记得宣布有最大余震的夜里，从高楼上望下去，出城公路被私家车挤满了的那种僵硬感；这一切都和我的杂志我的主编没有关系，只能做最自我的书写，新闻断裂的地方，自我的写作生长出来——当时写了篇小的散文《震余记》，收在了我的第一本散文集里，多年后还是不甘，大概是过于随意的书写，无法抹平这么纠结的往事回忆，时不时想起那夜的余震，半夜醒来，整个身体被抛在半空，然后砸到酒店的床上——不是本地人，无处可躲，只能在酒店等着。

酒店前台都慌张地去附近公园避难了，也通知了我们，说这幢楼只能防止七级地震，但今夜的余震，是八级，酒店对所有住客的安全不负责任，请你们去公园避难，可随身携带酒店的浴巾当作铺盖，拒绝了前往。当世界变得超现实的时候，那我们就安静地躲藏在角落里吧——丝毫不觉得公园里盖着浴巾的夜晚是平安夜。

附近的公园，应该就是人民公园，现在是闲散的旅游目的地，川流不息的游客，喝着盖碗茶，流水线般地被掏着耳朵，一种土味十足的制式化旅行，让人只想逃。

多年之后，谈起了这段经历，正好和《上海文学》的执行主编崔欣在一起喝咖啡，她鼓励我可以写下来。

之前在这本老牌文学杂志发过旅行的散文，她放在一个固定专栏里，名字非常上世纪八九十年代，令人骇笑。我表示抗议，她也没理我。这次聊到我的写作，她说干脆写一系列，给你开个自己的专栏，想个名字吧。

她可能喜欢我的文字，因有此建议，要知道同时在上面开专栏的是陈冲、徐皓峰，相比之下我是无名之辈。讨论了许久，专栏用了"望野眼"这个名字，在江南，这个词属于一听即懂：清明的时候坐船上，从河流上慢慢滑行，两旁的菜花田，一眼晃过的桃李花，都让眼睛看不过来，这种虚瞟风景，就属于"望野眼"的一种；民国流行的社会小说里，外省青年进入十里洋场，各种声色犬马也是看不过来，同样属于"望野眼"，但很奇怪，我没有明白这个词究竟来自书本，还是民间？或者是上世纪民国小说里的书面语？这个词显然不属于俗语，没有进入大众流行的语言体系之中，更是和当下的互联网语言有着巨大的距离，架不住我自己喜欢，专栏名称定下来，开始了周期性的写作过程。

一旦专栏启动，发现当初的构思很难支撑起庞大的写作计划，我算是周期平缓的，双月才出一期，但很快发现过去采访之余留下的那些生命感叹，其实也不是很丰富，写了两三篇之后，很快就有捉襟见肘之感。

二〇二二年的专栏六期,和过去采访生涯有关的少得可怜,有关系的,不过两三篇。写了篇《难中寻吃》,地震里的,空难后的,泥石流中的,自己在灾难现场的各种生存经验,摧枯拉朽一般地写下去,一万多字横跨了几年的采访生涯,这时候才发现我不属于下笔万言的作者类型,这么篇短文,里面堆积了几年的血泪史,简直浪费。

一下子对自己写作有了新的认识,原来从新闻写作跨一步出来,文学创作的天地更宽阔。前者是集体,后者是自我,身体搬迁,目光流转,我发现自己抛弃了新闻行业,或者说我被新闻行业抛弃,都没有对我产生影响,我一下子站到了生命节律的震动中心,成了震动的一部分,写作,就是和生命这个体系发生共感,这是我个人的机缘。后面的文章,就越来越离开了之前定下的轨道,狂奔进入了新的现场。正好这两年因为不用上班,一下子有了大量游走的机会,各种人生冲入了我的眼帘,当然还有时代的缘故,之前社会上普遍的昂然向上的集体情绪,随着这两年的社会大变动,萎靡、凋谢,旁逸斜出了各种花样,社会不再整齐划一,人们开始放纵自己。

也许这种场面一直都存在,过去被采访任务遮蔽着,只是我看不到。

这种自然的游走,是观察人性的最好的时机,频频地见人，频频地写人，不乏特殊的、在主流社会之外的人，在他们的世界里怡然自得，失业避居乡村的媒体人，募集了巨款再建法寺的尼僧，四川内陆小城隐于山间的道长，在道观里做义工的、时常被狐仙附体的乡村妇人，请我们喝假茅台酒的本地企业家，在法院办公大楼里摆茶桌的时髦丽人，彝族婚礼上义务表演的小城歌咏队，暴雨之下，一夜之间损失了几十万瓷器和满池子锦鲤的景德镇名流，这些人，有的熟悉有的陌生，却大都是民间自然的、永恒的、舒展的模样，不在我们的新闻里，而在现实之中。写他们的时候，我没有批判、总结的意思，并没有人类学者调查的觉悟，完全就当作是我们身边的人与事在记录，他们是主流社会所忽略的人，却又是极为地道的中国人的样貌——至少在闹哄哄的社交媒体上，看不到他们的影子。

笔下的这些人物如此真实地存在着，存在感让我触目惊心。有年夏季的酷暑，在景德镇玩的时候，收到附近寺院尼师父的微信，说这么近怎么不开车来看看我，才知道，之前在北京认识的针灸名医，现在去了江西的著名寺院做住持。驱车前往，天气燥热到发疯，但一旦进入寺院，说来奇怪，天降暴雨，凉风习习，湖面上有虹霓的影子，仿唐的寺庙建筑简直是另外一个世界，而寺院周围的几个村庄，居然也都是他们出资帮助进行乡村建设，这和历朝的名僧，有何区别？陡然明白，这些相遇，都是前定，看了看尼师父在寺院里的体面生活，想到自己交往，或者见识过的一些出家人，写了篇《寻僧记》，四大段文章，写的是出家人的成住坏空，大概因为写作对象的特殊，自己写完，觉得有明人散文笔触，但细细翻看，还是现代人的窥伺感——推门张望，没想到是一个如此延绵的世界，大概又有外人往里面伸头看的意思了。很多年前，网络上有人说我的文字，有外星人来地球的窥伺感，这种感觉大致多年保留，像这个地球上的陌生人。

其实地球上相遇的大家，大部分是陌生人，哪怕相伴走一段，也还是不可理解，我看看他们，他们看看我，互相目送一场。

两条腿不由自主抬起来了，与地球共振，我们都在行走之中，我们发现了地球共振的频率——其实我们不是陌生人，我们一样，都是自然力量的孩子。

传统媒体越来越少，新媒体越来越热闹，我们太沉迷于社交媒体给我们看到的现实，却忘了还有更广阔的现实。之前积攒下来的职业习惯，让我保留了观看的能力，这样一看才发现，年鉴学派的历史学家所说的不同时段的历史观,真的有道理,每天热闹的太浅表的现实,连短时段历史看中的材料都算不上,中时段的中国现实被完全忽视了,我偶然遇见的这些人,倒更像是更长时段历史里的人物,从他们身上,我流连于更古老时间的中国,与他们相遇,是细细触摸这个国家的肌理。

就连身边人的经历,都让我有如此觉悟,朋友在北京的大医院被宣判死刑,躲避在青城山的道观里,终究难逃一死,我倒也没有就此皈依了宗教,而是看到了一群人对待死亡的不一样的态度。这两年我观察世界的方式,大有改变,一方面,是彻底放弃了记者的职业属性,大约也是人到中年,所有的觉知能力不再与青年时期一样,更审慎,一切都缓慢地在我的生命里打开,哪怕是观看最日常的命题,吃、活着、生病和死亡,背后都有态度——张望不再是所有,要进入到更深的思之状态,不仅是我,其实这两年的社会整体何尝不如是?放弃了同一目标的社会,倒显示出另外一种生动。

一旦心有此念头,大概就会更努力地读书和写作,这时候才明白这两者对于一个普通人的重要性。我在向一切写作的前辈致敬,正是他们的思考和写作,让人类的生命长河变得完整起来。

图书在版编目(CIP)数据

地球上的陌生人/王恺著.--北京:人民文学出版社,2024(2025.2重印)
ISBN 978-7-02-018698-3

Ⅰ.①地… Ⅱ.①王… Ⅲ.①散文集-中国-当代 Ⅳ.①I267

中国国家版本馆CIP数据核字(2024)第109684号

责任编辑　黄彦博　王昌改
责任印制　苏文强

出版发行　人民文学出版社
社　　址　北京市朝内大街166号
邮政编码　100705

印　　刷　河北新华第一印刷有限责任公司
经　　销　全国新华书店等

字　　数　207千字
开　　本　850毫米×1168毫米　1/32
印　　张　13.125　插页1
版　　次　2024年7月北京第1版
印　　次　2025年2月第3次印刷

书　　号　978-7-02-018698-3
定　　价　49.00元

如有印装质量问题,请与本社图书销售中心调换。电话:010-65233595